U0909216

梁晓声

梁晓声知青小说精品系列 | 水墨插图版 |

王燕民 绘

今夜有暴风雪

梁晓声 著

中国青年出版社

出版说明

自上世纪80年代以来，如果缺失了“知青文学”，中国的文学现象是绝对不完整的文学现象；那样的文学现象将注定是令人遗憾的，也将是不可思议的。

而如果“知青文学”中缺失了梁晓声的北大荒兵团知青小说系列，那么几乎可以说缺失了极其厚重的一部分；同样将是令人遗憾的，不完整的。

梁晓声的北大荒兵团知青小说系列构成了“知青文学”中一道气势宏大、场面壮阔、人物众多、时间跨度很长、视域特别广袤的独特风景线。几乎每一部长篇作品都具有以上鲜明的特征，而组合一起则总体上更加具有“史诗性”的魅力。

梁晓声的北大荒兵团知青小说系列使“北大荒”三个字在国内更加广为人知，在国外具有了相当快的传播度；梁晓声的北大荒兵团知青小说系列使当年的“黑龙江生产建设兵团”以及“兵团知青”在文学词典中成为经久不衰的词汇；梁晓声的北大荒兵团知青小说系列既具史性的认识价值，亦具有诗性的欣赏价值——在当代题材的中国文学中，因而具有史性与诗性相结合的文学经典性。

难能可贵的是，梁晓声不但在他的北大荒兵团知青小说中刻画了众多“兵团知青”在特殊年代“是怎样的”，而且寄托了他叩问“人应该是怎样的”这一重要人文母题的理想。

而以上的叩问和理想应是中国当代文学长期的文学使命。

梁晓声的北大荒兵团知青小说系列，闪耀着令人无法不肃然对待的“人应该是怎样的”人性光芒、人格之美——这使他的北大荒兵团知青小说具有浓厚的人文色彩。

为此，我们约请多位知名画家为梁晓声的北大荒兵团知青小说系列配图，推出梁晓声知青小说精品系列的水墨插图版，计有长篇小说《雪城》《年轮》《知青》《返城年代》和中短篇小说集《今夜有暴风雪》等五种，以飨广大读者；同时，也希望能为馆藏和个人收藏爱好者们实现一次责无旁贷的热忱服务。

自序

我和我的那些“知青小说”

“知青小说”四字乃姑妄言之；从概念上说是模糊的——知青写的小说？写知青的小说？抑或曾是知情者写的知青小说？

莫衷一是。

何况，“知青”这一概念也多种多样。它曾是知青的当年青年仅有经历的共同点、类似点；在人品、家教、学业程度、文化影响以及心灵的善恶方面千差万别，不能同日而语。

古今中外没有什么统一的称谓能像相同的帽子一样——任何人戴在头上便都是同一种人了。

我曾是黑龙江生产建设兵团的一名知青。我笔下的所谓“北大荒知青小说”，大抵写的是黑龙江生产建设兵团的知青，当年又叫“兵团战士”。

军队编制、半军营化的集体生活方式以及管理方式、老战士们（他们曾是真正的兵，有的兵团干部还是经历过枪林弹雨考验的人）对知青们的军人作风的影响——诸种因素使黑龙江生产建设兵团的知青在当年与插队知青、农场知青总体“气质”上大为不同。

“气质”一词也是姑妄言之。

所以——当然的，我的“知青小说”中的知青们，也与别人笔下的“知青小说”之“气质”不同；这是由笔下知青人物们的不同所决定的。

如果我不曾是黑龙江生产建设兵团的一名知青，断不会写那么多“知青小说”。

起初我写“知青小说”，当然很受所谓“知青情结”的促使。

怎么会不那样呢?

但后来就不是了。

应该说，从《雪城》开始就不是了——那时我已十分明了，我笔下塑造的只不过是一批曾是知青、返城后人生几乎要从零开始的青年人。知青返城了，知青经历不论对他们的人生影响有多么深——他们，不，我们也不再是知青了。这是常识。

是的，自《雪城》后，我只不过在将笔下的知青人物视为具体的“人”来塑造，这后来一直是我对自己的要求。

某作家笔下的一个或一些工人，不代表“中国工人”；

某作家笔下的一个或一些农民，不代表“中国农民”；

同样，任何文学作品中的兵、学生、商人、干部，都不可能对“全体”具有公认之代表性。

反过来看就对了，就符合文学词典的本意了，即——作家们只不过在写是工人；是农民；是兵、学生、商人和干部的——“人”。

身份不是文学作品中“人”的主要特征；

文学作品中“人”的主要特征乃是由人性怎样、人品怎样、人对自己有无做人准则来决定的。

我笔下的许多知青人物寄托了我对人性、人品、人格的理想——若言理想主义，这才是我身为作家的理想主义，与其他什么“理想主义”风马牛不相及的。

在极特殊的年代，在人性很容易被扭曲的情况下，是青年的一些人，能在多大程度上守住做人底线，并在做人的底线上尽量提升自己的精神坐标和心灵标杆的层级——这才是我后来一再写“知青小说”的原因。

我将我的作品中表现没表现此点，一直当成我写得有价值或没价值的标准之一种。

绝不是唯一标准。但在我，也绝不是可有可无的标准。

这是理解我“知青小说”的一把钥匙。

现在我将它交给读者，相信许多读者读后会有如下感受——我爱书中的许多人物；原来做一个心灵中多一些真善美、少一些假丑恶的人是如此值得的事。

我相信许多人读过后，会乐于将我的书推荐给自己的儿女。

有谁不希望自己的儿女将来是受人尊敬的好人呢?

让做人的坏法似乎反而令人着迷的可恶现象见鬼去吧!

中国需要补上好人文化这一课。

2015 年 10 月 2 日　北京

目录

这是一片神奇的土地

一

那是一片死寂的无边的大泽，积年累月覆盖着枯枝、败叶、有毒的藻类。暗褐色的凝滞的水面，呈现着虚伪的平静。水面下淤泥的深渊，沤烂了熊的骨骸、猎人的枪、垦荒队的拖拉机……它在百里之内散发着死亡的气息。人们叫它“鬼沼”。

我到北大荒后，听了许多关于“鬼沼”的传说：没有月亮也没有星星的深夜，荒原在静谧的黑暗中沉睡的时候，可以看见那里有绿莹莹的忽闪的“鬼火”飘动，可以听到当年被“鬼沼”吞陷的熊的巨吼，猎人求救的枪声和其他不幸遇难者们绝望悲惨的哀呼……还可以听到一种怪异的鸟叫声，那声音仿佛一个女人在凄凉地哭号着：“多可怜、多可怜……”然而谁也没有见过这种鸟什么样子。鄂伦春人把这种鸟叫作“收魂鸟”，说它们是大地之神变化的精灵，在深夜招收并抚慰那些丧命于“鬼沼”的人和动物的幽魂。“鬼火”是它们打的灯笼。

“鬼沼”像希腊神话传说中令人恐怖的九头恶龙，霸占着它身后的万顷沃土一马平川，只要春天播下种子，秋天便能收回千万吨粮食。然而没有人敢涉过“鬼沼”，去播下一粒种子。据说当年日本关东军的一个大佐，对那片沃土发生了兴趣，幻想在那里创建个农场，将来做个大农场主，曾亲自率领一个勘查小队在冬季越过了“鬼沼”。他们如泥牛入海，一去未返。北大荒的老人们，有说他们被狼群吃掉了的，有说他们被零下四十多度的严寒冻死了的，有说他们给养不足饿死了的，有说他们被鄂伦春部落消灭了的，也有的说他们春天返回时，连人带车陷没在沼底……鄂伦春人把那万顷沃土叫作“满盖荒原”。“满盖”是鄂伦春语魔王的意思。冬季他们偶尔也出现在那荒原上，但绝不猎杀那里任何一只动物，惧怕受到“满盖”的惩罚。

恐怖的“鬼沼”！神秘的“满盖荒原”！

我到北大荒的第三年冬季，我们连队由十几个知识青年组成了一支垦荒先遣小队，向那里进发了！

我们这个连队，由于当初选点错误，耕地有限，低洼，麦收时一碰上雨季，收割机就陷在麦地里，像一只只瘫痪的大蛤蟆，无法作业。因此，连年歉收。那一年更惨，连种子都没有收回来。团里决定解散我们这个连队。全连200多朝夕相处的知识青年，将被分插到各个兄弟连队去，这意味着，我们不但不能向国家贡献粮食，而且也养活不了自己了！我们刚到北大荒三年呀！许多人还要在战天斗地中大有作为呢！屯垦戍边的信念还没有动摇呢！艰苦创业的精神和热情还没有泯灭呢！

还有什么能比团里这个决定更令我们感到耻辱？！许多人听老连长羞惭地宣布了决定后，当场哭了。副指导员李晓燕，首先站起来激烈地坚决地反对接受这个耻辱的“解散令”。

她说：“连队绝不能解散！我们可以去开垦‘满盖荒原’！我们离它最近，早就应该想到开垦它了！我们要把连队重新建在那里！要在‘满盖荒原’上留下第一行垦荒者的足迹！要向团里提出保证，当年开荒！当年打粮！第二年建新点！我们立军令状！”

我们听惯了甚至听厌了副指导员在任何场合说出的豪言壮语。可她说出的这番话，是怎样地激动了我们鼓舞了我们啊！我觉得那是她说出的最豪迈最有力量的话！许多人和我有同样的看法。

团里收回了已经下达的决定，接受了我们的军令状。

几天之后，我们连队的两台最新的五十四马力的拖拉机，披红戴花，拽着赶制的木爬犁，在全连人的列队送行下，驶向茫茫雪原。

希望、信赖、寄托、无言的叮嘱，从一双双默默注视着我们的眼睛里表达出来。我们每一个垦荒队员都从这些眼睛里体验到了责任感。我们每一个人都哭了。

哦！我们这些年轻人！

我们是多么珍重责任感啊！

我们是多么容易激动和被感动啊！

第一辆爬犁装载着粮食和行李。第二辆爬犁上搭着帐篷。我们十几个垦荒队员，一个紧挨一个地挤在帐篷里。我坐在扣着的破脸盆上，用膝盖夹着一本翻开的《虹南作战史》。我猜想，它是我们这一行人唯一的精神食粮。不过我并不靠它充塞头脑和思想。我两眼注视着书页上的铅字，却在回忆我所读过的《战争与和平》《约翰·克利斯朵夫》《悲惨世界》《红与黑》……内心深处被书中人物的命运暗暗感动。

身旁坐着我妹妹，她怀里抱着一个柳条编的小笼子，笼子里关着一只小松鼠。一路上，她一句话都没有说，像个哑巴。她的脸色那么苍白，表情那么呆滞，眼神那么凄凉！我没有兄弟也没有姐姐，就只有这一个妹妹。我从小爱她，可是我当时可怜她又恨她，不久前她败坏了自己的名誉，令我丢尽了脸。

对面坐着副指导员李晓燕，身旁坐着铁匠王志刚。他黑，健壮魁梧，有一张线条粗犷的脸，给人一种意志坚定、力大无穷的堂堂男子汉的印象。他使人联想到莎士比亚悲剧中的人物奥赛罗，因此获得了一个“摩尔人”的绰号。他性格孤僻，为人正直，敢于主持公道，不喜欢出风头，但一言一行都在知青中具有潜在的影响力。我嫉妒他在我们知青中那种无形的任何人不能匹敌的威信。他暗暗爱着我们副指导员李晓燕。这一点许多男知青都知道，他自己也在大宿舍里公开承认过，但却没有一个人敢在这一点上开他一句玩笑。我钦佩他公开承认爱情的勇气和惊人的坦率。从那天起，我把他看成了我的对头，因为我也暗暗地爱着我们的副指导员。他参加到我们这支垦荒队，是副指导员指名道姓点的将。这尤其使我嫉妒极了！而更加使我嫉妒的是，李晓燕此刻竟将头靠在他宽厚的肩膀上，似睡非睡地打盹！

我瞧着她，心中不禁又一次暗问自己：我为什么会爱她？她身上究竟具有什么吸引我的魅力？是因为她美么？不错，她美。她是个上海姑娘，有一张清秀妩媚的脸，脸上的皮肤白净，五官俊俏，一双眼睛很大，很明亮，眉毛又细又长，和眼睛之间的距离略宽了些，这就使她的脸上永远呈现了一种扬眉凝睇，惊诧不已的表情。自从我第一次见到她，就再也不能不注意她。她的身材也很优美，修长，苗条，亭亭玉立。据说她是上海芭蕾舞学校小班的尖子学员，许多部队文工团和地方文艺单位争着招收过她，她都拒绝了，却自愿报名来到北大荒。我见过、接触过、结识过的容貌美丽的姑娘，绝不止她一个，我不是那么容易被姑娘们的外表美所迷惑、所倾倒、所动心的人。越是在美丽的姑娘们面前，我越会表现出一种孤傲的清高来。我的座右铭是：绝不轻率地做爱情的俘虏。那么，是不是她那严肃庄重的性格引起了我的好感呢？也不。我更喜欢性格热情爽朗的姑娘，我甚至认为她那种严肃和庄重是做作的虚伪的，我曾因此而极端地轻蔑过她。她一到北大荒就立下了誓言，为了自觉考验自己扎根边疆的坚定性，三年之内不探家。她对全连女青年提出倡议，不照镜子、不抹香脂、不穿花衣服。她的倡议得到了一致的响应，是否真诚，大可怀疑。据女知青们透露，她经常深为自己的脸那么白嫩而苦恼，夏天里，曾偷偷地跑到小河边，独自躺在僻静的河滩暴晒过，但却只能使她的脸色白里透红，而不能进一步红里透黑。因此她故意在穿着方面比所有的姑娘更男性化，以弥补在“晒黑了皮肤才能炼红了心”这一“接受再教育”标准上的先天不足。她还有意干和男青年们同样劳累的活，想使自己的体形改造得更符合“劳动者的美”。遗憾的是成效甚微，三年来虽然健壮了些，

李晓燕一边洗衣服一边唱出来的："九九那个艳阳天哪哎嗨哟，十八岁的哥哥惦记着小英莲……"

还是那么修长、那么苗条、那么亭亭玉立，像一株挺拔的小白桦。她果真三年没有探家。第一年里她当上了排长，第二年里她入了党，第三年里她当上了我们的副指导员，成了全团知识青年扎根边疆的光荣榜样。

就在第三年的夏季，团里任命她为副指导员不久后的一天傍晚，我支着自制的简易画夹在河边写生，忽然听到小河上游有人在轻轻地唱歌：

九九那个艳阳天哪哎嗨哟，
十八岁的哥哥呀坐在小河旁……

这首歌当时是列入“黄色歌曲”一类，绝对禁止唱的。是哪一个姑娘在唱呢？她也太忘情太大意了！如果让我们的副指导员听到，少不了又要开展一场“思想意识领域内的斗争”。然而她唱得多好听呵！嗓音那么甜、那么圆润、那么婉转。我完全是出于好奇心，收起画夹，悄悄地顺着河沿朝上游循声觅去。在一株歪脖子老柳树下，在一丛蒿草的掩蔽处，隔小河我瞧见了唱歌的姑娘，竟是我们副指导员！她坐在河边一块光滑的大青石上，两只赤脚探入水中，裤筒卷在膝盖以上，裸露着一段洁白的小腿。她正在洗衣服，那好听的甜而圆润的歌声，就是她一边洗衣服一边唱出来的：

九九那个艳阳天哪哎嗨哟，
十八岁的哥哥惦记着小英莲……

我，痴痴地隔岸望着她，完全呆住了。

她三搓两揉，一淘一漂，洗完了最后一件衣服，拧干，从大青石上站起身，踏上河岸，踮着脚尖，小心翼翼地走过一片鹅卵石，将衣服晾在灌木枝上。由于她怕卵石硌脚，因此她的脚抬得高，放得轻，步子很碎，使她小心翼翼走的那几步路，很像芭蕾舞《天鹅湖》里的一段小天鹅舞。她晾好衣服，又以那样的步子走回河边。她随手在河边摘了几朵野花，闻了闻，欣赏地玩弄了一会儿，左三朵右三朵，插进鬓发里了。她蹲下身去，久久地注视着水面。她在欣赏她自己！她在欣赏她的美！她对她自己欣赏了那么久才缓缓地直起身。忽然，她轻盈地跃到那块光滑平坦的大青石上，伸展双臂，优美地旋转了半圈，竟跳起节奏欢快热情而急促的墨西哥民间舞来！

画夹从我手中脱落，掉进河里，顺水漂流！画夹落水发出的轻微声响，令她倏然停止了舞蹈，警觉地朝对岸看来，发现了我，便顿时僵立在大青石上。那姿态像疑惑的小鹿，又像一只受惊欲飞的仙鹤。

隔着小河，她望着我，我望着她。

我们都呆愣住了。

我首先恢复了常态，跳到河里，把我的画夹抢救到手，涉着浅浅的河水，装出若无其事的样子，蹚到了对岸。这时，她插在鬓发里的几朵野花已经不见了，卷起的裤筒也放了下来。

“你，你到河边干什么来了？”她主动问我，分明想在心理上先发制人，显出非常自然的样子，竭力掩饰着窘态，竭力保持一个庄重的姑娘在小伙子面前的矜持，竭力保持一个副指导员的尊严。然而，她却没有来得及扣上她那洗白了的兵团服的衣扣，敞露出了短小而紧束的浅粉色的衬衣，那是一件鸡心领的质地很薄的衬衣。我无意地瞥见了她那雪白的颈子，雪白的一部分前胸和同样雪白的浑圆的肩膀，瞥见了她那在紧束的衬衣下高耸的双乳的优美轮廓。我迅速地移开了目光。在那一瞬间我的心怦怦跳动，脸一阵火热，我竟莫名其妙地产生了一种可耻的罪过感，我竟觉得我亵渎了她，也亵渎了我自己。虽然我可以对天发誓，那一瞬间，我心里绝对没有萌发一点点邪念，哪怕是一个小伙子对于一个动人的姑娘那种可以原谅的倏忽间的本能冲动，而这种冲动，是上帝创造的亚当对夏娃也曾萌发过的。

她太敏感了！我的目光仅仅从她身上一掠而过，她就像接受了电子信号的仪器，立刻下意识地用两只手掩上了衣襟，并且马上转过身去。当她再转过身来的时候，站在我面前的，又是我所熟悉的一位副指导员了。她连外衣的领钩都勾上了。只不过还赤着一双脚。就连这双赤脚，她也在使劲踩陷到河边的泥沙里去，用泥沙掩埋住。

她这些接连的举动，令我感到受了莫大的侮辱！

我想找一句话打破这局面，但说出口的却是一句愚蠢至极的话："你……太美了！"

"什么？……"她的脸红得像一朵彤云。由于我的意外出现，使她从刚才那种自我陶醉的忘情境界之中，陷入眼前这种无法掩饰的窘迫地步，我顿感内疚，也从内心深处对她可怜起来。

"我……我是说，你刚才跳的那段舞，真美极了！如果我没说错的话，那该是一段墨西哥的民间舞吧？"

"跳墨西哥舞？我？！别开玩笑了，我不过是做了一套中学生广播体操！"她装出种迷惑的模样，用那么严肃那么认真的口气加以解释。

"这么说，你也要否认你刚才唱过歌啦？"

"唱歌？我刚才是唱过歌的。这有什么必要否认呐？"她脸上的表情，在伪装的迷惑之外，又增添了伪装的坦率。

一道清河水，一座虎头山，
大寨就在那个山那边……

她又唱了两句，说："我刚才就是唱这支歌。怎么，你听到了？……"

这时，她脸上的绯红已消失，神态也变得自然了。

我感到她简直是在把我当成一个瞎子一个聋子加以公然的愚弄！

我愠怒了，冷冷地说："不！我听到你唱的不是这支歌！你唱的是'十八岁的哥哥惦记着小英莲！'"

"十八岁的哥哥？什么小英莲？你别瞎说！我听都没有听到过这支歌！"

她那两条又细又长的眉毛扬了起来，使她本来有一种诧异表情的脸，显出不但诧异而且惊愕的表情来，仿佛我当面说她是一个贼！

这么富有魅力的动人的一张脸，几次虚伪的变化的表情就浮现在这张脸上。

我惊奇地凝视着这张脸，在她面前僵立了。我对她再也无话可说。她在我眼中仿佛是埃及的狮身人面怪物斯芬克司（sphinx），斯芬克司也要比她坦白！因为斯芬克司对所有的人都说同一句话："猜不中我的谜，我将吃掉你！"斯芬克司也要比她知道羞耻！因为斯芬克司被俄狄浦斯猜中了谜语后，毕竟从巍峨的岩石上跳下去摔死了！

而她，竟要使一个神经正常的人相信自己大白天活见鬼！

我几乎是恶狠狠地对她说出两个字："虚伪！"

我猛转身，怀着对她的似乎永远也无法消除的鄙视，悻悻地大步走了。

"等等！"她叫住了我。

我站下，并没有转过身，但却想象得出她是怎样慌张急促地追到了我身后，也感觉到了她那惴惴不安的呼吸。

"你，你要汇报给连里知道么？……"她讷讷的语调中，带着难以明言的苦苦哀求。

我心软了，背对着她，摇摇头。我走出很远，情不自禁地回头望了一下她，她仍站在小河边，像一尊石雕，一动也不动……

我没有对任何人说过这件事。

我还不至于那么卑劣！

从那以后，过每一次团组织生活，当她诲人不倦地对我们进行种种思想意识方面的教育时，一接触我的目光，语调和神态就不自然起来……

这倒使我觉得有些对不住她了。

不久，我收到了母亲病重的电报。连里没有批假，理由很简单——正值夏收季节，我是康拜因手。其实我知道，主要的原因是，连长不相信这封电报的真实性。某些想父母想得厉害的知识青年或者他们的父母，曾用父母病重、病危、甚至病故之类的电报，使我们的连长上了好几次当。连长是个典型的经验主义者，对这样的人，解释和哀求都是没有用的，效果只能适得其反。但我却不能对这封电报无动于衷。我父亲去世得早，母亲是街道小五七厂的工人。她在困苦的生活中把我和妹妹拉扯大是多么不容易！谁也不能比我更体谅她为我们兄妹操碎了的那颗心。如今我和妹妹都来到了北大荒，将她一个人孤苦伶仃地撇在了家里。她是个刚强的女人，无论多么想念我和妹妹，她都不会采取欺骗手段的……

我必须立刻回到母亲身边！

我在当天就悄悄地离开了连队……

呵！我的母亲！这一辈子受尽了生活辛酸磨难的女人！她太刚强太爱她的孩子了，她明明已经病得奄奄一息，自知将不久于人世了，却只给她的儿子拍了一封“病重”的电报，她怕“病危”这样严峻的字眼会惊吓她的孩子。母亲活在人世的最后五天，我给予了她老人家一个儿子所能给予的最大限度的爱和孝心，也代替我的妹妹，报答她把我们带到这个世界上来并抚养成人的恩情。

五天，短短的五天啊！无论我在这五天内给予她老人家多少孝心，那也只能仅仅算是一个儿子对母亲的象征性的报答啊！而这种报答却成了永恒的抵消！

母亲死前给我留下的最后一句话是“照顾好你妹妹！她就你一个亲人了！”我带着一颗悲哀得麻木的心回到连队。

回去当天，团支部按照连长的指示，讨论给我这个“逃跑主义者”以什么样的处分。事先有人向我透露，要拿我当典型，杀鸡给猴看，处分早已确定——开除团籍。讨论不过是走个组织形式。

而我，却根本对任何处分都无所谓了。

副指导员主持讨论。我想，她这下子该称心如意了！可以堂而皇之地实行报复了。我准备一言不发地听她大发一通议论，一言不发地接受她对我的批判。

她让我先谈谈对自己的错误的认识。

我，谁都不看，只漠然地喃喃说了一句：“我母亲……死了……三天前……”说完这句话，便低下头，用双手捂住了脸。我凭感觉肯定，所有的人的目光都一下子投注到了我身上。

一刹那间，似乎每一个在场的人都停止了呼吸，宁静得令人窒息，好像空气都凝固了！许久许久，我听到副指导员用极其低微的刚刚能使人听到的声音说了两个字：“散会……”

她第一个起身离开了。

当我迈动机械的步子经过连部时，听到里面传出了副指导员和连长激烈的争吵声，她对连长的“指示”从来是奉若神明的，我不禁停下了脚步。

“我是一连之长，难道没有处分一个战士的权力？”是连长恼怒的四川口音。

“我是团支部书记，如何处分一个犯了错误的团员，这是团组织的权利！”副指导员的声音也那么激动。

“你这样做，是袒护一个逃兵！”

“逃兵？他是从战场上逃跑的吗？他逃到黑龙江对岸去了吗？你知道吗？他母亲已经死了！他在母亲死后第三天就回到了连队！……”

“哦！死了？……”

“连长！我也是一个知识青年，我也有老父老母，他们日夜思念我，我也日夜思念他们。要不是我受自己誓言的约束，我也想立刻就回到父母身边去，但……我不能够！我不同意开除他的团籍！连长！请你设身处地想一想！……”

我听到了她的哭声！

我站在连部外面，顿时泪如泉涌！

我心里对她充满了感激！不是因为她代替我辩护，而是因为她说的那句话："我也是一个知识青年……"

这一句话，完全消除了在此之前我对她的种种误解和偏见。凭这一句话，就足以令我心甘情愿地去为她赴汤蹈火。

这句话，使我看到了一个姑娘高尚的本性！一颗富有同情的心！然而，又是她，亲口告诉了我一件如雷轰顶的事，在两天后……

"我们一块儿走好吗？"

收工之前，她接着我锄完了最后一条漫长的田垄。当我们锄碰锄的时候，她对我说了上面那句话。这是三年来她第二次主动跟我说话。第一次，就是不久前在那条小河边。她脸上阴沉的严峻的表情，令我产生了不祥的预感。

所有的人都扛着锄头列队时，她又当众大声对我说了一句："你留一步，我们一块儿走！"男女青年，都用异样的目光看着她，也看着我。

当他们走远，她盯着我说："我没有得到你的同意，就把你妹妹调到我们连队来了。"

"啊！她……她怎么了？快告诉我！"

"在你回家期间，她……"

"说！"

"她做了一次人工流产……"

我的身子摇晃了一下，险些栽倒！

她上前一步，双手扶住了我。

我粗暴地推开她，大吼："你胡说！"

她踉跄着倒退一步，恐惧地瞧着我，从颤抖的嘴唇间挤出两个可怕的字："真的。"

我觉得自己朝脚下的土陷了进去！我想可怕地喊叫出什么，却似乎又有团东西堵住了喉咙！我张大了嘴，只发出一种嘶哑的类似呻吟的声音。我瞪大了眼睛怪异地看着她，她却在我眼前模糊起来。

我突然发了疯似的朝连队飞跑……

那天夜里，当大宿舍响着此起彼伏的鼾声时，我将头蒙在被子里，咬着被角无声地哭了一夜。我想起了母亲弥留之际的叮嘱，而我还没有将母亲的死告知妹妹，她却做出了这种身败名裂的事，还有脸调到我所在的连队来，企图得到我的庇护。不！我要严惩她，以一个哥哥的权利！替死去的母亲！

第二天，我被副指导员叫到连部，在那里见到了妹妹。我当时一定是恶魔附体了！我像凶猛的豹子一样朝妹妹扑过去，双手抓住她的头发，使劲把她的头接连地朝土墙上撞、撞、撞……

“住手！”我听到副指导员变了调的嗓音喝止，冲上前来掰我的手。

我对她大吼：“滚开！”

我折磨的是妹妹，但又像是我自己，我在这种歇斯底里中感到了一种痛快。

啪！我脸上挨了一记狠狠的耳光。

我终于松开了手。第二记耳光比第一记耳光更狠。

这两记耳光顿时把我打清醒了，我不禁倒退数步，下意识地摸着火辣辣的脸颊。

妹妹，自始至终，一声没有吭，没有呻吟，没有叫喊，没有哀求。被我抓得凌乱的头发，遮掩了她那张毫无血色的苍白的脸，那张泪水涟涟的脸，那忍辱吞声的深陷在眼窝中的大眼睛。

副指导员的脸色像妹妹的脸色一样苍白，她紧紧地把妹妹搂在怀里，胸脯剧烈地起伏着，欲以命相搏地瞪着我。

“畜生！”

这是我第一次从她口中听到的一句骂人话。

从那一天起，我爱上了她……

她现在就坐在我对面，搭着帐篷的爬犁，被疲倦的铁牛拖着，在茫茫雪原上挺进……篷帘卷着，灌进来被西北风扬起的雪粉，我们冻得缩手缩脚，但谁也不想把帐篷帘放下来。从帐篷口望出去，始终是白色……白色的大地，白色的山峦，白色的河，白色的林。“大烟泡”刮起来了，如万千头发了疯的野牛齐头奔突，示威地追逐在大爬犁后面。

副指导员默默环视着每一个人，自言自语地说：“谁来讲个故事？要不就大家一块儿唱支歌！”

没有谁对她的提议作出任何反应。大家疲劳了。

副指导员把目光停在我脸上。

我清了一下嗓子，唱起了《兵团战士之歌》：

兵团战士，胸有朝阳，
一手拿枪，一手拿镐……

没有一个人随声附和，我只得唱了开头两句，便知趣地打住了。

这时，“摩尔人”王志刚吹起了口哨。他唱歌不行，口哨却吹得相当好。令我暗吃一惊的是，他吹的竟是著名的俄罗斯民歌《三套马车》，这个“摩尔人”！简直不把副指导员的存在当成一回事，可他那口哨声真令人着迷，像黑管，又像小号，拍节、曲调吹得准确无误，流露出淡淡的感伤和深沉的忧郁。

不知是谁，竟低声和着口哨唱了起来，接着，第二个，第三个……终于，非常自然地形成了小合唱。

我的妹妹抬起头，瞪大了黑眼睛，愕然的目光不安地瞧瞧这个，瞅瞅那个，又很快地垂下了头。她暗暗发出一声深长的叹息，使我的心灵恻然一动。

我，面对面地注视着副指导员，猜想她立刻就会严肃地加以制止了！

她，却无动于衷。头，仍然在“摩尔人”肩上。

她竟闭上了眼睛，装出睡意蒙眬的样子。我发现，她放在腿侧的手，分明在偷偷点着节拍！

我的自尊心被刺伤了，紧紧地咬住了嘴唇。

冰雪遮盖着伏尔加河，
冰河上跑着三套车，
有人在唱着忧郁的歌，
唱歌的是那……

夜幕悄悄降临了，暴虐的“大烟泡”不知是自甘屈服，还是被全速挺进的拖拉机远远甩到了后面，荒原那么沉静！

黑暗完全替我们垂下了篷帘……

二

我们的拖拉机像远迁的鄂伦春部落，在茫茫的雪原上奔驶了整整两天两夜。当我们打开地图，一致确信拖拉机履带已经碾在积雪覆盖的“鬼沼”的冰面上时，正是荒原庄严而肃穆的黎明时分。

呵！“鬼沼”！它并非像传说中那么恐怖，也许因为它处在冬眠状态，雪被罩住了它那狰狞的真实面目吧。我们看到了什么？仿佛看到了世界最大的湖泊被冻结在眼前，“满盖荒原”——它平坦得令我们这批垦荒者难以置信，直铺到遥远的地平线。

“魔王！你在哪里？你出来？”我们的一个伙伴大声呼喊。

“魔王”没有出现。

铁匠王志刚突然朝不远处一指：“你们看！”——一根从正中间劈开的圆木桩钉进土地，倾斜地立在那里。

我们都好奇地走了过去。副指导员拂掉木桩上的雪：我们看到了一块木碑，累累斧痕粗糙砍平的劈面上，刀刻的字迹被风雨所侵蚀，只能依稀认出“死于此……”三个歪扭的字。

我相信，我们每个人当时都和我一样，倒吸了一口冷气。

“那里，还有一个！”我的妹妹又发现了同样的不祥之物，她第一个朝拖拉机退去。

副指导员低声说：“我们走吧，别搅扰他们安息了。”

……

如果有人问我：“你在北大荒感到最艰苦的是什么？”

我的回答是“垦荒”。

为了寻找有水源的林子的理想地点，我们的足迹几乎踏遍了“满盖荒原”。我们发现了一条在地图上没有标出来的小河，它是“满盖荒原”上唯一洁净的水源，被我们命名为“流浪者”。我们发现它之前，它像流浪汉在荒原上不知徘徊了多少岁月，现在我们在它身边扎下了帐篷。

当冰雪消融的时候，当“流浪者”唱起了“拉兹之歌”的时候，我们闪亮的犁头劈进了“满盖荒原”的胸膛。若非垦荒者，谁能体会拖拉机翻起第一垡处女地那种喜悦？这荒原上有那么多的狼，光天化日之下，它们三五成群，大模大样地尾随在我们的拖拉机后面，捕食被犁头翻出的肥大的土拨鼠。夜晚，它们就在我们帐篷四周嗥叫。创业的艰苦，使垦荒队的每一个小伙子都变成了圣徒。副指导员跟我的妹妹和我们同住在一顶帐篷里。一块毯子分隔开了她们的狭小世界，毯子后面是神圣不可侵犯的“巴黎圣母院”。

一天深夜，我从睡梦中偶然醒了一次，却没有听到拖拉机翻地的轰响。我一下子跳起，来不及多想，只穿着短裤，就闯进了“巴黎圣母院”，将副指导员从被窝里拽了起来。

“你！你要干什么？！”

“拖拉机不响了！‘摩尔人’，在翻地！”

“啊！”副指导员顺手就操起了步枪。

拖拉机不响，意味着“摩尔人”出了事。所有的人都惊醒了！正当大家要奔出帐篷，“摩尔人”从外面钻了进来。马灯光下，我们见他身上背着一只狼，两手拽着狼的两只前爪，头顶住狼脖子；那只狼朝天张大着嘴，两只后腿抓在他的腰胯上。

“摩尔人”大声说：“快动手！它还活着！”

我们各自操家伙，棍棒齐下，将那只狼在他背上打死了，好大的一只白毛老苍狼！

“摩尔人”一下子坐在地铺上，喘息了半天，才说：“拴大犁的钢丝绳断了，我回来换钢丝绳，这东西跟上了我，出其不意地将两只前爪搭在我肩上……”他的脸上、手上尽是血痕，棉衣被撕成碎片。他拧着眉脱下棉衣，里面的绒衣和皮肉被狼的后爪抓得稀烂！

副指导员命令我的妹妹：“快，拿医药箱来！”

这时，我们才发现，她仅穿着衬衣衬裤，光着一双脚。她也意识到了什么，在我们的目光下一时显得不知所措。随即，她镇定了下来，从容地说：“都瞪着我干什么？没你们的事了，全睡觉去！”

大家都一个个顺从地钻进了被窝，我没有。我将马灯举在“摩尔人”头上。

副指导员柔情地看了我一眼，一句话也没有说，立刻从妹妹手中接过医药箱，替“摩尔人”小心翼翼地包扎伤处……

我妹妹是垦荒队员的“内务大臣”，给我们做饭、洗衣服。从连队带来的冻菜吃光了，任何一种野菜还都没有从荒原上生长出来。为了使我们能吃得稍微满足点，她对剩下的两袋面粉发挥了充分的创造性：馒头、发糕、花卷、烙饼；甜的、咸的、又甜又咸的、先蒸后烙的……

如果说我是因为副指导员而参加垦荒队的，妹妹则是因为我才来到“满盖荒原”上的，我是她唯一的亲人。我走到天边地角，她会追随我到天边地角。我那么凶狠地对待过她，她却依然在心理上对我希求着荫庇和保护。我表面上对她仍旧冰冷异常，可感情上早已彻底饶恕了她。

只有自己罪恶深重的人，才不肯饶恕别人。

何况她是我的妹妹，唯一的妹妹！

我有责任保护她。无论在那件可耻的事情发生之后或者之前，我对她尽到过一个哥哥的责任了吗？没有！到北大荒的第一天，当我们经过鹿场，她被鹿群迷住了，她请求我和她一块儿留在鹿场。只要我愿意，那是完全可以的，我却没有留在她身边。为什么？我不愿和妹妹在一个连队。我觉得她太娇气又太任性，同在一个连队会给我添无尽的麻烦。为洁身自好，我逃避一个哥哥的责任，而在她成为舆论和道德严厉谴责的对象后，我首先想到的又是她败坏了我的名声。因此我憎恨她，不肯给予她半点怜悯和同情……

在“满盖荒原”上无数个不眠之夜里，我内心进行着深刻的反省，我认识了自己的真实面目。我忏悔我是一个多么自私的哥哥，一个多么可鄙多么卑劣的人！

有一天，当帐篷里只有我和妹妹的时候，我叫了她一声：“小妹！”

她正在案板上揉面，听到我叫她，立刻抬起头。她怔怔地望着我，脸上浮现出无比激动的表情，一双黑眼睛里顿时充满了泪水。

“小妹，你还生我的气吗？”我轻轻走到她身边。

泪水，大颗大颗的泪水，慢慢从她的黑眼睛里淌出来，顺着她苍白的脸颊落到案板上，被她的双手一下一下地揉进了面团里。

“小妹！……”我的声音哽咽了。

她倏地转过身，扑在我身上，沾满面粉的双手紧紧抱住我的脖子，头偎在我怀里，放声大哭起来。

泪水从我眼中簌簌而落。

许久，她才止住了哭声。她问我的第一句话是：“妈妈的病好了么！”

我的心像被捅了一刀！

哦，母亲！如果你在九泉之下听到妹妹这句话，肯定也会老泪纵横的吧！

但愿你听不到这句话，但愿你不再为你的儿女们伤心，可我又多么希望你能够听到这句话呵！妹妹比我更爱您呵！

我没有勇气实告小妹，母亲已不在人世了！她那脆弱的情感、脆弱的心灵是禁不起重击的。

我低声回答小妹："妈妈没有生病，妈妈太想念太惦记我们了，我告诉我们都很好，她就放心了。"

妹妹嘴角挂上了一丝笑容，一线苦涩的笑容，几天来的第一次笑，如果那种惨然的表情也能算是笑容的话。

"告诉我，那个人是谁？我要教训他！"

妹妹坚决地摇了摇头。

"你……爱他？……"

妹妹无语地点了一下头。

"他呢？……他也爱你吗？……"

妹妹又点了一下头。

我注视着妹妹。她脸上呈现出一种天使般圣洁的表情，那是心灵的反射。我茫然了。

妹妹忽然肯定地问："哥哥，你爱她？"

"谁？！……"

"副指导员。"

"你听什么人胡说的？"

"我看出来了，她……也挺喜欢你的！"

"真的？……"我双手紧紧抓住了妹妹的两条胳膊。

"真的。"

"不，我知道她喜欢的是'摩尔人'！"

"她只是信任他，我也信任他，他是一个值得信任的人，任何一个姑娘都会信任像他那样的人。但她喜欢的是你！她说你是个具有诗人气质的小伙子，是个雪莱型的小伙子。她说她喜欢雪莱，不喜欢拜伦，虽然他们都是天才的诗人，她还说拜伦只能评定了一个女性外表的美丑，而雪莱却能窥察一个女性内心的善恶。她也知道你在爱她……"妹妹突然住口了。

我们几乎同时发现副指导员不知何时呆呆地站在帐篷门口，她显然听到了我和妹妹的谈话内容。

“哎呀，我晾在河边的衣服还没收回来！”我找了个借口逃出帐篷，在荒野上盲目地奔跑，我觉得“满盖荒原”成了世界上最美好的地方。

当天，吃过晚饭以后，我们又围聚在帐篷里，讲起故事来，这成了我们精神生活的唯一方式。我们什么故事都讲：神、鬼、荒诞的、恐怖的、风趣的……我们每个人，包括副指导员在内，都摆脱了在连队的种种束缚，真正成了“满盖荒原”上“顶天立地”的人。

副指导员娓娓动听地讲了希腊神话《奥德赛》中的一段故事：伟大的俄底修斯攻打了特洛伊城以后，率领他手下的勇士们从海上返回家乡伊塔克，结果被逆风吹到了一个孤岛上。岛上的居民专靠吃一种“忘忧果”度日。他们热情地把“忘忧果”捐送给俄底修斯和他的勇士们吃。勇士们吃了“忘忧果”，完全忘记了自己的家乡和父母，忘记了兄弟姐妹和妻子，忘记了一切朋友，竟无忧无虑地长久留在了孤岛上……

我惊讶地发现，她讲故事的水平超过我们所有的人，她并不绘声绘色，只是娓娓道来。但那语调中流露出来的感情，是能够打动到人的心灵深处的。

她讲完了，我们都陷入沉思。只有妹妹叹息了一声，自言自语地说：“我真想获得许多许多那种‘忘忧果’……”

副指导员，又是和“摩尔人”坐在一起，又是那样地将头靠在他的肩上。大铁炉子里的火光，将她的脸映照得那么红。火光一闪一闪，她那张美丽的脸忽明忽暗，浮现着一种虚幻憧憬和淡淡的愁思。

我不禁对她充满了同情。如果不是三年前她立下的誓言束缚了她，她早该回家探亲了。三年呵！她一定比我们每一个人都更加思念她的父母和亲友。

我打开画夹，说：“别动！‘摩尔人’，我给你们画张像！”我的本意是，要给她画一张肖像。因为此时此刻的她，那么美丽那么楚楚动人，但我没有勇气坦白说出。“摩尔人”显然错误地认为我的话是对他的当众揶揄，他最不能容忍的就是这个。所以，当副指导员下意识地将头从他肩上移开时，他一把抓住了她的手，冷冷地盯着我，说："别动！叫他画，别扫他的兴！"话语中隐含着挑衅。副指导员，又顺从地将头靠在了他肩上，微微一笑，也注视着我。

我再没说什么，认真地画了起来。我看她一眼，画一笔，暗想，我一定要画得十分像。我从来没有画得那么好过，真的！最后一笔，我存心一顿，把笔尖折了。

"没画好！"我把画夹递给了副指导员。

大家都围拢来欣赏，赞叹：

"像！像极了！"

"嘿！没看出来你还有招不露！什么时候也给我画一张？"

"咦，你就画了我自己呀！"副指导员看了"摩尔人"一眼。

"我的笔尖断了。"我脸上微微一红。

副指导员拿着肖像端详了一会，问："送给我？"

"送给你！"我大胆地盯着她。

她垂下了眼睑，说："我会仔细保存它的。"

这时，"摩尔人"站了起来，一声不响地钻出了帐篷。从那一天起，他更加沉默寡言了……

然而，什么都可以转让，唯独爱情。

我要执着追求，绝不弃她别爱。绝不……

三

第一场春雨降临了。

我们开垦的乌油油的沃土，贪婪地吸吮着大自然母亲的乳汁。人们都习惯把春天比作花枝招展的少女，可是当她在“满盖荒原”上旅行时，却更像一位庄重的夫人，脚步懒散而从容，带着唯一的颜色——淡绿，所到之处，漫不经心地随意点染，画出了绿的世界。

副指导员有一天昏倒在“流浪者”河边，她病了。她接连两天昏迷不醒。在昏迷中，她时时念叨着两个字：“麦种，麦种……”医药箱里所有的药，都不能减退她的高烧。第三天，她稍微清醒了一些，首先把妹妹唤到她铺前，问：“还有多少粮食？”

妹妹回答：“只剩一点点了！”

她亲切地环视着我们，微笑了，说：“伙计们，我代表连队谢谢大家。我要建议党支部，给大家都记一功，放进档案里。现在，这里留下几个人就够了，其余的全部回老连队去，帮助老连队迁移来……一定要赶在‘鬼沼’开化之前！”她轻轻地拉着妹妹的一只手：“你留下吧，没有你在身边，我会寂寞的。”

妹妹说：“副指导员，我留下！”

我说：“我也留下。”

“摩尔人”看着副指导员，问：“如果你同意，我也留下。”副指导员默默地点了点头。

“满盖荒原”上就留下了我们四个人。

一天，二天，……四天过去了，连队没有到达。整整一个连队，几百口人，搬迁到这里来不是一次简单的行动，会有许许多多的困难。在这四天之内，“鬼沼”卑鄙地联合了起来，向我们示威！当我、妹妹、“摩尔人”第四天早晨走出帐篷时，都被惊慑得呆住了！清可见底的“流浪者”河，不知从哪里汇集了那么多水，隔夜之间变成了一匹脱缰的野马，浊流湍急，打着旋涡，夹杂着雪坨、冰块、枯枝断树，甩了一个直角弯，奔泻而下，河水溢出河床，灌进沼地，“鬼沼”一片汪洋！

妹妹忧愁地说：“今天连队再不到达，我们就一点吃的也没有了。”

我和“摩尔人”同时看了她一眼，都没说什么。我们担心着更严峻的事情……连队将如何涉过“鬼沼”？

妹妹一声不响地又钻进帐篷里去了，我和“摩尔人”也跟进帐篷，见她坐在副指导员的地铺旁，瞧着昏迷中的副指导员垂泪。我们进来，她赶紧抹去眼泪站起来，拿上一把镰刀和一个小土篮，说：“我去挖野菜。”

将近中午，妹妹的喊声突然从远处传进帐篷：“哥哥，哥哥，快来呀！……”

我和“摩尔人”同时跳了起来，奔出帐篷，但见妹妹像一只小猎犬，在追赶一头弱小的狍子。她一扬手，将镰刀飞抛出去，砍中了狍子后腿，狍子一头栽倒。她猛扑上去，却扑了个空。那小动物挣扎着跳了起来，带着伤向沼地里逃窜，妹妹跟在后面紧追不舍。小狍子在沼地边沿停了一下，似乎还回头看了她一眼，跃进了沼地，一拐一拐地向沼地深处逃去。

“站住！”

“小妹！”

我和“摩尔人”对妹妹大声喊。

妹妹追到沼地边，欲罢难舍，焦急地来回奔跑。她终于停住了，望着陷住四蹄寸步移动的狍子，迟疑了一下，小心翼翼地向“鬼沼”迈出一步。

“回来！危险！……”“摩尔人”高吼一声。我和他同时朝妹妹跑去。

妹妹回过头来望了我们一眼，挥动了一下手臂，好像是在任性地说：“你别管我！……”她跑进了“鬼沼”。

当我和“摩尔人”追到沼边时，她已捕住了小狍子。她和那小动物在沼泥中搏斗了几下，一眨眼间，忽然深陷了下去，一下子被吞陷到胸部！还没等我和“摩尔人”有所反应，沼泽中便只露出了她的一只小手。那小手也只来得及在空中抓了几下，倏忽间便从眼前消失了！

“哥哥！别过来！……”她留在这世界上的最后一句话，击响我的耳鼓！

“小妹……”我发出一声可怕的叫喊，不顾一切地向沼泽冲去。

“摩尔人”两条有力的手臂，从后面紧紧将我搂抱住了。我挣扎了几下，眼前一黑，昏倒在他怀里。

当我醒来的时候，已经躺在帐篷里。妹妹的那只小手像电影中的叠印镜头一样，重复地在我眼前出现。我耳边又响起了母亲临终的叮嘱，泪水唰地一下子淌了出来。我硬撑起身，看见“摩尔人”。那高大的身躯，一动也不动地伫立在帐篷外。惨白的月光照在大地上，将他的身影衬托得格外分明。“鬼沼”那边，传来了令人毛骨悚然的怪异鸟叫，也许是“收魂鸟”将妹妹的魂灵收走了吧？我虽然并不迷信，但这种迷信的思想却在我头脑中闪过，我盯着“摩尔人”的身影，心中突然对他产生了强烈的憎恨！甚至思路狂乱起来。如果不是他搂抱住我，我相信我是一定可以救出妹妹的！对小妹的死他是有罪过的！

我站了起来，一步一步走出帐篷。“摩尔人”听到我的脚步声，缓缓地转过身来：他骇然地瞪大了眼睛，也许他看到了我怒不可遏的狂乱的脸色，本能地朝后退了一步。

我霍然对他扬起了拳头。

“你！……”他惊愕地朝后退了一步。

“我恨你！”我咬牙切齿地说出了这三个字。

他的目光，盯在我脸上，低沉地说：“如果是因为你的妹妹，那我有权替自己辩护。你以为我有一颗魔鬼的心吗？你以为我就不为你妹妹的死难过吗？如果当时我的生命能换取她，甘愿躺在沼底的是我！如果你是因为她……”他朝帐篷里看了一眼，“那你尽管动手！只要我活着，只要她还没有宣布做你的妻子，我就有权爱她，并且追求她！”

他的话，令我的双手发抖了。好像为我的小妹致哀，我垂下了头。宁静的夜晚，荒原显得更加沉寂，连“收魂鸟”那种怪异的叫声也听不到了。

“摩尔人”注视了我一瞬间，慢慢朝我背转了高大的身躯，朝荒原黝黑的深处走去，消失在黑夜的巨口中。

“你们吵嚷什么？”

我扭回头，见副指导员站在帐篷口。四天内，她病得虚弱不堪，如果她松开拽着帐篷帘的那双手，一定会无力地瘫软在地。

我半天才从双唇间挤出了一个字：“狼……”

“狼？……”她怀疑的目光久久地审视着我，追问：“你一定有什么事情瞒着我！‘摩尔人’呢？你妹妹他们到哪儿去了？快告诉我，发生了什么事？！”

“我妹妹……她、她、她死在‘鬼沼’里了！……”我双手捂住脸，克制不住巨大的悲痛，失声号啕了。

副指导员像被猛击了一锤，发出短促的一声“啊”，昏倒在帐篷口。

深夜，“摩尔人”还没有回来，他到哪里去了？在我缺乏理智地对待了他之后，他会不会也恨我呢？他还会回来跟我同住在一顶帐篷里吗？他会不会遭到什么不幸？如果他真遭遇到什么不幸，那杀害他的就是我了……

我忏悔极了，不安极了，我感到黑夜的漫长。我守护着昏迷中的副指导员，第一次体验了在这广袤无垠的荒原上，孤独是一种多么可怕的处境。我整夜没有合眼。

黎明时，一阵急促的马蹄声由远而近。我奔出帐篷，“摩尔人”已经在帐篷外跳下马背。

“马？哪来的马？……”我忘记了我们之间发生过的一切不愉快的事，亲切地跟他说话。

他说：“前几天，我曾在树林中发现了被猎刀砍断的树枝，断定这附近可能有鄂伦春猎人。昨天夜里我找到了他们，向他们借了这匹马。副指导员怎么样？”

“还是昏迷不醒。”

“鄂伦春猎手们说，可能染上了出血热。”

“出血热？！”

我的心顿时冷却了。我听说过这种病，夺走一个人的生命，像秋风吹落一片树叶。

“摩尔人”又说：“你立刻骑上这匹马，顺着我们的来路护送副指导员过去！你一定能迎到我们的连队，副指导员就有救了！”他完全是命令的口气。

“不！你护送她，我留在这里！”

“我的身体太重，半路上非把这匹马压垮不可。它已经跑得够累了！由此向西五十里，可以绕过‘鬼沼’，你们沿沼地向西走吧！”

再争执就是卑劣的虚伪。

“摩尔人”用行李绳将昏迷中的副指导员缚在我后背，扶我跨上了马鞍。

“把枪带上。”他把步枪递给了我。

“你留下！”

“你带上，以防万一。”他将步枪挂在马鞍上，拉着马缰掉转马头，用充满信赖的目光看了我一眼，在马屁股上猛擂了一拳。

那马嘶叫一声，撒开四蹄，朝西疾驰而去。

朝西虽然比朝东少绕三十里路，但却要经过一片“塔头”甸子。幸亏那马是纯种鄂伦春猎马，在“塔头”地里也行走如飞！这种马体形矮小，其貌不扬，但能吃苦耐劳，是猎人之友，是荒原上的骆驼。

绕过“鬼沼”，仍一路不停地踢着马腹。那马仿佛体谅我的心情，速度毫不懈慢。又疾驰了大约三十里路，我的棉裤被马身上的汗湿透了。突然它打了几个响鼻，四腿发抖，蹄步摇摆起来，它似乎还想全力奔驰，但前蹄却跪倒了。我的双腿刚刚离开马鞍，在地上站稳，它便侧身一卧，伸长了脖子——它彻底累垮了！马腹忽起忽落，鼻孔喷出热气，嘴里吐出白沫来。这有灵性的动物，在倒下时，也绝不用身子压住骑者的腿，它那双琉璃眼，歉意地悲哀地望着我。

“放下我，放下我！这是什么地方？我们为什么在这里？你要把我背到哪儿去？……”

副指导员从昏迷中清醒过来了，她在我背上挣动着被缚住的身子。

我解开绳子，将她轻轻放在地上，让她的头和肩靠在我的胸前。

我轻轻对她说："副指导员，我要护送你迎接连队，你病得很严重！"

她喃喃地问："我要死了，是么？"

听我所爱的人说出这种话，我如万箭穿心，难受极了！我大声回答她："不，你不会死的！"

她吃力地微笑了一下："我不怕死，真的。你忘了，我们的扎根誓言中，不是有这样两句话么，埋骨何须故土，荒原处处为家。遗憾的是，我再有几个月就可以回家探望我的爸爸妈妈了，我真想他们啊！他们想我，大概都想疯了呢。我已经给他们写了信，保证我们在'满盖荒原'上秋收之后……"

我呜咽了，眼泪一滴一滴落在她脸上。

"别哭，"她轻轻握住了我的一只手，"如果我真的死了，就把我埋在'鬼沼'旁，我要和你的妹妹做伴。她是个好姑娘，我喜欢她。我只有一点请求，在我的碑上，在我的名字前面，刻上'垦荒者'三个字……"一大滴泪水，从她的眼角慢慢淌了出来。

我紧紧搂抱着她，放声大哭。

"你看，那是什么？多像书上写的那种忘忧果！你给我折一枝来，好么？"她那双美丽的大眼睛忽然闪亮闪亮的，盯着附近的什么东西。

我顺着她的目光，发现了一丛紫红的尚未开放的达子香花。我将她靠在马鞍上，站起身去折那丛达子香花。待我折了一束花回到她身边时，她已经闭上了眼睛。

她和那匹鄂伦春猎马同时停止了呼吸！

大地在我脚下旋转，蓝天变成了黑色。

我擦干了眼泪，将那束达子香花别在她衣扣里，跪了下去，在她渐渐消失着血色的双唇上，长久地亲吻着。我相信，她若有灵，是不会嗔怪我的。

我又背起她，继续朝前走。

这时，在地平线上，我看到了我们搬迁的连队的带状的影子……

全连队为副指导员默哀了许久许久。

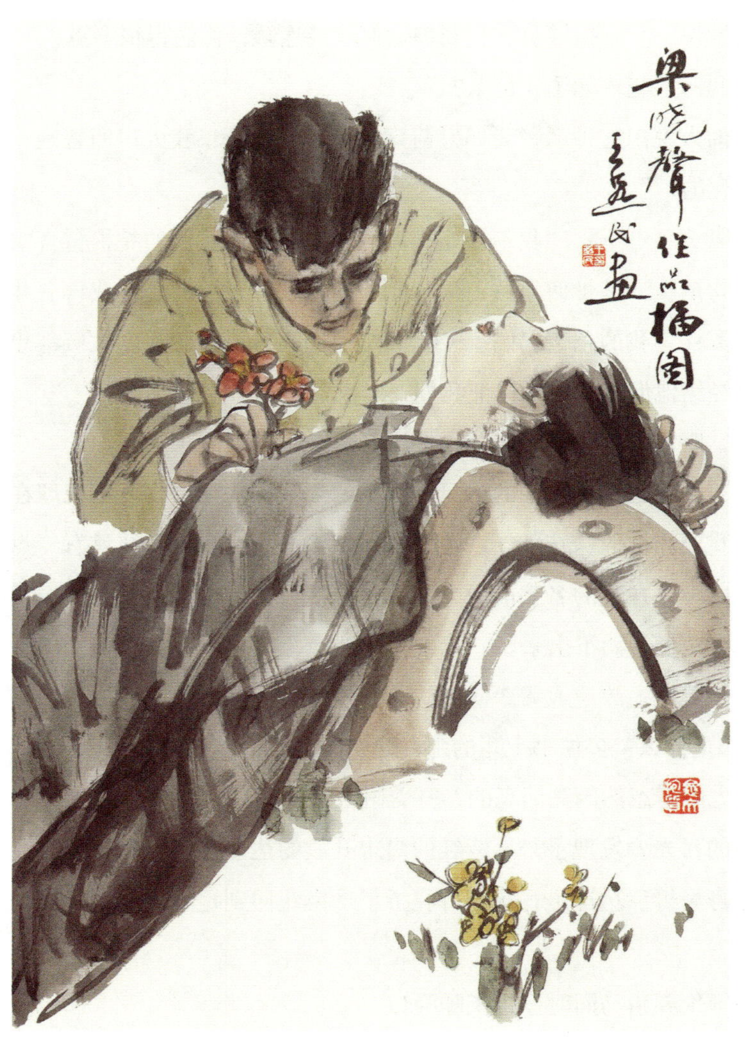

我擦干了眼泪，将那束达子香花别在李晓燕的衣扣里，跪了下去……

每一个人都流出了真诚的眼泪。

当我们全连队的马车、爬犁，拖拉机和团里支援我们搬迁的卡车所组成的车队行进到“鬼沼”前，冥冥的暮色开始在荒原上织成了帏幔。有人发现了一顶棉帽子，挂在倾斜的作为坟碑的木桩上，还压着一块石头。我首先走过去取下那顶帽子，认出是“摩尔人”的狗皮帽。帽兜里有一张纸，上面写着这样几行字：“我探出了一条涉过‘鬼沼’的路，以树枝为标记，由此向东，一里远处……”

当天晚上，我们将可能陷没的车辆停在了原地，全连队的人都平安地涉过了“鬼沼”。可是我们却到处也寻找不见“摩尔人”。

第二天黎明，在“流浪者”河边，发现了“摩尔人”的血迹斑斑的衣片，一柄大斧，三只死狼……周围的一切，都无声地向我们作证，这里曾进行过怎样触目惊心的人与兽的搏斗，可以想见，强壮勇猛的“摩尔人”是怎样拼搏尽了最后的气力才倒下去的……

我们在悲痛的日子里，开始在“满盖荒原”上播种。

按照副指导员的遗嘱，我们将她埋葬在“鬼沼”旁。我们从百里外的驼峰山上运回了一块大青石，连队的老石匠将它凿成了石碑，碑文上刻着：垦荒者李晓燕和她的战友王志刚、梁珊珊长眠于此。

我们从驼峰山上伐下了上千棵义气松。沿着“摩尔人”做的标记，在“鬼沼”上铺了一条垦荒者之路。第二年，又有好几个连队建点在“满盖荒原”上。

“鬼沼”，它终于被征服了！

当我带着垦荒者的胜利，在一个黄昏默走到“垦荒者”墓前凭吊的时候，一个陌生的青年也在那里。我发现墓碑上放着一束达子香花：那是妹妹生前最喜爱的花。

我立刻明白，他是妹妹生前所爱并爱过妹妹的那个人！

他脸上的表情令我深信，他永远也不会离开“满盖荒原”的了！

我们对望了一眼，他便掉头缓缓离去了。

我没有叫住他，没有问他的姓名，甚至没有想到问问他是哪一个城市的青年……

他是我们那一代中的一个，这一点足够了。

我们经历了北大荒的“大烟泡”，经历了开垦这块神奇的土地的无比艰辛和喜悦，从此，离开也罢，留下也罢，无论任何艰难困苦，都决不会在我们心上引起畏惧，都休想叫我们屈服……

呵，北大荒！

为了收获

一

肮脏的浓厚的乌云迅猛地吞掉了最后一块晴空，整个“满盖荒原”被凝重的死渊般的阴暗完全笼罩了。乌云仿佛一个面目可怖的怀有某种报复心的凶汉，险恶而野蛮地俯视着静止的麦海。闪电速描出它一次比一次更狰狞的张狂。麦海似柔弱的女人，屈辱地随着乌云放肆的欺压，屏息敛气。雷声，却是沉闷的，抑制的。抑制的沉闷中显示出它含蓄的威慑，像有几头巨兽蛰伏在泼墨般的翻涌的云层后发出阵阵哮吼。

地平线消失了。

往日蓝色金色泾渭分明之处，一片朦胧，一片混沌，一片如烟的雾状，一片似雾的苍灰……

雨季就这样来临了！

我们在“满盖荒原”播下了几十万斤优良麦种。

我们像恋人盼望约期一样热切盼望的丰收，强烈诱惑着我们无私的占有欲的丰收，使我们内心产生由衷的喜悦和高尚的冲动的丰收，足以祭奠为垦荒而献身的死者亡灵的丰收，也许将极可悲地成为泡影了！

这是我们征服了“满盖荒原”的第二度秋季。无际的麦海上空，仍颤动着可敬的青春的逝影和三个年轻生命的永恒的遗音。连绵不断的雨仿佛要向我们垦荒者证实："满盖荒原"是不可征服的！最终主宰它的乃是大自然的法则！人的愿望和意志是荒唐可笑的！冷漠的秋雨冲刷掉为此付出的青春与生命的代价，将如同潮汐注定冲刷掉沙滩上的足迹！

雨季的第四天，我和老连长站在我们连的麦地边上，呆呆地眺望着隐罩在云雨迷蒙之中的麦海。倾泻不止的秋雨冲洗着我俩透明的塑料雨衣，汩汩而淌，在我们脚旁汇成了一片水洼。我赤着的双脚已被雨水浸麻木了，身上一阵阵打冷战。

"完了……"老连长终于开口说出这么两个字。他一动不动地僵立着，并未看我一眼。

"完了……"我也在心中暗暗重复这两个字，觉得自己的心仿佛裸淋在秋雨中，像我塑料雨衣上的一颗扣子。同时我仿佛觉得有三个人就站在我背后——副指导员李晓燕、"摩尔人"王志刚和小妹梁珊珊。仿佛听到他们也低声说出两个字："完了……"仿佛他们离我那么近，我似乎感到了他们的呼吸。

我情不自禁地转过身，见一个人从连队的方向朝这里走来——是师麦收指挥部派到我们团蹲点的曹干事。他穿着披风式军雨衣，迈着从容不迫的步子，不时像运动员一样敏捷地跳跃过水洼。

他走到我们跟前，用一种命令的口气说："立即回连队，讨论师麦收指挥部的第一号麦收指示。"

老连长徐缓地朝这位蹲点工作组组长转过身，眯起眼睛，漠视着他那张毫无男性特征的白白净净的脸，提醒道："你大概忘了，我这个连长已被你撤职了！"

他未立即回答，却弯下腰，撩着雨水，很有耐性地一下下泼洗靴上的泥点，直到将他那双崭新的水靴泼得干干净净，才直起身；掏出手绢，边擦手边不动声色地说："现在我恢复你的职务。"那口气宛如一位统帅在对一个上士说话。说完，两边嘴角朝上微微一动，做出高傲的女性们才有的令人讨厌的笑态。

他的笑令我产生了极大的反感。尤其在此时此刻。我真想抓起一把泥甩在他脸上。

老连长忽然蹲下去，双臂交抱着膝部，头，沉重地垂在双臂上，他那老化了的破塑料雨衣的下裾漂在水洼里。

他像一个受尽了委屈的孩子，呜呜哭了。

“同志，你这是什么情绪？不满情绪？悲观情绪？这种情绪是极端有害的！是……”

“滚你妈的！”

我打断了蹲点工作组组长的话，因为自己脱口而出的四个字收到立竿见影的效果，感到既满意又畅快。

曹干事怔愣了一下，讷讷地反问：“什么？……”分明怀疑听错了。

“滚你妈的！”

我又大喊一句，字字清楚。

他不再怀疑自己的听觉有问题了。他那张白净的脸顿时变紫了，由紫转青，青如生果。他用一根手指威胁地指着我，指头颤抖。

我盯着他的脸，攥紧了罩在塑料雨衣下的拳，恨不得在他脸上，就在眉心和鼻梁之间，狠狠来上那么一拳，打他个满脸开花！

也许是我当时的神色太可怕了？也许是透明的塑料雨衣暴露了我的企图？他畏怯了。他那指向我的手指，渐渐收回去了。胳膊，也随之垂落下去了。

“你敢……”他声音极微小地嘟哝，一转身走了……

雨，比前一天下得更大。“满盖荒原”上的秋雨季，造成一种凄迷而苍凉的景象。晴日所能绰约见到的远山的虚影，彻底消失在浮游变化着的云雨的铅灰色之中了。铅灰色涂隐了一切：远山脚下的密林，麦海边缘年轮长久的孤树，新建连队静寂简陋的一座座土坯房……唯有那里升起的炊烟，表明在这片荒原上还有执拗的高等生命存在着。潇潇的秋雨无休无止地倾泻着。

荒原沟满壕平，河汉肆意横流，触目皆是水乡泽国。偶尔从低垂的铅灰色天幕上张皇地飞过不整的雁阵，失落下几声惆怅的雁鸣。或者哪一个连队敲响当当的钟声，仿佛提醒这荒原上的人们该做点什么事情了……

在这铅灰色的天地间，晴日里金灿灿的麦海变成了蚀铜般的锈黄色，麦海开始一大片一大片地倒伏了……

“完了……”我心中又一次暗暗重复这两个字。我从麦地边上拔起几棵麦子，搓下麦粒，捧在手中细看。饱满的麦粒被麦壳裹着，竟还没有湿胀。我心中又产生了一线渺茫的希望。倘若几天后雨过天晴，也许我们还来得及将麦子收获到麦场上。我们是这荒原上的播种者，我们怎么能断送这收获！那将是几十万吨的收获啊！

老连长站起来了。他似乎想对我说句什么话，却只是张了张口，一个字也没对我说出来。

我从他的表情中得出了判断，他要说的肯定与我要说的是同一句话：滚他妈的第一号麦收指示吧！

我和老连长彼此搀扶着，踏着胶状的泥泞和深深浅浅的水洼，一步一滑地向连队走去。我们滑倒了好几次，弄得满身泥浆，但我们依然默默无言。

纵然这辉煌的收获彻底断送，颗粒无收，我们也是没有罪过的。这种思想一路上不知多少遍地在我头脑中闪现着。仿佛这样想，便可以使我多少减轻一点心头的负重。

但我知道，老连长不会这样想，无过的负疚感只会更强烈地折磨他的。

雨季来临的日期，比我们预测的日期还提前了一天。但我们的联合收割机在雨季前十几天就检修完毕，我们的麦海在雨季前十几天就成熟到了收割期。我们早就盼望着在收获中大显身手了，麦收指挥部却不允许。麦收蹲点工作组组长曹干事，受命于师麦收指挥部对我们采取严厉的阻止。

“麦收也要像打仗一样，一声号令，全师统一向麦海发起‘总攻’……在同一天里，全师结束麦收战役……”这是一个完美到可悲的愿望和命令。

老连长愤怒了。他代表我们百十号人给师党委写了信，谴责麦收指挥部的荒唐，结果立即被撤了职。

老连长被撤职后，连里的日常工作都落在了我这个被任命不久的副连长身上。

“机械准备工作就绪了，可以进一步抓思想准备工作嘛！”我曾虔诚崇拜的曹干事，以麦收蹲点工作组组长的身份这么要求我。

“可是麦子熟了！我们应该收麦子！大家目前只盼望一件事——收获！这根本无须什么思想工作……”虽然我崇拜他，但还是脱口顶撞了他。

他睥睨地瞧着我，显出不屑于争辩的神气，用长久的沉默表示家长般的宽容。仿佛算是给我一个机会学到一次成熟似的，我从他的脸上阅读到了这样一句话：“你们，是多么幼稚啊！”

我忍受不了他那目光。我不是个固执地提出无理要求的孩子，而是一位副连长，一位对几十万斤麦子担负着收获使命的副连长。我希望获得到的，不是他的宽容，更非他的嘲笑，而是支持，义不容辞的支持！

“‘满盖荒原’麦熟期早，我们今年春播也早，根据我们掌握的当地气候资料，今年的雨季也许……”我差不多已经是在恳求他了。

“把你们连队的思想现状写一份材料交上来。两天时间够不够？”他异常冷静地打断了我的话。他那种冷静在我心底激起了对他的憎恨。

我怔怔地注视着他那张清清秀秀的脸，如同木匠在研究一段木头。在那一时刻，我心中产生了照他脸上给一拳的念头。

这位麦收蹲点工作组组长最初来到我们连队，我是极其尊敬他的。他是我们知识青年中的老高三毕业生，文质彬彬，一表人才，平素矜持稳重，不苟言笑，而这正是我们知青观念中“成熟”的标志。主持个什么会议，他又从容自信，讲起话来有条有理，头头是道，引经据典，谐趣横生。时间充足，他可以侃侃而谈。时间短促，他又善于言简意赅，高度概括。这正是我们知青观念中“才华”的体现。“成熟”且有“才华”当然会获得我们未成熟而浅薄的知青的佩服。我们佩服他到了膜拜顶礼，五体投地的程度。何况据说他麦收后将被任命为我们团的副政委。如果他身上去掉那种大家闺秀式的女人气，多一点堂堂男子汉的风度，还有，脸不那么白的话，我想我若是一个姑娘，很可能会倾心爱慕上他的……

那些日子里，我每天都要无数次地来到麦地，茫然地望着金色的麦海，忧虑而沮丧地倾听秋风搅动麦海发出的奇特的声响。那声响如同万千个女人的低低细语，在我听来仿佛是“收获、收获……”两个字的谐音。我也仿佛从其中辨听出了副指导员的声音，辨听出了小妹珊珊的声音。

在那些日子里，我第一次品尝到了什么是期待的滋味。世界上有各种各样的期待。每个人一生也许会体验各种各样的期待。而我所期待的，来到这个世界上之后第一次忧心如焚地期待到的，不过就是一张无格的办公纸和上面印着措辞不通的第一号麦收指示！

在那些日子里，每天都有连队的战士当面向我提出质问：“副连长，我们为什么还不开始收割？”“你再拖延收割就是犯罪！”而我，却只能回答他们四个字：“耐心等待……”我怕自己如果流露出和战士们一样的情绪，他们会认为是得到了默许和赞同，他们会立即将一台台联合收割机开进麦海。而这究竟有什么值得可怕的？麦熟了，就要收割。多么简单的道理！多么正常的事情！可是人在现实面前，却可能完完全全是另一副样子！

其实，我并不想得到什么人的赏识，更不想取悦于谁。但是我想长大，我想成熟起来。我想听到人们说我：“他已不再是一个毛头小伙子！”我将执行麦收指挥部的第一号麦收指示，始终视为自己正在“成熟”起来的标志。我期待着考验，但结果是，我们首先期待来了雨季……

当我又一次扶起滑倒的老连长时，我非常后悔地又一次想到刚才没有照曹干事脸上给一拳，是犯了个绝大的错误。

走进连部，见曹干事端坐在办公桌旁，面前放着翻开的《列宁全集》和笔记本，正在抄录某一段。他是我们全师最优秀的马列主义理论教员，也是我们全师唯一不但通读了《毛泽东选集》，而且通读了《马克思恩格斯选集》的人。《兵团战士报》上登过报道他的文章，说他已开始通读《列宁全集》，看来并非虚假。报上还介绍，他曾为全师团以上干部讲过马列主义理论课，受到普遍赞赏。师党委格外器重他。要任命他为我们团的副政委，倒绝不能说缺乏识别眼光。

我和老连长都没有理睬他。我们一言不发地脱下沾满泥浆的雨衣，挂在墙上后，同时在长条凳上坐下。老连长刚坐下又站了起来，从桌上拿起一只粗瓷大碗，跨到水缸前去舀水。我瞟了曹干事一眼，暗想，这人的涵养倒确非一般，刚刚受到我的辱骂，此刻就能定心潜神地学习起《列宁全集》来，扪心自问，我是绝对做不到的。

他搁下笔，双手叠放在桌上，目不转睛地久久盯着我："刚才，在麦地边上，你想动手打人是不是？"

我迎住他的目光，一个字一个字地回答："我现在还有这念头。"

"你没那么做，为什么呢？动武的话，明摆着我不是你的对手哇！"

"正因为这一点，我的念头才没变成行动。"

"狡辩吧？"他不相信地摇摇头，"你大概考虑到我将成为你们团的副政委吧？我读过心理学方面的书。"两边的嘴角微微朝上一动，又做出了他那种习惯性的讨厌的笑态。

"为了证明你错了……"我慢慢站起来，突然举起了拳头。

老连长的手在半空中擒住了我的手腕子。

"不必拦着他，我倒要看看他的胆量。"他仍然保持着那种双手叠放的姿势坐着，一动不动。

"你不就是想撩拨他犯一次错误，你好有理由报复他么？好，我替他犯这次错误。"老连长推开我，将端在另一只手的满碗凉水一滴不剩地泼在他脸上。

"你！……"他大出意外，倏地站起来。

第二碗凉水紧接着泼在他脸上。

他呆在那里。

第三碗，第四碗，第五碗……一碗又一碗，碗碗泼在他脸上。老连长的动作从容不迫，好像在浇地。

他终于狗似的从连部逃窜了出去。

老连长将碗往地上狠狠一摔，啪的一声，碎为数片。

“他妈的！我……我太听话了！我怎么就不早几天带领你们收割啊！我对不起死去的他们啊！……”

老连长的身子仿佛失去了重心，一下子倒坐在长凳上，紧握的双拳，左右轮番，使劲擂打着自己的脑袋。

老连长的话，像刀子一样扎伤了我的心。

我抱住老连长的双手，大声说：“老连长，你打我吧！是我没有带着大家去干，其实，只要我说一句话……”

我痛哭了。我看到了自己的罪过。

水在桌上流，浸湿了那册《列宁全集》，浸湿了全师最杰出的马列主义理论教员那精制的笔记本，浸湿了麦收指挥部的第一号指示，简短的几行文字是：

> 今天，在麦收指挥部总指挥的主持下，三团召开了麦收誓师大会：晴空万里，一览无云。金色的麦海，在阳光下翻涌。

二

我们去年仓促盖起的连部，分里外两间，我和曹干事各霸一方，他睡里间，我睡外间。

老连长将碗往地上狠狠一摔，啪的一声，碎为数片。

那天夜里，我怎么也无法入睡，仰躺在被窝里，思绪纷乱地静听雨在外面哗哗地下。雨一阵阵冲刷在玻璃上，响声骚乱而急骤。我没心思到处寻找干柴，火炕已经接连几天没烧了，被窝冰凉。蹲点工作组组长是不屑于干这类事的，但却自以为有发牢骚和抗议的权力。对他的牢骚和抗议，我采取听而不闻的态度。屋内非常黑暗，可谓伸手不见五指。我觉得自己如同躺在这大荒原的雨夜中的一口棺材里。孤寂和凄凉的体验使我内心顿生悲哀，一种难以诉说的悲哀。我在心中默默悼念着副指导员，“摩尔人”，小妹珊珊。他们安眠在“满盖荒原”肥沃而松软的黑土层下五百多天了。我再也不会听到副指导员讲“忘忧果”的故事了。再也不会听到“摩尔人”乐观的口哨声了。世界上也永远地消失了小妹那双忧郁而善良的黑眼睛。永远，永远。死，也许并不足畏，可怕的是“永远”两个字。这两个字不赏赐给活着的人哪怕是一种虚幻的希冀，一种渺茫的愿望。人类最初创造了这两个字一定是无比追悔过的，因此才会产生死者“永远活在我心中”这句文字表述形式。与其说这是为了缅怀死者，毋宁说这更是为了宽慰生者的心灵。如果死者真是“活在我们心中”，我甘愿剖开我的胸膛，扒出我的心脏，切为两半，让美丽而热忱的副指导员，让刚直而无私的“摩尔人”，让纯洁而感伤的小妹复现在这个世界上，而让我自己被深埋在“满盖荒原”的黑土层下。我绝不惜用我的死换取一次重见他们活生生的容貌的机会。哪怕这一时刻短暂得我只来得及对他们说出一句话——“我爱你们！”五百多个过去了的二十四小时，几乎每一天我心中都保持着一种不死灭的想象：他们会突然同时出现在我面前，手拉着手，亲昵地对我微笑……

从踏上“满盖荒原”那一天，我心中就再没有产生过一次羞愧感。作为“满盖荒原”的征服者之一，我觉得我是禁得起人们评说的。可是今天，老连长在连部说的话，彻底粉碎了我的自信。

我为什么要服从麦收指挥部迟迟不下的第一号麦收指示啊！

那断送了辉煌的收获的一张纸！……

老鼠在棚顶不厌其烦地嘎吱嘎吱啃檩条。

曹干事从里间抱着被褥走出来，摸黑铺在我身旁，像个鬼影似的，悄没声儿爬上了炕，一阵窸窣钻入被窝。

我一动不动地躺着，心想，肯定是里屋漏雨湿了炕，否则他绝不会贸然来侵占我的领地。

“你睡着了么？”他小声问。

我不回答。

他又问：“吸烟么？”

我仍不回答。

他翻下身，嚓，一根火柴燃着了。火柴的弱光将屋里照亮了片刻，嘎吱嘎吱的啃咬声停止了。我发现新糊的棚纸被啃了几个窟窿，一条足有三寸长的鼠尾从一个窟窿耷拉下来，尾尖迟疑而警觉地微微甩动。这是一种身上有道黑色条纹的野鼠。它们好像并不迷恋野生，很喜欢和人同居似的。我们盖起的一幢幢房屋，成了它们繁衍子孙的福地，因为它们身上有道挺体面的黑色条纹，我们对它们比对耗子宽大些。没有谁想到它曾带给我们并继续带给我们这些生存者以巨大的威胁。

曹干事趴在那里吸烟，火柴灭了，屋里重又黑暗了。

“你们怨恨我是没有道理的。你想想，师长是麦收指挥部的总指挥，师长亲自蹲点的三团还没有开始收割，我们这里倒抢先收割，岂不是等于拆师长的台嘛！我是师长亲自任命的麦收工作组组长，如果我同意你们抢先收割，那对我造成的损失……你处在我的地位上，你也不会不考虑到这些的……”黑暗中，他推心置腹地说，是一种要求体谅与和解的语调。

我沉默良久，问：“你怕鬼魂吗？”

他莫名其妙地反问：“什么意思？”

我用冷冷的语气说：“为开垦这片土地，有三个知识青年献出了生命。其中一个是我的妹妹，他们的鬼魂有一天会出现在你面前，也许就在你被任命为我们团的副政委那一天。他们会质问你，断送了他们用生命开垦的土地上的收获，你的良心反而感到安定吗？你一点罪过感都没有吗？……当然，他们也会这么质问我的……”

“我又不是小孩子。我只信仰马列主义，信仰唯物主义。要革命，就会有牺牲，死人的事是经常发生的……”他的话说得那么庄重，又说得那么轻松。

我不愿再同他多交谈一句，我翻过身去。

他忽然说：“你听，什么声音？好像有人在敲窗子！”

“是他们的鬼魂。他们来了。”我平静地回答。我并没有听到什么声音。

“真的！是有人在敲窗子！……”他的声调令人毛骨悚然。他紧裹着被子，一下滚到了我身边。

果然有人在敲窗子。我同时听到了低低的哭泣。

我立刻坐了起来。这哭声那么像小妹的哭声！

“你……你要干什么？别、别去开门！”唯物主义者紧紧搂住了我，浑身恐惧得发抖。

我使劲推开他。他的头撞在墙上，发出咚的一声响。我跳到地上，才知道外面的雨水已从门底灌进屋里来，我的鞋漂走了。我摸索着拉抽屉，翻到手电筒，蹚着水打开了门。像提起一道水闸，外面的雨水无阻地往屋里流。

我打开手电筒一照，站在窗前的是老连长的小女儿娟娟。这六岁的女孩身子紧贴墙根，房檐水像帘子似的将她和我隔开。她竟连块遮雨的塑料布也没披，雨水没过她的膝部。她像一只落水的可怜的小动物，瑟瑟发抖，泪水和着雨水在她脸上交流。

我惊愕地问：“娟娟，你到这里来干什么？”

“我爸爸病了……”她哇的一声大哭起来……

老连长躺在火炕上，处于昏迷状态。我摸了一下炕，也是冰凉的，在整个“满盖荒原”上，如今要想找到一块干柴是很难办到的。

在这个简陋到极点的家里，一切可以盖的物件，都被娟娟盖在了爸爸身上。但他还是在冰凉的火炕上缩成一团。他一阵接一阵地打着冷战。

我将手轻轻触在老连长的额头上，额头烫得使我立刻缩回了手。

我一反身，冲出门去。

我从大宿舍把卫生员找来了。

当她从老连长腋下抽出体温计，我迫不及待地问："多少度？"

"四十一度……"她极不安地回答。

"重感冒引起的？"

"可能……不过……他两天前就开始发烧了……"

"那你为什么不告诉我！"我吼了起来。想到这两天中，我拉着他在我们连的麦地里到处视察，心中顿时对这昏迷中的人产生了极大的歉意。

卫生员低下了头，怯怯地说："他……不许我告诉你……"

我更加恼怒，厉声训斥："你就那么听他的！你要不能使他退烧，我饶不了你！"

"他……他说，他一病倒，怕你更没了主心骨……我给他打过好几针退烧针了……"卫生员掉了泪。

"别废话了！再给他打一针！打一针最见效的！"

"只有百乃定……"

我不再说什么，轻轻地一件件地掀掉老连长身上的盖物，帮卫生员解开了老连长的衣扣。

"手电照低点。"卫生员拿着针犹豫起来。她放下了针，俯身仔细查看老连长的胸部。接着，又翻开他的眼皮，扳起他的下颏，抬起他的胳膊……

随着她这套检查程序，我的心跳骤然加速了。

"会不会是……"她将目光转向了我，从口中挤出那令人恐惧的三个字，"出血热……"

电筒从我手中掉落地上，黑暗包围了这小土屋中的三个大人和一个小女孩……

险恶的瘟神的阴影竟又开始徜徉在“满盖荒原”上。它夺走人的生命，就像吹灭一支蜡烛。它是那么冷酷无情，甚至不肯留给人一段同它抗拒的时间。哪怕是象征性的抗拒。它已经将我心爱的姑娘和我心爱的妹妹以及我可敬的战友从我身边夺走了，如今，它又在几个初建连队中物色新的牺牲者了！

第二天，“出血热”三个字立即传遍了各个连队。每个连队都出现了一批新的出血热患者。有的处在潜伏期。有的已进入发病期。连绵的秋雨在“满盖荒原”上造成的霉潮氛围，助长着这荒原瘟疫的淫威。病人无法送往团部医院。泛滥的河流与沼泽将通往团部的每一条道路都阻断了。“满盖荒原”成了广袤的北大荒土地上的一座孤岛。即使有车辆能够冲出河流与沼泽的重围，出血热病人也禁不住一路难以想象的剧烈颠簸。

八名——已经有明显症状被确诊为出血热病人的生的希望，寄托在五个初建连队的卫生员身上。而五名经过短期培训的卫生员，将这种希望寄托在他们药品有限的医药箱上，寄托在病人们身体中的免疫力上。他们将最宝贵的药——葡萄糖集中使用。他们随时检查人们身上是否出现了威胁人生命的出血点。一经在谁身上发现，谁就被下禁令像只蛹一样卧床不动。他们救死扶伤的愿望只能在五个医药箱的可怜的空间内施展。哪怕是手指尖上一个小小的无关紧要的出血点，也足以引起某个人内心巨大的恐怖。由麦收指挥部的荒谬的麦收方案在人们心中造成的愤慨情绪，随之不除自消。人们不再谈论秋雨，不再谈论麦子，不再谈论收获，只谈论一个话题——出血热。只谈论与这个话题紧紧相关的，对他们来说陌生而可怕的词句——病体潮红、出血点、球结膜、软颏部位……

老连长那颗顽强的心脏在休克状态中机械地跳动了二十二小时，令人不可置信地停歇了。安宁了。永远……

又一个人永远“活在我们心中”了。

我的心中又多了一个形象，又多了一重悲哀。一颗小小的心，它怎么能容得下四个活生生的人！也许他们是希望在那小小的世界里“生存”得无忧无虑一些吧？它近乎麻木了。

三十二小时中，老连长只在弥留之际清醒了片刻，只说了一句半话。

那一句话是："我想吃水果罐头。"

可怜，整个"满盖荒原"上，五个连队之中，也不可能找到一瓶水果罐头。

炊事班长到菜窖里亲自挑选了一个最水灵的大红萝卜，削了皮，切成方方正正的小块，放在一个罐头瓶子里，泡上糖水，由我喂给他喝了一勺"罐头水"。

那半句话，就是他喝了一勺"罐头水"之后说的。

他说的是："柞木……"

谁也猜不出是什么意思。

他说出两个字几分钟后便闭上了眼睛，就像一个疲惫的人安然入睡一样。

他的山东老乡炊事班长背过身，淌着泪喃喃地说："连长，你别怨我用萝卜骗了你……"

四台拖拉机从四个方向开足马力，用钢铁的前杠朝四堵土坯墙撞去，轰然一声，他的家颓倒了。他的坟形成了。他被安葬了。连同他的全部家产。不能算作家产的家产。

注视着这整个安葬过程，我默默地流着眼泪。

抱在我怀中的小娟娟尖声叫喊："我要爸爸，我要爸爸！你们干什么毁我的家呀！……"她抓我，咬我，撕扯我的头发，我却只有将她抱得紧紧的。

追悼仪式，像安葬仪式一样简单。我们全连人站在秋雨中，站在他的坟前，向他长久默哀。

我凭自己对死者的了解，向全连人低声陈述他的一生："王友安，男，终年四十六岁。中国共产党党员，曾参加过抗美援朝，立过一次一等功，两次三等功……"

我还知道，他的老婆，在我们连队转迁到"满盖荒原"之前，回河北探亲一去不回，写信告诉他："别指望我回来再跟你过了！"他却常常对别人说：

“她这就该到了！”与其说这是他的希望，不如说是一个男子汉维护自己尊严的自欺欺人的谎话。

我还知道，有一个三十多岁的女人是真心爱他的。她原是某地区文工团的演员，因所谓“思想反动”罪，被发配北大荒来接受改造，在我们连队喂过猪。两年前的一天深夜，我从兄弟连队看望同学归来，路过猪舍，亲眼看见他的身影从她住的熄了灯的小茅草屋里闪出来，匆匆而去。她倚着门框，呆呆注视着他远去的身影。她发现我，吃了一惊，随即走到我跟前，双膝跪下，仰起脸望着我，说：“我是一个没结婚的女人，我有权爱他，他是一个失去了妻子的好男人。我们的事，只有你一个人知道，我求你……”见我不作声，她慢慢站起来了，又说：“你去汇报吧！是我勾引了他，你就这样去汇报好了，你去！……”

在那一个夜晚，在惨淡的月辉下，我从一个女人的脸上，看到了一颗女人的对爱充满了极度渴望的心，也见识了一个女人的刚勇。我只对她说了“我不会……”，就转身跑了……我们连队迁移到“满盖荒原”之前，她的罪名似乎减轻了，被调到团里去看物资仓库了。

我还知道，她曾悄悄托人给老连长捎过口信：只要他下了决心要她，她就会到“满盖荒原”来，做他终身的伴侣……

他究竟为什么迟迟不下这个决心，我不知道。我热爱生活却没有得到过生活报偿的老连长啊！

老连长，其实并不老。他能用一根撬杠撬起一台拖拉机。他能用脊背将一辆陷入沼泽的马车顶起来。他曾用那只粗大而温情的真正的男人的手握断过老虎钳！

而他的生命却失去得如此轻易！

死亡，在“满盖荒原”上也变得如此荒谬！

一个强悍的男人短促的死亡史，造成了人们对“出血热”三个字更大的恐怖。

……

当我怀着极其沉重的心情回到连部，一推开门，见马列主义理论教员脱得赤条条的，一手拿着一面小圆镜，正在全神贯注地反臂折射自己白净的后背上的每一个部位……

三

十几个知识青年企图逃离这片充满死亡阴影的荒原，但他们走了整整一天后，迷失了方向，终于不得不顺原路回到了各自的连队。

五个连队，每个连队派出一名最富有责任感的战士，组成了告急小队，骑上各连最快的马，带上一挎兜干粮，向团部出发了。

告急小队出发后，雨势稍减，天空露出了晴意。

麦海被人们遗忘了。人们只要走到外面，抬头就会望见它，然而仿佛根本没有望见它似的，仿佛它根本就不存在了似的。只有我无法忽视它的存在，因为连部的窗子就朝向麦海。

几天后的一个傍晚，雨终于停了。我推开窗子向外望去，但见云开天露，久违的夕阳悬吻着暗黄色的麦海，吻得那么久，吻得那么深情。渐渐地，它将自己的脸偎入了麦海的胸怀。一道绚丽的彩虹，横架在麦海上空。晚霞从地平线处向整个天空辐射，阴霾的残云被逼退到天空的深远处。“满盖荒原”的景色又变得澄清了，变得明朗了，变得新爽了。然而我的心境并未因面对这久雨后的美好的景色便愉悦起来，我从心底长长地舒出一口气，惆怅地转过了身。就如同一个刚肠男子，对爱而必弃的情人转过身去一样。

麦海，我们的麦海，我的麦海，宽恕我吧！在我的每一个战上的生命都受到瘟疫威胁的情况下，你怎能不被我暂时排遣出心内！

我一走出连部，立刻呆住了，怔怔地站在连部门口。一个姑娘迎面朝我走来，她的身姿那么像副指导员！

她走到我跟前，犹疑地问：“你是副连长吧？”

我点了一下头。

“我是团卫生院派来的医生，我叫肖淑芸。”她向我伸出了一只手。我紧紧地握住她的手，仿佛握住拯救者的手，半天，才激动地说：“全靠你了！……”

她微笑了一下，得体地回答：“我希望自己不辜负你这句话。”她的容貌也那么像副指导员，连同她的语调和她那种令人感到亲近的微笑。她看去要比副指导员大三四岁，具有比副指导员趋于成熟的气质。

我放开她的手，问：“你们怎么到来的？”

“团部派一辆越野卡车送我们，还有两台拖拉机保驾。卡车和一台拖拉机在半路陷住了，我们只好徒步行走，结果晚到了一天。”

我这才发现，她的鞋袜完全被泥浆糊裹着，挽起过又放下了的裤筒还未干。她又说：“五个人去告急，其余四个人说什么也不肯再跟回来了！多亏你们连的小李毫不犹豫地表示给我们带路，没有他，我们也许会迷失在荒原上的！”

小李，谢谢你！我心中默默地这样说。我为自己派了一个真正的战上而感到自豪和骄傲。

她问：“师部的曹干事还在你们连吗？”

我点了一下头，见她脸上顿时放出兴奋的光彩，我马上猜测到了她和他可能是什么关系，一丝遗憾之情油然而生。我淡淡地说：“他就在连部。”

她顾不上再跟我多说一句话，一股旋风似的奔进了连部。

我刚来到了大宿舍。李守志坐在大宿舍门旁的木墩上，双膝轻轻夹着他从小养大的那只黑狗。他看见我，推开狗，站了起来，说：“副连长，我完成了你交给我的任务。”

我用感激的目光无言地望着他那张稚气未泯的娃娃脸……

春播时节，我将拖拉机开到公比拉河边加水，碰到他也在河边给拖拉机加水。他从河中拎起一桶水，看了我一眼，似乎有话要说，但却猛一转身走开了：就像我们第一次在妹妹坟前相遇一样。

“喂！……”我叫了他一声。

他站住，缓缓地转过身，勇敢地注视着我。

我向他走近一步，问：“你叫什么名字？”

“李守志……”他的声音很低。

“哪个城市的？”

“北京。”

“现在是哪个连的？”

“新建三连。”

“调到我们连来吧！”

“……”

“你不愿和我在一个连队？”

“你……不恨我？”

“不……”我走到他跟前，坦白地说，“我需要你……”

水桶从他手中掉在地上，他扑进了我怀里……

他调到我们连后，我觉得，我在情感和心理上获得了某种补偿和慰藉，但是我们接触得并不多，更没有相互表露过相怜之情。一个妹妹真心爱过也真心爱过妹妹的人就生活在我身旁，毕竟使我觉得恍如妹妹的一部分灵魂复活在我生活之中，这就足够了。

我派他参加告急队，其实是有心给他一个光明正大的机会，能够离开瘟疫蔓延的大荒原。在他临行前，我曾暗示他：“你的任务仅仅是告急……”我看出他当时分明是理解了我这句话的真正含义的。

我的动机并非出于一种卑下心理。不，并非仅仅由于我对小妹妹的个人情感所驱使，还因为他是我们全连年龄最小的一个知识青年。在我看来，他仍是一个孩子。在严峻的情况之下，一个孩子是理应获得特殊的“护生权”

的……

他今天却又回到了“满盖荒原”，又置身在瘟疫的统治下，是告急队五个人中唯一真正富有责任感、真正完成了使命的人。我又一次理解了，妹妹究竟何以会爱上这个和她同龄的娃娃脸，何以会对他爱得那么纯那么真又那么深！也又一次理解了妹妹生前何以会承担着对一个女孩来说等于身败名裂的结局而决不羞悔，决不退让，甚至决不容许任何人，包括我——她的亲哥哥在内，对他们的爱情说半句亵渎的话语。

爱，如果是圣洁的，如果是真挚的，如果是无愧于用“爱”这个透明的字来表述的，纵然是一时的情感冲动使它蒙受了羞耻，也只能说是“过失”，而绝非罪孽。

如果说我早已宽恕了他们，而在我注视着他的娃娃脸那一时刻，我真想紧紧搂抱住他，对他说一句请求他，请求他和小妹两个人宽恕我的话。因为我曾用怎样冷酷的语言亵渎过他们的爱情，诅咒过他们的爱情，辱谩过他们的爱情啊！我知罪。

我心中虽想到了这么许多，却只对他说了一句话：“你一定很累了，好好休息吧！”

我一走进大宿舍，大家立刻将我围住，七言八语乱嚷嚷：

“团里开他妈的什么玩笑，给我们派来一个女知青！”

“她能比我们连的卫生员强多少？”

“我们的生死簿就掌握在她手中，有什么保障？”

“既然团里对我们这么不负责任，我们……”

“都住口！”我严厉地喝止他们。

他们顷刻肃静了，一个个吃惊地望着我。

“谁不信任团里派来的医生，可以自己离开‘满盖荒原’去逃生！”我被他们嚷嚷得心情异常烦乱，忍不住大声呵斥着，并转身走出了大宿舍。我不愿代那个肖淑芸成为众矢之的。况且我认为我的战士们的愤怒不无道理。

那个肖淑芸和蹲点工作组组长之间的特殊关系，损害了她给我的第一印象。我已不再觉得她有任何酷似副指导员之处了。

李守志仍坐在大宿舍门旁的木墩上，定神地望着远处的麦海，连我走出来他也没有发觉。只有他的黑狗讨好地对我摇摇尾巴。我回到连部，连部也不安宁。里间屋内，肖淑芸和曹干事在争吵：

"难道你不明白出血热是怎么回事吗？是瘟疫！这里每天都可能突然发生死亡，想离开都办不到，你却自告奋勇……"

"我是医生！"

"别忘了你是我的未婚妻！我们得准备结婚！……"

"你喊什么？在此时此地，请你不要提到我们的婚事！"

"芸，我是为了自己吗？！"曹干事的语调压低了，温柔了，"我们已经好久不见了，为什么一见面就争吵呢？你知道我是多么想你吗？过来让我好好亲亲你……"

一声响动，大概是她使劲把他推开了，他撞在档案柜上。

我正欲退出，却来不及了。她从屋里走出来，仍是满脸的愠怒。她看见我，怔愣了一下，脸倏然变得通红，她故作镇静地说："我需要你做件事，请你把我带到你们的连里去！"

我问："现在？"

"当然！现在，立刻就去！"

里屋一片死寂。

我本想劝阻她，明天再去，我怕我的战士们会由于余怒未消而对她粗鲁无礼。但我却身不由己地做了领路人，或许是想对她刚才战胜个人情感的那几分勇气表示赞许？

我们走到大宿舍门口，李守志还坐在门旁的木墩上。黑狗跃起，对她汪汪乱吼。

她站住，瞧着它，问："谁养的狗？"

“我。”李守志看她一眼，将狗唤到身边，拍拍它的脑门，它乖顺地蹲下了后腿。

她说：“把狗处理掉。”

“什么意思？”李守志一听，两眼瞪着她。

她依然用那种平静的，但带有不容抗争的含蓄的威严语调说：“我的意思很明白，弄死它。”

李守志一下子站了起来：“要是换个人跟我说这话，我就先揍他一顿再说！”

她眯起一双秀美的眼睛，沉默片刻，将脸转向我，说：“请你记住，从现在起，我的话就是法令！”说罢，径自走进了大宿舍。

我顾不上对李守志说什么，赶紧跟着她走进大宿舍，在过道内扯住她，低声征求：“先从女宿舍开始？还是先从男宿舍开始？我们连的男知青，可是都有点……缺乏礼貌……”

她犹豫了一下，从我的话中品味出什么，板着脸说：“既然如此，当然先从男宿舍开始！”

我推开男宿舍门，首先将她让了进去。大家一发现她，纷纷停止了各自正在做的事情，目光从各个角度集中在她身上。每个人的目光都毫不掩饰他们内心对她的不同程度的轻蔑。靠着躺着卧着的，连姿势都不愿变动得文雅一点。

她从容地，默默地环视他们。

我低声说：“请你别介意，他们……”

她皱起眉头，打断我：“不，我对这一点很介意，这种精神状态，不利于我，也不利于他们！请你命令他们全部下地，分列两排。”

她的话充满了无可争辩的威严。

我像她的副官一般顺从地照办了。

他们分明仅仅是为了给我一点面子，一个个缓慢地不情愿地下了地，站成了懒懒散散的两排。

还有几个人竟仍盘脚围坐在火炕上，用扑克牌算命，口中念念有词："红桃J！——生！黑桃K！——死！……"

我正欲发作，被她用手势制止住了。

"我是自愿要求到'满盖荒原'上来的。"她平静地开口说。

这句话似乎起到了某种特殊的作用，一部分人渐渐变得庄重了些。

她接着说："我曾在医学院受过两年培训，培训期间专门收集过有关出血热的病例。流行性出血热是一种自然疫源性疾病，其流行形式主要为散发，但当大量人群进入疫区而预防工作缺乏的情况下，可形成爆发。疫区大多分布在湖沼、荒泽和易受淹涝的半垦区，以秋冬季为流行期……"

所有的人都不由自主地认真听起来，几个算命者也投来了惊疑的目光。

"传染此病的是黑线姬鼠和莫氏田鼠。一般鼠类的传染性也不可排除。在疫源区，猫、狗有时也能成为传染媒介……"

人们的目光忽然都从她身上一齐转向门口，李守志不知何时走了进来。他听到了她的最后一句话。他避开众人的目光，使劲咬着下唇。

她继续说："虽然据说你们连的卫生员已经对你们进行过了一次身体普查，现在我必须还进行一次，请大家脱衣服。"

那几个算命的从炕上跳到地上，并且带头脱起衣服来。

忽然有一个声音挑衅地问："胸部是否潮红，腋下是否有出血点，不就是这一套吗？"

她转过身，用目光发现着，并咄咄逼人地盯住说此话的人说："如果你认为多此一举，可以马上出去！"

队伍里变得出奇的安静。

又有人低声问了一句："连短裤也脱吗？"分明也是在挑衅，比前者含蓄，却比前者下流。

她仿佛不屑于认真，立即回答道："如果你不在乎，我更不在乎。"

她看了我一眼，见我还呆立在那里，眉头一皱，大声说："你也不例外！"

我只得开始一颗一颗地解衣扣。

忽然，一个尖嗓门高叫起来："老鼠！……"

叫声未落，一只枕头摔在地上。转瞬间，十几个穿着短裤的赤身裸体冲撞在一起，穿着鞋的狠狠踩踏，赤着脚的用随手抓到的各种物件使劲砸去……

几秒钟后，骚乱静止了。十几个人先后退归原位。众人呆呆地盯着炉旁地上，那儿有一小团粉红色的肉泥，似乎还在颤颤搏动。每一个人眼中投射出的，都是一种解恨的、奇特的、快感的目光。好像被打死的不是一只老鼠，而是一具可怕的凶恶的瘟神。

砰！……

是一声枪响！

李守志拎着步枪走进了宿舍。谁也没有注意到他是什么时候离开的。他将枪挂在墙上，转过身，背对大家，面对墙，一言不发，开始脱衣服。

大家都明白那一声枪响的结果。

大家知道他多么喜爱这只从小养大的黑狗。它是他亲密的朋友，伙伴，几乎天天与他形影不离。我比大家对他多理解一层：他需要某种寄托内心情感的方式。他无异于朝自己那封闭的充满感伤的心开了一枪。

肖淑芸走到他身边，用手在他已脱光了上衣的手臂上轻轻触摸了一下，低声说："小李，谢谢……"

我也走到了他身边，说："告诉木工班，给狗钉个箱子，就说我同意的……"

一滴泪水，慢慢从他的眼角挤出，顺着他的脸颊淌了下来……当我和肖淑芸离开大宿舍，往连部走时，她像深深地卸掉了重负似的嘘了口气。

我急不可待地问："快告诉我结果！"

她站住了，缓慢地说："你们连队的情况相对乐观，只有一个人……"

"谁？……"

她注视着我，目光中充满了忧郁，许久，才极轻微地吐出一个字："你……"

肖淑芸注视着我，目光中充满了忧郁，许久，才极轻微地吐出一个字：“你……”

四

一只有无数锐齿的轮盘高速旋转着，旋转着，旋转着……

我被什么力量抛在这轮盘上，随着它旋转，旋转，旋转……

轮盘渐渐变小了，我渐渐变大了。

我躺在一台车床上，眼睁睁地看着高速旋转的轮盘自上而下逼近我的额头，轮盘的锐齿旋飞了我的皮肉，开始旋刮我的额骨。我感觉我的额骨被旋透了，轮盘继续在我的头颅内旋转，像钻探机一样深入着，通过咽喉，达到了我的心脏……我感觉咽喉完全被堵塞了，我一丝气也透不过来，我挣扎，我叫喊。我叫喊妈妈，叫喊副指导员，叫喊“摩尔人”，也叫喊小妹。他们同时向我奔跑过来。他们也对我大声呼唤着。奇怪，他们为什么不呼唤我的名字，而呼唤我“副连长”呢！这呼唤声不像是从他们口中发出的，而像是从极遥远极遥远处传来。他们仿佛并非是来救我的。他们仿佛根本没有发现我在受酷刑，他们飞天似的从我头顶上空飘过，我绝望地伸出双臂企图抓住他们……

我睁开了眼睛，眼前那么黑暗，还不如梦境光明，我一时不能判断，究竟梦境是现实，还是现实是梦境。

“副连长……”一个低低的声音在我耳畔叫我。我的一只手被别人的双手紧紧握着。

我微微侧过头，问：“你是谁？……”

“我是小李……”一阵克制的哭泣声。

“小李，你哭什么？”

“我……没哭……”

“我在哪儿？”

“在连部。”

“连部？为什么这样黑啊？”

“肖医生……把窗子挡上了，怕你受风……”

肖医生？……我清醒了，我患了出血热。

“小李，我要死了，是吗？”我问出这句话，内心一阵悲伤，眼泪涌了出来。

“不，副连长，你不会死的……”小李将脸俯向我，注视着我，“副连长，你昏迷了整整三天，已经滴了两瓶葡萄糖了。全连人都在为你担忧，肖医生在你身旁守护了整整三天……”他替我轻轻拭去了泪水。

“肖医生呢？”

“她到三连去了。今天一早走的……三连的发病率最高。她嘱咐我好好照顾你，她说，你能度过危险期，简直是一个奇迹……”他说完，从我身边走开，取下了挡窗的毯子，屋内顿时充满光明，我被突然降临的光明晃得睁不开眼睛。

“副连长，你看！”小李又回到我身边时，手中拎着一个柳条编成的小笼子。

我奇怪地问：“什么？”

“黑线姬鼠！你不是要求我无论如何给你抓一只活的吗？”

我想不起来什么时候，什么情况下，曾向他提出过这种要求，“你不记得了，宣布你得病的第一天，你被迫躺在连部里对我说的，你说否则你死不瞑目！”

我还是想不起来，那只黑线姬鼠蜷伏在笼子一角，一对晶亮的小眼睛，惧怕地瞧着我。

我想到了副指导员，想到了老连长，想到了在这段不寻常的日子里，因它而死的我的垦荒战友们。虽然它也和人同样是生命，但我对它只有强烈的仇恨。

我猛然从小李手中夺过笼子，拆散了柳条，将那只黑线姬鼠擒握在手中。

我将它活活握毙在手心里，把它扔到地上。心中掠过一阵复仇的快乐！

“肖医生还要留着它制作标本呢！”小李责备地嘟哝了一句。

什么人咚的一声从里屋的窗子跳进了连部，接着是一阵磕东碰西的响声。

我这才发现，里外间的门上，也严严密密地挂了一条毯子，将里外间分隔开了。是曹干事的毯子。

我疑惑地看了小李一眼，小李低声咒骂："什么东西！自从你得病后，这家伙就把窗子当成门，怕被你传染……"

再也没有比这种做法造成对我心灵伤害更严重的了，我对此却找不到半句话可说，只能苦笑一下。

一阵我非常熟悉的轰响声从外面传来，我吃力地撑起身坐起，问："是我们连的拖拉机？"

小李点点头。

我又追问："麦地能进行收割了么？"

他诚实地摇了摇头。

"赶制'木鞋'，你们为什么还不快给拖拉机赶制'木鞋'？我不需要你照顾！你去说，你说我请求大家，绝不能断送我们的收获！你去！你快去！"我激动了，挥着手撵他离开连部。

"副连长，你在昏迷中说的就是这些话，我已经对大家说过了，大家已经开始赶制'木鞋'了……"他向我伸出了双手，手心磨起了一个个血泡。

"那我们的拖拉机为什么还不开到麦地里去？我们还剩多少收获的时间呀？再拖几天，麦子就会在麦秆上发芽！你不懂吗？"我依然向他吼着。

他低下头，沉默了一会儿，委屈地说："为了赶制'木鞋'，我们已经两天没睡过觉了……"我这才看出他两眼网满了血丝。

我感到了羞愧，讷讷地说："是的，大家都在期待收获……"小李忧心忡忡地说："我们实验好多次了，可连里的木料硬度都不够……"

仿佛是有神明在提醒我，我猛然想起了老连长死前说出的那半句话："柞木……"

"柞木！……"小李迟疑了一下，一转身冲出了连部。

和小李说了这么多话，我竟感到力不可支，一阵晕眩，不得不又躺下了。

老连长，老连长，我心中默默悼念，多亏你为我们留下了“柞木”两个字啊！我们将用收获的麦子，覆盖你的整个墓地！明年春天，我们将在你的墓地四周栽种柞树苗，让你在一片柞树林中永久地安睡……

一个人轻轻在炕沿上坐下了，我侧脸一看，是肖淑芸。我欲爬起，她双手按住了，轻声说：“别动……”

我感激地注视她的脸，觉得她的面容的的确确是很像副指导员的。

她用一只手抚摸着我的脸颊。像一位年轻的母亲抚摸自己的孩子一般。“天哪，你可算活过来啦！”她第一次在我面前露出了一个孩子气的调皮的笑脸。

她那微笑，像一股清凉的泉水从我心中流过。我多日来阴沉而烦乱的心情，在她那双俊美的眼睛的注视下，释然了，明澈了，轻松了。

“小肖！”曹干事隔着毯子在里间叫她，“你过来一下，我有事和你商量。”

我记得，在他们见面的第一天，他是称她“芸”的。这些天里，他们之间的关系似乎已发生了急骤的变化。不知为什么，我内心里顿时充满了内疚。

肖淑芸脸上的笑意逝去了，她冷冷地说：“有什么话你说好了，隔着毯子说也一样。”

但后来，肖淑芸还是走过去了。随着那张拽落开半边的毯子和那双温情的、乞求的目光走了过去。

曹干事从那边伸过双手，扳住了肖淑芸的肩头，他的声音压得很低，大概是怕外人听见吧？我把脸赶紧扭向另一边。

“不！……”这是我听见的肖淑芸的第一次的有气无力的答复。

又是一片窃窃私语，声调逐渐提高了。

“我不！……”肖淑芸作了第二次回答，嗓音有些颤抖了。

“你没必要这样做！”曹干事终于按捺不住地高声说，“没有人敢谴责你！……”

“良心！”肖淑芸说，“你懂得良心吗？良心会谴责！……”

“这是什么年代？什么‘良心’？我们讲的是马列主义，是……”

“虚伪……”肖淑芸突然呜咽了，“你虚伪……”

“随便你说我什么！我一切都是为了爱你，我有权利保护你！”曹干事仿佛动了真情，声音变得干涩了。

“我不走，我也不让你走！”肖淑芸或许忘记了我的存在，她显得十分冲动，“你的身份不允许你离开这片土地，多少双眼睛在看着你！我也不能走，他们需要我。在鄂伦春人那里，我已经找到了对付出血热的特效草药！救活任何一条性命，他们都会把所有的感激、信任交还给你！再说，你听我说：人，是不传染出血热的，我们不会有危险。除非身上有了外伤，它是通过人的血液……”

我被肖淑芸的话感动了，因为她真实。我向他们转过头去——

他，正从口袋里摸出一把伸缩刀，推出了锋利的刀刃。

“是这样吗？……”他狠狠咬住下唇，用刀尖向左手背上划去！

肖淑芸惊恐地望着他，随即用一只手臂挡住了整个的面孔。血，殷红的血，一滴、两滴……

“你都看到了。”曹干事乜斜着我，惨然一笑，“不过也没什么，良心……”他望望肖淑芸，“她所要求的良心总算得到了安慰。现在我们是否可以昂首阔步地离开这里……”

“你敢……”肖淑芸说。我又看到了那个冷峻的、高尚的女性的面孔。

“你敢……”她一把夺过曹干事手里的小刀，刀在她手中剧烈地颤抖着。她嘴里喃喃地重复着这两个字，眼眶里充溢着欲喷的泪水。

我不敢看下去。我用被子紧紧蒙住了脑袋。为她，我想大哭一场。可我又生怕自己失声哭出来。

我不知在静寂中过了多久，直到有人掀开我的被角。

“副连长，又有人跑了……从马棚里偷走了两匹马，跑了……”小李阴郁地说着。

“什么？！都跑了？两个人都跑了？”我几乎不敢相信自己的耳朵。

“我是说，曹干事。有一匹马自己又跑回来了。肖医生在呢，她在和大伙一块选柞木。”

临近傍晚，又有一匹马跑回了马棚。有人认出：这是曹干事偷走的那匹。我命令小李带领几个人，连夜去寻找曹干事。第二天中午，他们才回来。

有人告诉我：肖医生整夜在哭泣，现在已不知去向了。

我挣扎着爬起来，我必须亲自找到她。

不知何故，我会一步步挪向老连长长眠的那片寂寞的墓地。

暮色正在降临。天地间的分界已被浓重的铅灰色涂抹得一片虚幻。炊烟在远远的半空中勾勒出一缕缕独立而凝固的曲线，仿佛我视线相接的那个侧身而立修长的身影。

我轻轻地走到她的身后，那气喘吁吁的声音她一定听见了，可我仍然说不出一句安慰她的话来。

“你看……”她没有回头，只是目视着前方对我说，“你看啊……”

我看了。看到了她已久久注视过的一切。在埋葬老连长后竖起的那块石碑前，又出现了一个陌生女人的曲线分明的背影。她仿佛在那里拭泪，她仿佛已在那里默立了一生。

我们不由向前走去。我看清了：是她。是那个曾以身相许的、老连长的情人。

我立刻对肖淑芸说了我所知道的一切。

“我来了——！”那个女人仰起脸，她的声音传到了很远很远。“我来了。”她说。她低着头仿佛在对大地说：“我来晚了，可我不再离开这儿。这儿有你，还有娟娟。”她弓身提起了自己的行李，“休息吧，我每天都会来看你。现在，我得去找女儿，该给她做晚饭了。”

她去了。走前，她又弯下身子，把刻在石碑上那几个血红的字迹挨个儿抚摸了一遍。

她去了。

肖淑芸放声地哭了起来。为老连长，为那女人，还是为自己？我没有问，也不想劝阻。因为有那么多在我心中活着的和死去的，我什么都可以理解。

终于，我请求肖医生陪我到我们的麦地去看看，她止住了哽咽，同意了。

我们肩并肩地伫立在麦海前，震耳欲聋的拖拉机、收割机的轰鸣声使我们脚下的土地发出不停息的震颤。它们终于开过来了！它们是来迎接收获的啊！我踉跄了一步，向麦海张开手臂，扑向前去……

是的，“满盖荒原”它是那么广袤，那么广袤；人在这片荒原上显得那么渺小，那么渺小……

但，它毕竟是被我们踩在脚下！

鸽哨

珍宝岛事件爆发前，我们班七个知识青年在黑龙江边挖沙子。江沙很细，但只能冬季刨开冰冻的沙壳，挖了运走。春季江水一活，沙滩就不存在了。

我们住在江边一具废弃的小木房里。对岸，有一个哨所，驻守着大约一个班苏联边防士兵。冰封的黑龙江，像一条宽阔的马路。我们每天在“马路”这边劳动，他们每天在“马路”那边巡逻。他们的一举一动，尽在我们眼中。他们从未向我们无端挑衅过。我们也并不因他们的存在而感到威胁。虽然他们是士兵，我们是知青，他们人人手中都有武器，我们有的不过是劳动工具。这里是太宁寂了。两国关系的恶化在我们心中造成的对苏联人的敌意，溶解在大自然的宁寂之中了。在这个地方，是个人，就会产生想要接近人的愿望。如果哪一天江岸看不到那几个苏联士兵，我们倒会觉得在这个宁寂的地方太孤单了。我们一次也没走到“马路”中心去过。他们也没有。在这条宽阔的“马路”上，国境线不是很分明的。与其说我们和他们都怕因“侵犯”了对方的领土而引起纠纷，毋宁说双方都很尊重那条不分明的边境线的存在，谨慎维护这一地带的宁寂与和平。我们不愿被他们看成敌人。他们肯定也是如此。被视为敌人，或者视人为敌，并非美好的事。何况在这一地带，在这一宁寂的“世界”中，只有我们几个知识青年和他们几个士兵。想到“同仇敌忾”这个词时，倒会怀疑自己心理不正常。

那几名苏联边防士兵，似乎很适应这个地方的宁寂，生活得也似乎很有规律。他们每天早晨都一溜蹲在江边，用雪擦脸。而后就排着纵队在江边跑步。我们很想学他们，也到江边用雪擦脸，为了向他们证明，我们中国人的抗寒力，一点也不亚于他们苏联人。却只效仿了一天，没体验丝毫乐趣，只得作罢。

他们养了五只鸽子，每天早、午、晚各放一次。我们将他们的鸽子看成“国际轻音乐团”。他们的每只鸽子都背着鸽哨。鸽哨声悦耳极了，美妙极了，令我们非常羡慕。

我们也从连队带来了一只鸽子，一只洁白的鸽子，一只雌鸽。我们叫“她”是“白姑娘”，我们很欣赏为“她”起的名字。

我们放过一次“白姑娘”，被他们的五只鸽子引过去了，三天后才飞回来。从此“她”就被我们囚禁在笼子里，不再放出。

我们不愿因为鸽子而与他们——那几名苏联边防士兵之间发生什么冲突。

我们珍视这个地方的宁寂。

因为这个地方的宁寂是我们完全没想到的。

我们都是哈尔滨知识青年。下乡前，都参加过“深挖洞”的战备义务劳动。有了这种锻炼，挖沙对我们来说算是很轻的活了。

二百七十余万哈尔滨市人民，除了年迈的老人和年幼的孩子，谁没参加过“深挖洞”？小学生参加，中学生参加，军人参加，机关工作人员参加，街道妇女也参加。党政军各级首长，没参加过的怕也数不出来几个。“洞”是挖得很深的，工程相当巨大。耗资惊人，可能足够重建一座百万人口的城市。小学生们挖洞的积极性是非常令人感动的。他们一般都是参加运砖劳动。只要能搬动三块砖的，绝不会搬两块，咬着牙也要搬四块乃至五块。某个小学校的学生有所“发明”，创造了一种搬砖工具——一块木板，用粗铁丝或绳子两端拴住，挂在脖子上，一次最多可在木板放六块砖，只要脖子吃得消。这一经验在各小学迅速推广。于是凡有小学生的人家中，红药水紫药水和药布，便成了常备之物。几百万人连续几年内每天挖洞不止，市内街道破坏，交通混乱不堪。恶性交通事故层出不穷。某些建筑的地基也遭到严重破坏，或倾斜或倒塌，塌方事故在所难免，烈士英灵永垂千古。即使在和平建设的环境里，死人的事也是司空见惯的，更何况为了准备打仗。人们这么去想，就觉得因“深挖洞”而死也算死得其所了。

市委大楼楼顶安装了防空警报器，堆了沙袋，架了高射机枪。于是几所大学，几座重工业工厂也照此办理。每隔几天便会听到一次凄厉的警报器响。它一响，工人们就跑出车间，干部们就跑出办公室，学生们就跑出课堂。各个单位都有洞，人们知道该往什么地方跑。行走在路上就近寻找不到一个洞可隐蔽的，便迅速卧倒——面朝下，双手护头，身体平贴地面。但不能与地面贴得太紧，那样会被震伤了内脏。也不能趴在离高大建筑物太近的地方，会被砸死。这是战备教育告诉人们的知识，这方面的知识还告诉人们，如此这般，便能在炸弹和原子弹爆炸的瞬间，保存自己的生命。保存自己，是为了消灭敌人。决定战争胜负的是人，不是武器。原子弹没什么了不起。“深挖洞”就是对付原子弹的伟大战略方针。为了在城市被苏军占领后，继续与苏军开展现代的城市“地道战”，《地道战》这部反映抗日战争的影片，被列为战备教育片反复上映。其实战意义，“家喻户晓，人人明白”。

从省市委机关办公室的玻璃，到各条小街窄巷中每家每户的玻璃，防空袭的米字白纸取代了花样翻新的红纸剪的“忠”字和“公”字。居民委员会的委员们，定期到各家各户视察，严肃批评张家或李家玻璃上的纸条贴得不符合战备要求。某些重要单位和大企业向外地转移。全国著名的哈尔滨工业大学和哈尔滨军事工程学院一大半迁走了。不少单位分期分批向农村疏散人口。许许多多的人们携妻带子举家奔赴农村。战争的威胁削减了人们计较“城乡差别”的心理。出卖私人房产的招贴在城市各个地方触目皆是，却对普通的人们失去了吸引力。旧家具的拍卖价格降到了几乎不值钱的地步，很少有人贪便宜问津。更很少有人想到奇货可居，从中渔利。人们先是想到应将地方粮票变成全国粮票。进一步想到应将钱和全国粮票变成饼干、罐头、肉松等等可做战备食品的东西。再进一步想到战争一旦爆发，一颗炸弹从天而降，说不定就落在房顶上，穿透房顶掉进屋里，全家老少于是同归于尽，储藏了再多的战备食品岂不也是枉然。想来想去，还是采用“三光政策”，东西卖光，钱花光，吃光喝光。人们惶惶然不可终日。

我曾任我们中学空袭救助小分队队长。“三角巾包扎法”我掌握得很熟练。不止一次在演习中舍身救助“伤员”。不止一次“牺牲”。我们学校是全市中学进行战备教育的样板。每个学生的衣里儿都缝着一块白布，上写自己的性别、姓名、年龄、父母姓名及工作单位。有的学生还在这块白布上写下最简短的遗言。这是为了中苏战争一旦全面爆发，救助队员们从废墟和瓦中拖出我们面目模糊、缺胳膊断腿的尸体时，也许会从那块白布知道我们生前是何许人。如果我们的尸体被燃烧弹烧焦，衣服烧成了灰烬，或者更惨一点，身躯被炸得无踪无影，那就是“另外一回事”了。老师在对我们讲这些时，就像讲几何例题一样逻辑清楚，合情入理。我们都觉得他“另外一回事”这句话讲得格外好，含蓄而明白。我们班有个男同学的生前“遗言”是——崔丽华，我爱你。崔丽华是我们班一名漂亮的女同学。而她的生前遗言是——我想做电影演员。我们都是那个男同学的好朋友，都挺为他感到遗憾。因为崔丽华在生前“遗言”中并没写明也爱他。他不在乎这一点，说：“反正即使她也爱我，这依然是没法成为现实的事儿，我想战争一旦打起来，我俩绝不可能在战后都侥幸活下来。”大家又觉得他的话颇有几分道理。我们下乡之后，听说他和她都顽强地“留守”在城市，与上山下乡办公室进行“持久战”。他在给我的信中写道：“其实我不是留恋城市，既然战争明天就可能爆发，我们接受贫下中农的再教育还有什么必要呢？”我无法解答他的问题，也就没回信。

哈尔滨，这座被誉为东方小巴黎的城市，这座被誉为音乐歌舞之摇篮的城市，这座受苏联文化艺术乃至生活方式影响最久最深的城市，这座曾被它的市民们毫不怀疑地认为是“背靠老大哥”“第三次世界大战最可靠的后方”的城市，在那些不寻常的日子里，经常响起防空警报器的凄厉声音，它变成了一座空前混乱、无比肮脏、人心骚扰的城市。变成了一座注定将要在中苏战争中被炮火从中国地图上抹去的城市。变成了苏联导弹将重点摧毁的目标。它的每一个市民仿佛都处在朝活夕死的战争威胁中。

战争，战争，不是明天爆发，就是后天爆发。在编汇了关于战争的“最新最高指示”的语录本上，可以查到这样一句话——“中苏战争不可避免，早晚要打，早打比晚打好”。人们虔诚地朗读这段预言战争的语录时，心中充满了沉重的忧郁。中国人不是战争狂，却希望早打。打过了，就拉倒了。他们是这么想的。成年人都甘愿由自己这一代承担起战争的灾难，而将和平岁月留给子孙后代。无论这灾难是多么巨大多么残酷。青年人们都预备着血染疆土，英勇捐躯。

然而当我们来到黑龙江边，每天无遮无掩地暴露在苏联边防士兵的眼中，置身在对方武器的最佳射程之内，那种在城市每天所感受到的战争威胁，却减少到了似有似无的程度。我们仿佛走出了战争的噩梦，来到了和平的境界。

这里真他妈的是一片宁寂。听不到防空警报的凄厉鸣叫，也根本观察不到对方在边境线上陈兵百万的任何迹象。仿佛“马蹄形包围圈”不过只是战备教育的一种形象说法。仿佛中苏大战不可避免的预言不过是虚造的幻觉。

与我们这儿相去六七里，对方的一个边防站与我们的一个沿江村对峙江两岸。他们的探照灯夜夜照射到我们这边来。它是必定要照射过来的。那种军事探照灯的照射范围是五里，而这一带最宽的江面不过千余米。这从某种角度上说完全可以被认为是一种挑衅，也可以说是友好。怎么说怎么有理。说是一种特殊方式的友好似乎比说是挑衅更使人易于接受。辩证法在解释这件事上更具有其理论魅力。

我们无法看到当日的报纸。各种报送到团里，已是一个星期之后。由团里送到连队，又得三四天之后。到我们手中，还得三四天之后。我们最想及时看到的是《参考消息》和《人民日报》。一得到这两种报，我们都急切地用目光在每版上捕捉，捕捉着哪怕几行字的与中苏关系有关的报道。我们毕竟是处在“前沿阵地”，中苏关系与我们的命运相连。说不定哪一天一颗炮弹就将我们一块儿报销了。我们死也得死个明白。《参考消息》和《人民日报》上经常带有强烈的火药味。中苏关系一天比一天恶化。一次又一次的不规模边境冲突事件，积蓄着中苏大战前的舆论硝烟。登在《人民日报》上的不断升级的“抗议”“严重抗议”“最后警告”“最后通牒”，使全中国和全世界都深信不疑——“中苏大战是不可避免”的。

但这一边境地带，我是说将我们七个中国知识青年和一个班苏联士兵隔开的那段“马路”，却始终是宁寂的。仿佛这里因为离北京和莫斯科都很遥远，虽是两国神经末梢相接之处，我们和他们的头脑却都变得对战争信息反应迟钝了。

国境线上发生的冲突，有时公允地想起来，其实质并非都是那么严峻的。我们到这个地方之前，听说中苏双方就发生了一次冲突，几乎诉诸武器：一辆苏军卡车与我们的一辆拖拉机在江面上对行，互不偏让，结果撞在一起。我们的驾驶员和他们的驾驶员都受了重伤。对双方来说，这都是一次“合理冲撞”，也都是一次不理智的冲撞。因为冰封后的黑龙江，中心线本不分明，双方却都认为是行驶在绝对意义的本国领土上，避让对方是政治性的屈辱行为……

我当时听说这件事，心想，与其说是“边境冲突”，毋宁说是“国际交通事故”，只要从联合国派来一名“国际交通警察”，许多类似事件就会得到公正处理的。

我觉得自己这想法颇高明，就对伙伴们讲了。伙伴们却不以为然，七嘴八舌地批判我思维荒唐，头脑简单。

“联合国要是有国际交通警察，就该也有国际交通岗亭了，亏你想得出来！”

“这是政治你懂不懂？就算有国际交通警察，也管不着这一段！”只有班长没加入对我的这场批判。

在我低头认罪之后，他拍了我的肩膀一下，说："你这个想法……可也真是个想法！"

我不明白他的话究竟是对我表示支持，还是讽刺。

……

几天后，我们的一个伙伴回连队修工具，回来时，带了几份《人民日报》。看了报，我们才知道，珍宝岛事件爆发了。

班长抢过报，大声给我们读了《人民日报》评论员的文章："……只要苏联当局想打，我们就坚决奉陪到底！……"

这句措辞斩钉截铁的话，使我们面面相觑。大家都意识到，我们并非处在"和平净土"上，而确确实实是处在中苏全面大战即将爆发的"前沿阵地"。

江对岸是社会帝国主义，是新沙皇，是"亡我之心不死的"、最凶恶的、侵略成性的头号敌人。

这种我们在接受战备教育时确信无疑的战争理论，一度被这一边境地带的宁寂融解了，那一天又被珍宝岛事件的爆发浓缩了。

然而黑龙江不是乌苏里江。我们挖沙子的这个地方也不是珍宝岛。

这里的宁寂是真实的。

但我们从那一天开始，都觉得这里的宁寂是虚假的了。

从连里带回《人民日报》的那个伙伴还说，连里的知青都在流传，莫斯科警告北京——他们二十分钟就可以从远东打到北京。

北京的回答是——我们十分钟就可以摧毁克里姆林宫。

不知这种说法从何而来，我们听后认为大长中国人的志气，大灭"新沙皇"的威风，完全相信它的可靠性。

"光复莫斯科！"

"解放彼得堡！"

"让克里姆林宫的红星重放光芒！"

"将列宁的水晶棺转移到天安门广场！"

我们身为红卫兵时，在哈尔滨八区体育场集会高声呼喊过的“反修”口号，从那一天起，又在我们每个人心头荡起了激昂的回声。“反修战士”的豪情壮志，从那一天起，又在我们每个人的血管里沸腾奔突！

“你们说，老毛子从什么时候开始有了‘亡我之心’呢？”一个伙伴郑重地向大家发问。

大家一起瞧着他，都觉得他郑重得一副傻相。

“这算什么问题？一边待着去！”

“你小子好像对这一点还有怀疑？”

大家纷纷训斥他。

他连忙辩白：“没有。没有，我没那个意思！”

伙伴中有一个名叫张文歧，不知从哪儿搞到一册“战备教材”——《闪电战术实例分析》，闲着就看，自认为是“中苏问题”学者兼“现代战争研究专家”。

他俨然以战备思想教员的口吻说：“从他们成了‘社会帝国主义’那一天，就有了‘亡我之心’！明白吗？”

“明白了，明白了。”被训斥的伙伴诺诺连声。

“别卖狗皮膏药！”班长狠狠瞪了张文歧一眼，又瞧着那个被训斥的伙伴说，“你这个问题……还真是个问题！”

一场自发的战备教育就此罢休。

从那一天起，江对岸的几个苏联边防士兵，成了我们眼所能见的最具体的敌人。大家怂恿班长，要求连里发给我们武器。免得战争一旦在这里发生，我们赤手空拳，全作无谓牺牲。

班长却说：“该发武器的时候必然会发给我们武器的。既然现在还不发给我们武器，那就意味着，我们的任务仍是挖沙子！”

他的话使我们大为扫兴。

一个伙伴嘟囔：“说不定哪一天战争就打起来了，还搞什么营建？”

班长很生气地说：“你应该去质问连长！”班长还将我从连里带来的那支猎枪和十几颗霰弹“接管”了。那是我向老职工借的，一心想在这地方打到几只野鸡兔什么的。没碰上过，也就一枪没放过。

“这里是边境线，中苏关系剑拔弩张，一枪一弹，有时都会引起严重冲突。我是班长，有权控制它！”

班长的理由是无法反驳的。

我背地里便骂他是“陈独秀”。伙伴们都说我骂的“高级”。

我们每天照样在班长的带领下挖沙子。那几个苏联边防战士每天照样在江对面巡逻过来巡逻过去。

我们重复着和昨天一样的劳动。

他们履行着和昨天一样的职责。

他们的五只鸽子，每天照样在这里的天空上飞翔。鸽哨声在我们听来，依然是那么悦耳，那么美妙。“白姑娘”照样被我们关在笼子里不放，照样一听到鸽哨就在笼子里骚动不安，发出不甘寂寞的咕咕的叫声。

与昨天与前天不同的，是我们的心理。

如果我们发现他们在望着我们，我们便会停止劳动，也眈眈地注视着他们。以此让他们明白，我们是时时刻刻对他们保持着高度的警惕性和防范性的。

如果他们扔过来一个雪团，我们便会扬过去一锹沙子。

如果他们中的某一个端着枪向江中心走来，我们便会各自紧握锹镐，一齐迎上去。

准备打仗——这根弦在我们的头脑中绷紧到了最大极限。

但是我们已见惯了他们的五只鸽子在这里的天空自由飞翔，也听惯了那悦耳的鸽哨声。如果哪一天不见它们在空中自由飞翔，如果哪一天听不到悦耳的鸽哨，我们一定都会觉得单调的生活里缺少了点什么美好的。这五只象征着友好与和平的鸟儿，似乎永远也不会被人类的战争思想敌对情绪滋扰。人类赖以生存的这个星球，尽管被一百多个大大小小的国家所划分，所统治，但环绕着它又比它更广阔的天空，却应该是鸽子的自由王国。蓝天是鸽子的大地。鸽子无国籍。它们仍一如既往地飞越国境线，在这里的天空吹奏出悦耳的咏唱友好与和平的哨音。它们在我们头顶盘旋时，我们仍会情不自禁地停止劳动，仰头观望它们，侧耳聆听那飘荡在广阔天空的悦耳鸽哨。

“白姑娘”却越来越不甘寂寞了。它渴望冲出樊笼，渴望飞翔，渴望获得自由。它一听到鸽哨，就咕咕地叫着，扑动着翅膀跳来跳去。它也只能如此引起我们注意，如此向我们传达它的渴望和抗议。但班长却不止一次非常坚决地对我们说：“不许放出它！谁也不许放它！谁不听我的，我就用拳头收拾谁！”

张文歧背着班长对我们叨咕：“你们瞧着，哪天我非放一次‘白姑娘’不可！说不定我们漂亮的‘白姑娘’，还会将他们那五只鸽子都引过来呢！”

“你别自作聪明，你忘了上一次……”我想打消他的念头。

他说：“上一次？胜负乃兵家常事，上次证明不了我们的失利！不过我们的‘白姑娘’有点得意忘形，太对他们的鸽子卖弄风情罢了。我相信它会吸取教训，总结经验的！”

“他们五只，我们一只，敌众我寡呀！”又一个伙伴说。

“未战先馁，你这完全是一个失败主义者的论调嘛！”张文歧振振有词。

他仿佛不是在谈论鸽子，而是在策划一场空战。我诧然不已。

隔日，张文歧在抡镐刨沙时，被飞起来的冻沙崩了眼睛。班长让我送他回去。

走在半路，他笑嘻嘻地对我说：“你们都上当受骗啦！”

我问：“什么意思？”

他说：“我是制造个机会回去给咱们的‘白姑娘’放风的。”

“你没被崩着？”

“崩是崩了一下，不过没事儿。”

“我告诉班长啦？”

“请便。反正他已经来不及阻止我了。”

“要是咱们的‘白姑娘’再被他们的鸽子引过去，看大家怎么惩罚你！”

他自信地一笑，不屑于回答的样子。

走回我们刨沙子的地方，班长不安地问：“他的眼睛伤得重不重？”

我没好气地说：“他唉唉呀呀，装模作样骗我们……”

话未说完，一个伙伴突然指着天空大嚷大叫：“看！咱们的‘白姑娘’！飞得多高，飞得多快呀！……”

大家都向天空仰望。果然，我们的“白姑娘”翱翔在高高的天空。那一日天空晴朗极了，蔚蓝蓝的，无云也无风。我们仰望天空，就像从天空俯瞰大海。“白姑娘”不时从高处俯冲下来，在我们头顶盘旋一圈，然后陡然疾飞。看得出，它获得了这次难得的飞翔机会，又快活又兴奋。

我们都看得有些发呆。

班长朝江对面望了一眼，低声骂道：“张文歧这小子，跟我要这套把戏，我轻饶不了他！”

他虽这么说，却一直仰着脸，用目光追随“白姑娘”优美的身姿，而且情不自禁地笑了。

“她”飞上了天空，我们谁也没法儿将“她”从天空弄下来。只有一边欣赏“她”高超的飞翔特技表演，一边期待“她”飞累了，自己降落。

“她”却飞呀飞呀，仿佛永远也不会飞累，永远也不愿降落。

一阵鸽哨声响起了。他们的那五只鸽子从江对面起飞了。它们飞过江，团团包围了“白姑娘”，裹胁着“她”一块儿飞。

“白姑娘”被它们诱惑了。“她”好像一位美丽高贵的公主，置身在一群爱慕者之间。“她”不断向它们显示自己高超的飞翔技巧，一会儿俯冲，一会儿滑翔，一会儿侧飞，一会儿连续翻筋斗。

班长说：“瞧着吧，‘白姑娘’一定又会被他们的鸽子劫持走了！这次他们绝不会轻易让‘她’再逃回来了，张文歧这个混蛋！”

班长的担心却似乎多余。正如张文歧所预言，我们的“白姑娘”果真记取了上次被“劫持”的教训，“她”跟它们比翼齐飞，与它们在天空兜转周旋，但只要它们有了引诱“她”飞向江对面的企图，“她”便矜持地离开它们，高傲地独自任意翱翔。

我们心爱的鸽子这种非凡的“性格”，使我们——“她”的主人们感到大为惊奇和自豪。

“她”的爱慕者们，似乎终于像人一样意识到，要诱惑这只美丽的洁白的鸽子第二次“叛逃”是不可能的了。

那几名苏联边防士兵也出现在江对面，仰首观望这场“空战”。是的，这简直就如同中苏双方之间利用鸽子进行的一场无声的空战，我们恨不得也飞上天空，加入这场“空战”。他们是否也有这样的冲动，就不得而知了。

“空战”持续了很久。

“喂，你们的鸽子弃暗投明了，不会再飞过去了，你们死了这条心吧！”张文歧不知何时也回到了这里，朝江对面的苏联边防士兵大呼大喊。他一脸得意之色。

一名苏联边防士兵开始举起挂在长竿上的小旗摇晃。

他们的那五只鸽子心有不甘而又恋恋不舍地往回飞了。

它们刚刚飞过江去，我们的“白姑娘”又迅速追上了它们，在那几名苏联边防士兵头顶盘旋一圈，又将它们引逗到江这边来了。

持旗的苏联边防士兵，一刻不停地挥舞小旗。

他们的鸽子一次又一次飞回去。

我们的“白姑娘”一次又一次将它们引过来。

“噢！噢！我们胜利了！我们胜利了！”

“弃暗投明有理！”

“背叛‘新沙皇’有功！”

除了班长之外，我们都跳着蹦着喊着叫着，哄作一团。

我立刻弯下腰，小心地用双手将“白姑娘”从雪地上捧起。

当“白姑娘”又一次飞过江，一名苏联士兵举起了枪，向“她”瞄准。

“不许开枪！……”我大叫。

“不许开枪！……”伙伴们齐声呐喊。

“不许开枪！……”班长也对他们吼了起来。

那苏联士兵缓缓放下枪，望着我们，在犹豫。

却又有另一名苏联士兵举起了枪。

嘣……

在这个宁寂的地方，枪声显得格外脆。

那一瞬间，我们都呆呆地怔住了。

“白姑娘”在空中抖动了一下，“她”那洁白的身体朝上一蹿，像被看不见的弹簧朝上弹了一下。几根洁白的羽毛从空中徐徐飘落。

“她”的翅膀伸展着，仍保持着飞翔状态，腹上背下，几乎垂直地掉落下来。“她”的爱慕者们，似乎明白发生了怎样的可悲事件，纷纷围绕着“她”也降低高度。看得出，它们都想要用自己的翅膀托住“她”。但鸽子毕竟不是大雁或天鹅，没有在空中救护同类的本领。也许它们深恐自己也突然遭到如此可悲的厄运，撇弃“白姑娘”，一齐飞走，纷纷落到了江对面哨所的顶盖上。

就在“白姑娘”掉到离地面只有几尺高的刹那，“她”突然翻过身，奋力扇动几下翅膀，飘飘摇摇地升起高度，仄仄歪歪地盘旋了一小圈，辨明方向后，斜着侧着地朝江这边飞来，朝我们头顶的上空飞来。在江中心，“她”就开始身不由己地下扎，像纸叠的飞机，翅膀一动不动地滑翔而至。

“她”掉落在我脚旁。

我立刻弯下腰，小心地用双手将它从雪地上捧起。

在“她”掉落的地方，雪地红了。

“她”洁白的羽毛红了。

我的双手红了。

“她”那两只乌豆般的鸽眼瞪着我。

我们一个伙伴，挥舞双拳朝江对面破口大骂：“你们混蛋！”

班长狠狠扇了张文歧一记耳光。

张文歧操起一柄铁锹，就要冲过江去拼命。两个伙伴费了好大劲才将他制服……

“白姑娘”的死，在我们心中造成了一种悲痛。这悲痛虽然不能用“巨大”或“强烈”去形容，但却是真实的，也可以说是沉重的。因为这悲痛之中，包含着一种浓缩的，不属于悲痛的成分在内。这种成分像癌细胞，原本就潜伏在我们心中。它与悲痛混合在一起，交织在一起，使一只鸽子的死，具有了咄咄逼人的重大性和严峻性。甚至可以说，我们心中包含着异质成分的悲痛，是超乎正常的，具有某种可怕性质的，超乎常态的。

我们将“白姑娘”埋葬在了黑龙江边。我们在埋葬“她”的那个地方肃立了许久，对这只无辜的鸟儿的横死表示我们几个年轻人的哀悼。我们都觉得对这只美丽的鸽子的死怀有深深的内疚。说到底，“她”是由于不明不白地卷入了我们与他们——那几个苏联边防士兵之间心照不宣的“战争”才遭到枪杀的。可“她”究竟算是为何而死呢？这又是我们无法向自己解释清楚的。我们对“她”的哀悼，也意味着是对江那边几名苏联边防士兵的愤怒和仇视。我相信，那一天他们是知道了这一点的。因为他们当时都站在江那边望着我们。直至我们散去，他们才散去。

接连几天，我们都变得沉默寡言。

我们每天仍到沙坑那里去刨沙子。

他们每天早晨却不再到江边用雪擦脸了。

也不常能望到他们的身影了。

也听不到悦耳的鸽哨声了。

这个地方比以往更加宁寂。

这确是虚假的宁寂。有种什么无形的可怕的东西在这个地方的宁寂之中孕育着，滋生着，弥漫着。

终于有一天，我们又听到了鸽哨声。也许，那几个苏联边防士兵认为，时间的流走已将“鸽子事件”的阴霾驱散了吧？起初，鸽哨声很微小，好像从极远的地方传来。渐渐地，哨声接近了。最后，听得很分明，就在我们住的小木房子上空环绕。如泣如诉地游弋。

我们都在睡午觉，纷纷坐起，怀着复杂的心情，静听那欲断欲续的哨声。以前，在我们听来，它是多么悦耳，多么美妙，多么令人心旷神怡啊！但那一时刻，这种声音令我们感到刺耳，引发了我们的愤怒。

我们的“白姑娘”被他们打死了。

他们的鸽子竟又胆敢侵犯我们的领空！

“张文歧呢？张文歧哪去了？”

班长忽然发现张文歧不在。不知哪一根神经提醒他，他掀起褥角去看猎枪。猎枪不在了。装霰弹的小铁盒也不在了。

“马上去把他找回来！都给我去找！”

班长吼起来。

我们衣帽不整地走出小木房子，四处张望，视野以内，不见张文歧的影子。

“张文歧！……”我们同声大喊。

回答我们的是鸽哨声。

奇怪，他会到哪儿去呢？

鸽子，他们的五只鸽子，仍然在我们的小木房上空飞绕着。它们仿佛是在怀念我们的“白姑娘”，绕了一圈，又绕一圈，飞得很低，飞得很徐缓。

江对岸，苏联士兵们在望着我们，互相指手画脚。一名苏联士兵又挥舞小旗，想将他们的鸽子招引回去。

他们的鸽子却不往回飞。

突然一声枪响。

正在我们小木房上空飞绕的五只鸽子，接二连三向地上掉去。落地即死，哪一只也没动一下。

张文歧慢慢从我们的小木房顶上站了起来，一手提着猎枪，枪筒冒着一缕青烟。

一股浓烈的火药味渐渐在空中飘散了开来。

他跳下房顶，将猎枪和子弹朝班长一递，阴沉着脸说："只用了一颗霰弹。"

江对岸，苏联士兵们像被定身法定住了，几尊石人般僵立不动。那名舞动小旗的苏联士兵，小旗仍举在空中，随风招展。

五只鸽子的尸体以各种不同的姿态散布在我们四周的雪地上。

霰弹的威力和辐射面很大，每一只鸽子肯定都中了无数铁砂。

我们一个个目瞪口呆，吃惊地望着屠杀者。

"你！……"班长手指张文歧，说不出话。

"我什么？"张文歧也瞪视我们大家，理直气壮："我要为咱们的'白姑娘'报仇！只要是他们的鸽子，飞过来一只，我打落一只。飞过来两只，我打落一双！这就叫'人不犯我，我不犯人，人若犯我，我必犯人！'这就叫'以牙还牙，以眼还眼！'这就叫'中国人不是好惹的'……"

我们将他们的鸽子和我们的"白姑娘"埋在了一起。

我们想，鸽子，无论是他们的，还是我们的，都是象征着友好与和平的鸟。死在这地方的每一只鸽子，都是死得很无辜很可悲也很可怜的。

它们之间，是永远不会产生敌意和仇恨的，是永远不会互相攻击和伤害的。它们是同类之间最善于和平相处的鸟儿。是我们人类之间无休无止的敌意与仇视，导致了这些象征着友好与和平的鸟儿的可悲下场。对这些被杀人的子弹和杀兽的子弹所射杀的鸽子，我们是有罪过的。他们——那几名苏联士兵，也是有罪过的。我们的心灵因此感到无法安宁，却无法知道那几名苏联士兵的心灵会怎样?

如果任何生命都有灵魂，但愿这几只鸽子的灵魂在另一个世界的蓝天上无忧无虑地比翼双飞吧!

另一个世界是没有边境也不会有战争的。

班长一回到屋里，就从张文歧手中夺过猎枪，一声不吭地将猎枪拆卸了，塞到褥子底下的茅草中。

我们以为班长会狠揍张文歧一顿，班长却并没揍他，但是看也不看他一眼。大家谁也不对张文歧说一句话。

这种沉默使张文歧很难堪。他低低地垂着头闷坐在他的铺位，那样子像个等待审判的罪犯。

我们都明白，从此再也不会听到那悦耳的鸽哨声了。再也不会。无论我们听来是美妙的，或者我们听来是刺耳的，在这个宁寂的地方，鸽哨声是将永远永远消失了。

也不会有鸽子在这里的天空上飞翔了。无论是我们的，还是他们的……

然而战争的风云并没有从乌苏里江漫卷到黑龙江。

尽管这是事实，但我们都认为，在这里，在这个从来都很宁寂的边境地带，实际上已发生过了一次小小的战争。无辜死于一颗步枪子弹和一颗猎枪霰弹之下的六只鸽子，便是这场战争的明证。

……

在我们完成了挖沙任务，将离开那里的前几天，傍晚，黑夜还未彻底降临的时候，刮起了暴风雪。这宁寂的地方一下子变成了鬼哭神泣的地方。

我们小木房顶的一截破烟筒被刮掉了，呛人的黄烟一阵阵从炕洞里冒出来。张文歧自告奋勇去安烟筒。

班长不动声色地说：“当然应该你去，因为你已经有过一次爬上房顶的经验了。”

这是几天来班长对他说的第一句话。这几天中，我们每个人都很少跟他说话，以此表示对他的惩罚。尽管他变得处处乖顺，安分守己，再也不扮演“中苏问题”专家的角色了。

他安好烟筒，回到屋里后，出乎我们意外地，从抿着的棉袄里抓出一只鸽子!

“你……你用什么将它打下来的？你小子太可恶了！……”班长一把揪住他的衣领，攥紧了拳头。看得出，班长恼怒到了极点。

“不……不是我将它打下来的，是它自己飞迷了路，落在我们屋顶上……”他急急忙忙解释。

班长缓缓放开了他的衣领。

我们都围拢了观看这只鸽子。它是灰色的，翅羽还未长丰硬呢，已经快冻僵了。

“这叫‘灰雨点’，优良品种。”张文歧用内行的语调说。

班长说：“闭上你的嘴，你不配谈论鸽子。”

张文歧嘟囔：“我就是懂嘛，我养过鸽子。”

“我们没养过鸽子，可也没杀过鸽子！”我抢白他一句。

这句话刺伤了他的自尊心，他退到他的铺位那儿，默默坐下，不吭声了。

班长将那只鸽子放在被窝里，只露出头。它渐渐暖和过来，转动着头，仿佛有几分诧异地瞧着我们，咕咕叫了几声。

“我差点忘了，它腿上还绑着一封信呢……”张文歧又走过来，从衣袋里掏出一封信，毕恭毕敬地交给班长。

班长接过那封信，只看了一眼便说：“这又是一只他们的鸽子，信封是他们的。”

信封上什么也没写，左下角印着一个人物头像。

一个伙伴说：“这秃头是勃列日涅夫吗？怎么不太像啊？”

“滚一边去！”班长轻蔑地瞥了他一眼，“马雅可夫斯基。”

“马雅可夫斯基？怎么没在报上见过这个苏联名字？前国防部长？”

“苏维埃革命诗人。著名长诗《列宁》的作者。”

到底不愧为老高三，我们都后悔自己晚出生了几年，少知道了很多事情，不免一个个显得羞愧起来，也对班长立时肃然起敬。

“这封信会不会是……他们的什么军事行动命令？”

“别忘了如今是七十年代，哪一个国家也不会再用鸽子传送什么军事命令了！”

“那可不一定，我们这边没有电话线，他们那边也没有电话线呀！再说，前几天又刚下过一场大雪，没准他们那边的道路被大雪阻隔了呢……”

大家七嘴八舌，争先说出自己的猜测和判断，都认为自己的话不容忽视。这些猜测和判断，互相听了，都觉得各有几分道理，并不荒唐可笑。

因为我们是在中苏边境线上。时刻准备打仗的思想，控制着我们大脑的每根神经。

“别乱嚷嚷！”班长大声说。他犹豫片刻，慢慢撕开那封信，抽出信纸，默默地看起来。

我们也都将脑袋凑向那封信。信是俄文写的。我们一句也看不懂，心中却自然而然地想到了突然的军事袭击、闪电战术，进一步制造边境武装冲突事件的阴谋，全面入侵中国的战略策划。我们仿佛从满纸俄文的字里行间看到了千百万辆坦克和千百万架飞机……

班长却开始拿着那封信发愣。

我们急切地追问他。

“我真不该拆开这封信，刚才听你们那么七言八语乱嚷嚷，我也有点怀疑信上写的是什么军事行动命令了。”班长很后悔。

“不是军事行动命令，究竟写的是什么内容呀？”

“既然你能看懂，就快念给我们听听啊！”

“这是一封普通家信。”班长低声说，于是看着信，一句一句地翻译给我们听：

亲爱的卢什卡，我的好人儿：

已经十三天没收到你的信了。十三天啊！你能理解这对我意味着多么长久的时间吗？我每天都在盼着你的信，内心不安极了，害怕极了。

害怕听到从边境的方向传来枪炮声，害怕你被打死。

再过几天，我们的宝宝就要出世了。我希望生个男孩，像你一样，有一双蓝眼睛。但绝不希望他将来像你一样去当边防军。村里的人都说，我们在珍宝岛死去的士兵，个个都是小伙子。我们为什么要同中国人打仗呢？他们是我们的近邻啊！

你们那里的边境线上平安无事吗？亲爱的卢什卡，我的好人儿，我时时刻刻都在为你提心吊胆啊！我真怕再见不到你一面你就被打死了，真怕我自己成了一个年轻的寡妇，真怕我们的小宝宝一生下来就没有父亲了。赶快给我写封信吧，让我知道你还好好儿地活着！

你们那儿雪下得大吗？我们这儿雪下得大极了，村里许多人家的屋顶都被雪压塌了。公路也被大雪封住了，村里的几台拖拉机这几天从早到晚在清雪开道呢。村里的邮递员从摩托上摔下来，摔断了脚，可谁也不愿接任他的差事。全村人都十几天没收到信件了。我只好让我们的“灰雨点”送这封信。它能将你写给我的信带回村里，我相信它也不会使我失望的。

亲爱的卢什卡，我的好人儿，赶快给我写封信吧，越快越好！你无法知道我是多么想你，如果我离你不是一百多里远，如果我肚子里不是怀着我们小宝宝，我一定早已赶到你那里去了。

吻你

爱你的娜嘉

班长念完信许久，大家都默不作声。这封信打动了我们每一个人的心。我们都因对这封信作过不着边际的猜测和错误的判断而觉得难为情。

这样内容的信我们也收到过，当然不是妻子写来的，我们还没有过真正的爱情经历呢！是我们的父母写来的。在我们收到的信中，和这封一个年轻的苏联妻子写给丈夫的信中，竟有多少完完全全相同的话啊！

我们都在想着什么。

只有班长自言自语地说了一句："我是真不应该拆开人家的信啊！"……

第二天清晨，暴风雪过去了。经过昨夜一场暴风雪的扫荡之后，江中心出现了一道雪坎。大自然的神力，为我们和他们的江中心造成了一道分界。

班长将那封信重又绑在鸽子腿上，怀着深深的歉意将它放飞了。它在空中绕了几圈，缓缓落在江对面的哨所顶上。

班长在信上写下了几行俄语。

他写的是：

鸽子无国界。

战争与和平，我们要和平。

拆了这封信，我们为自己的行为感到羞愧，请原谅。

我说："再多写几句解释的话吧！"

班长说："这三句足够了。"

张文歧也说："足够了。"

又过了一天，我们就离开那个地方，回到连里去了。

我们都没有对连里的任何人讲到过那封信，我们耻于谈起拆看了一个年轻的苏联妻子写给丈夫的信的行为……

如今，珍宝岛事件已是十五年前的事了，我由青年进入了成年。我整整八年没回到哈尔滨市了。这次回来，看到它发生了许多变化。首先是，不再能听到防空警报的声音了，看不到米字形的防空纸条了。许多防空洞变成了地下旅馆、地下餐厅、地下商店。老百姓家挖的防空洞则变成了菜窖。一幢幢新建的高楼拔地而起。这座十五年前仿佛要"贡献"在中苏大战之中的美丽城市，正在被建设得更加美丽，发展得更加迅速和繁荣。十五年的历史，并没有按照十五年前"中苏大战"的种种预言去书写：现实令人欣慰地否定了这一预言。

于是我想到，和平对于任何一个国家的人民则是多么重要。

去年春节期间，一位苏联将军率领几位随员在中国的领土上，与中国边防军民联欢。黑龙江电视台播放了这一电视新闻，每一个观看到的中国老百姓，并不认为这是不可理解的。

于是我又想到，人民对于和平的理解，是深刻于对战争的理解的。我们的人民，是乐于接受和平的。像苏联的孩子们乐于接受圣诞礼物一样。

于是我非常想到黑龙江边去，到我们十五年前曾挖过沙子的那个地方。

不知那个坟是否还那么宁寂。

不知那里的天空是否还有鸽子飞翔。

不知是否还能听到鸽哨声。

不知是否还能寻找到我们埋葬过六只鸽子的那个地方？记得当时我们曾在那个地点钉入一柄镐耙为标记，却并未想到哈尔滨市今天依然存在，不是一片废墟……

边境村纪实

我既然决定不告诉你们它的名字，也就同时决定不告诉你们他的名字。你们不妨这样认为：他和它——那个黑龙江边的村庄，完全是我臆想出来的。某些善于讲故事的人，总希望别人把故事当成真事。而我却希望，你们把我讲的当成一个故事。当成一个故事吧！我希望这样，真的……

那一年我十七岁，是个 AB 血型的姑娘。这种血型的姑娘，一般都不太明白如何才会讨人喜欢。遗憾得很，我属“一般”之列。幸亏长得还算清丽文秀，使我内心常保持着一种潜存的自慰。我企图逃避“上山下乡”运动，最终乖乖“就范”。怀着对现实的幼稚的挑战，与几个男女同学来到那个紧靠黑龙江边的村庄插队落户。到时天已完全黑了，从远处望见一片橘黄的灯光，以为它很大。马车进村后才知道，半数灯光闪耀在江那边儿。

这村庄百余户，多是渔民。也种地，地很少。家家户户都有柳条编的小院，院里都竖着高高的笔直的桦木杆，晒鱼的。这一边境地域七八个村庄，有的和这个村庄一样，就在江边。有的离江边稍远，远也远不到哪去，至多半里。它是这七八个村庄的中心村。江对岸也有七八个村庄。他们的村庄我们的村庄相对坐落，黑龙江仿佛是一条巨大的鳗鱼，他们和我们的村庄，仿佛是它对称生长的鳍翼。白天，冰封的黑龙江像一道漆线，将我们和他们的村庄划分开。夜晚远望，一片片橘黄的灯光，将他们和我们的村庄连接起来。我们这些村庄里没电。他们那些村庄里也没电。各种油液灯的橘黄色的光，使我们和他们的村庄同样保持了一种如隔世纪的古老而神秘的色彩。那一带江面不宽，站在江边，可以清楚地听见他们村庄里的鸡鸣狗叫，人喊马嘶。我们这个村里的人告诉我们，妇女奶孩子的工夫，足够从我们的村庄到他们的村庄走两个来回。当然那是过去的事了。过去两个村庄里的人常来常往，互相请求人力物力帮助，或者交换彼此缺少的东西。

使我们感到惊异的是，我们村和他们村的小学校、卫生所，都一字排开建在江边。都是红砖结构，外观一模一样。它们是过去年代的产物。两村学校和卫生所用掉的几十万块砖，是我们的人在我们的砖窑里烧出来的，也都是我们的人一砖一瓦建盖的。他们送给我们两条机动渔船表示酬谢。这段友好时期的历史，是我们与村人们闲谈时了解到的。了解到这段历史，对我们这几个插队知识青年来说，并没有什么特殊的意义。与当地的人们相比，我们更尊重现实。现实是——距离我们和他们双方的卫生所五百余米处，隔江对峙着他们和我们的哨所。他们的哨所刷成深绿色。我们的哨所也刷成深绿色。驻守他们哨所的，是正规边防军。驻守我们哨所的，是基干民兵。两个哨所，与双方的卫生所和小学校相向并列江边，意味着历史严峻的延续。我们面对着历史，也面对着现实，历史有时就变得暗淡无光了。他们送给我们的那两条机动渔船，一条，已经破损得不能下水了；另一条几经维修，开江后还准备用来捕鱼。其实它已很少保留原部件，船体的五分之四由新木料替换了，连外形也分明有所改变。甚至可以说，它完全是另一条船了。但旧的苏联造马达却没被沉入江底，废物利用，放在小学校操场上，成了孩子们喜爱鼓捣着玩的东西。

“瞧，这就是他们那边当年送给我们的船。”不少村人提起当年事，都免不了领我们去看一遭那条船。如同向我们展示一件本村的文物。他们还会以强调的口吻对我们说：“它原先就是白色的。”好像认为它原先是白色的，便应该永远是白色的。我们只是看看、听听而已。对它原先是什么颜色的，今后是否会被永远保持原先的颜色，半点都不感兴趣。倒是他们那种古怪的心理，使我们非常诧异他们不厌其烦地维修的是一条船，也是在缅怀一段沉淀在他们记忆中的历史。一段恍如昨日的历史。他们分明是在固执地、含蓄地向我们也向现实申诉着什么。而我们，面对什么样的现实，便适应什么样的现实。也许因为他们居住在黑龙江边上的缘故？也许还因为他们想到，他们的子子孙孙都将居住在黑龙江边上？我们毕竟和过去的历史没发生过任何牵连。

我们这个村卫生所原先的医生姓王。在我们到来前，被调走了。因为他是个劳改摘帽的“右派”分子。接任的医生姓姚。我们到村里时，他已为本村接生过两个孩子了。

他毕业于哈尔滨医科大学，是学眼科的。我母亲也是医生。我常听母亲说：“金眼科，银内科，叽里呱啦小儿科。”可见眼科医生很有身价。据说他毕业时，本可以分配到哈尔滨市立医院的，因为他成分好，“文化大革命”中是个“散兵游勇”，没卷入到这个团那个队的派系斗争旋涡之中。他却不识时务，主动要求分配到了这种没人心甘情愿来的地方。这足以证明他有点迂腐。也许是“大智若愚”吧？为了捞取什么政治资本？我们不得而知了。

他既然来到这种地方，就不可能再仅仅做一个眼科医生了。这地方需要的不是专科医生，而是“百科医生”。他这人倒很好学，真成了一位名副其实的“百科医生”。头疼脑热，小疾小病，偏瘫麻痹，久痾顽症，他都热心给予医治。一般性手术，他也敢下刀。学院派的西医，大抵都轻蔑“江湖郎中”一类的“草药偏方”。他不。他很重视。虔诚收集，广为应用。这就使信服中医胜于信服西医的当地民众对他产生了十二分的好感。据我观察，当地民众普遍有两种感情深厚的信仰——共产党和中医。难道他对民俗心理学颇有研究？

他爱妇女。

我的意思是说，作为一个医生，他对遭受疾病折磨和缠绕的女性，不分老幼中青，都怀有一种博大的无私无欲的同情、怜悯和关心。他为她们治病，像为自己的亲人治病一样。他尤其关心那些将做母亲的女性。他有一个小本，七八个村子里的女人们，谁刚刚做了媳妇，谁怀了孕，谁的预产期什么日子，都在小本上记得一清二楚，经常前往探视。当地七八个村子里的女人们也很爱他。我不便用“热爱”这个词。这个词的内涵伟大，令人落笔迟疑。我也不想用“尊敬”或“喜欢”这类词，前者太严肃，后者太轻佻，都难以准确表述当地女人们对他的那种特殊感情。那是一种升华到了民俗感情之上的感情。若哪个男人首先从人格而不是从生理视女人为女人，女人们才会以这种感情报答他。我敢说，这样的男人不多。大概也只有当地女人们，才能够像爱他一样去爱一个男人。这只能被认为是一种因地域偏远没有被“动乱年代”的“急风暴雨”涤荡掉的古朴民情。

男人们对于他——才用得到“尊敬”二字。这种尊敬是由衷的。因为他对他们的女人的爱和关心，也同时体现了他对他们子孙后代的爱和关心。何况他行为磊落，人品正派。他们没有半点吃醋的理由。不分辈分，都叫他“姚所长”。卫生所只有他一个人，他们这么称呼他也算顺理成章。

倘若他这人有什么缺点的话，那就是不够谦虚。他仿佛认为他所受的一切尊敬和爱，都是当之无愧的。从没表示过半点“接受再教育”者的恭顺样子。却处处地、经常地对贫下中农进行种种“再教育”。而他们非常大度地容忍了他这个缺点，不甚计较。我们在村里“安家落户”一段日子后，进一步考察出，村民们对于在他们面前表现得过分恭恭敬敬的“接受再教育者”，反而印象并不怎么好。我们中的一个，是哈尔滨工业大学一位著名教授的儿子，对每一个年龄比他大的村人，不分男女，一律低眉顺眼，不敢高声说话，恭敬得几乎到了信徒对神父的地步。那在他是很虔诚的，因为他自觉背着一个“臭老九”子女的包袱。我们听到村人们背后议论他：“那孩子，怎么那样假酸捏醋的啊！真叫人受不了。”我们就启发他，教他和我们一样，如何与贫下中农“打成一片”。

有天锄地，他突然大喊一声：“老张头，来支烟！咱爷们到你们这里三个多月了，还没抽过你一支烟呢！”喊罢就上前翻老张头衣兜，翻出烟来，大大咧咧地叼一支在嘴上，剩下的半包，“借花献佛”，分了。

从此，老张头对他倒格外近便起来。过端午节，还单请他一个人到家去吃粽子。他悟性大开，万分感激我们对他的启发。

我们也是受到姚医生启发的。他不论跨进哪家门槛，赶上饭，便盘腿，往炕头一坐，回到自己家里似的，饱吃一顿。有时甚至进门就嚷:“嫂子在家吗?我替你看孩子，你给我做顿好吃的吧！这几天食欲不佳，体内缺‘卡’了！”

被称作“嫂子”的女人，虽然绝对不晓得什么叫“卡”，但却会很慷慨地将鱼、肉、鸡、蛋，凡属好吃的，统统做了给他端上桌子。看来他对与贫下中农“打成一片”的个中道理，深通谙达。

他尤其受到队长的器重，是队长心目中的一个人物。队长觉得他这个人物，为本村增了不少荣光。

队长做主，“赐”给他一匹好马。那是一匹菊花青色的儿马。当地的马，都是苏联马与中国马杂交的后代，既有中国马的温良性情，也有苏联马优美而高贵的体态。长腿，长腰，长耳。如果头生叉角，特像驯鹿。他请村里一位“大嫂”按照他自己设计的衣样，裁做了两套紧身衣裤。一套春秋穿，一套夏季穿。除了冬季，他就穿着黑色或白色的紧身衣裤，在这一带村庄之间驰来奔去。他是个好骑手，骑姿潇洒极了。不是他，而是另一个人如此这般，当地民众肯定会按照当地惩罚“纨绔子弟”的传统做法，将这个人衣服裤子上刷遍面汤，贴满鸡、鸭、鹅毛，游村示众。对他，却非但不加丝毫指责，反而都挺为之自豪地说:“瞧咱们姚医生，多神气！”这使我们无不嫉妒。怀疑他靠什么狡猾而高明的手段，才将贫下中农们迷惑了的。我们几个“插姊插妹”对他的嫉妒，总不免掺杂别的成分。我们姑娘间都不愿彼此公开承认这一点罢了。

他对我们倒非常友好，俨然以“大插兄”自居，常到我们的集体宿舍来，来时总带一架破旧的手风琴，和我们一块儿唱歌。我们不高兴唱，他就独自

姚医生对我们倒非常友好，俨然以“大插兄”自居，常到我们的集体宿舍来，来时总带一架破旧的手风琴，和我们一块儿唱歌……

唱给我们听。他的嗓音很淳厚，男中音。在那样一个缺少文化娱乐的村子里，每天能听他唱几首歌，也算难得。他唱的既不是“语录歌”，也不是“诗词歌”，都是外国歌曲，大多是苏联歌曲。他好像并不觉察我们心中都对他暗暗有些嫉妒，我们对他的嫉妒心理因此而渐渐消失。

冬天，下第一场雪后，他就不再骑马了。他自己制作了一副滑雪板。他还是个挺不错的滑雪运动员呢？每天滑雪巡回医疗。这个人使我们感到他太会生活了，太无忧无虑了，太快活太自由了！在这么一种几乎可以说是地角天边的地方，能够自得其乐，而且受到公众的尊敬，说到底，还是一件令人嫉妒的事。我们都做不到。

村里有个叫刘栓的中年汉子，常酗酒，醉了就打老婆。一次又打老婆，惊吓了他们不到一岁的孩子。他不请姚医生，怕姚医生训斥他，挖苦他。这刘栓有他自以为聪明的办法。说来也算不得聪明，更算不得智慧，亦属“偏方”之类，不过很愚昧。他买了几张大红纸，裁成无数小纸，用歪歪扭扭的字体写下四句“陈词滥调”：

天皇皇，地皇皇，
我家有个吵夜郎，
过路君子念一遍，
一觉睡到大天亮。

他不敢在本村张贴，倒不是认为本村尽非君子，而是怕姚医生看到了，会不客气地责骂他。姚医生顶不能容忍的就是这一套近乎巫医的做法。他倒很想得出来，半夜里偷偷用一只风筝，将那许多小红纸载放到江那边去了。大概按照他的很“聪明”的想法，苏联人看到中国人看到，是并不影响医效的。好比中药用沙罐熬或用沙锅熬效力一样，只要看到就行。看不懂中文也不要紧的，关键在于得有人看。越是看不懂，兴许就会越加研究。

第二天，苏联那边的哨所升起了语旗，要求与我们会晤。我们的民兵没有拒绝。会晤时，他们那几个驻守哨所的边防士兵向我们提出严正抗议——认为这是边境挑衅事件。

军人和老百姓是不一样的。军人有军人的思维，他们的思维是另一个世界，普通百姓是很难进入他们那个世界的。无论是我们的百姓还是他们的百姓。

会晤在江中间进行。双方百姓围拢观看。我们的民兵向他们的士兵解释不清，挺被动。双方百姓，当然都替双方的会晤者助威，阵势有些紧张。队长感到事态颇严重，请姚医生骑马去向公社汇报。姚医生没听队长的，穿着白大褂赶到了现场，用俄语向他们的百姓大声说了一通什么。他们听罢，一个个在胸前画起十字，并且喃喃有声。尔后，便四散离去，也把他们的士兵拉扯走了。那几个苏联士兵有些尴尬，也分明恼羞成怒。这从他们被拉扯走时，投向姚医生那种记恨的目光看得出来。

一场边境风波总算平息。

队长问姚医生："你对他们说了些什么？"

他笑笑，又像刚才面对苏联百姓时那般，拿着一张红纸振振有词地念道：

"仁慈的上帝啊，博爱的大地之母，怜悯我们吧，我们的孩子整夜啼哭不眠，品格高尚的男人们和心肠善良的女人们啊，请为我们祈祷吧，祈祷我们的孩子睡眠安稳。上帝将怜悯我们，上帝也将赐福你们！"

我们听罢，忍俊不禁，捧腹大笑。连刘栓也嘿嘿笑起来。

"刘栓，我没篡改原意吧？"姚医生一本正经地问。

"没，没哩！……"刘栓不自然地打着哈哈。

我们又笑。队长也笑。

"有什么好笑的？"姚医生却倏地变了脸。

"刘栓，你过来。"他冷冷地看着刘栓。

刘栓心虚地走到了他跟前。

啪！……他狠狠打了刘栓一耳光。然后猛转身，扬长而去……

刘栓可是个“无懈可击”的贫农。

那天晚上，我在刘栓家给他的大孩子补课。他那小孩子哇哇啼哭，两口子怎么也哄不好。

女人抱着孩子坐在炕沿，垂泪说：“这可怎么好，这可怎么好，姚所长怕是请都请不来了……”

刘栓耷拉着脑袋坐在女人身旁，一口接一口吸烟。

我有点怜悯他们了，更准确地说，是怜悯那孩子。孩子的嗓子都哭哑了。

我说：“我去替你们把姚医生请来吧！”

刘栓一下抬起头，问：“能请得来么？”

我说：“能。”心里却没多大把握。我们几个“插兄插妹”中，数我和他接触的最少。也许他对刘栓的火气还没消，谁知他会不会给我面子？

我站起身刚要出门，姚医生却进来了。

他一句话不说，也不理刘栓，打开医药箱，装上预先消过毒的针头，抽了药，就给孩子扎针。

扎针后，孩子哭得更凶了。

那女人讷讷地说：“姚所长，你要是还没消气，就再打刘栓一顿……”

刘栓侧脸探过头去，低声下气地说：“给你打吧！”

“再打你一顿我也不解气的！”他口气生硬地说，推开刘栓的头，从女人怀中抱过孩子，来回踱着，轻轻拍哄，一边低声唱：

夜是已经降临了。
我的孩子快快睡吧，
听我唱着歌，
唱着你将来的命运，
你远大前程。
我的孩子快快成长快快长大啊，

快为我们祖国努力，
表现你自己，
将那纪念功绩的勋章，
挂在你的胸前啊，
夜是已经降了，
孩子快快安眠吧，
伟大的生命无限前程正等待着你……

要么是他的歌声具有奇妙的安宁作用，要么是孩子对歌声具有先天的感应功能，孩子竟渐渐停止了啼哭。他继续拍着唱着，孩子终于在他怀中睡着了。

他示意那女人铺好小褥，摆好小枕头，轻轻地将孩子放下，替孩子盖上了小被。又掏出自己的手绢，拭去孩子额头哭出的汗珠。

刘栓用讨好的口气对他的女人说："你跟医生好好学着点，就是这么哄孩子才行！"

他瞪了刘栓一眼，说："哪条法律规定，哄孩子只是女人的事？"又转身问我："你听到过这么一条法律么？"

我立刻摇头："从来没听说过！"

刘栓红了脸，吭吭哧哧地说："我……不会唱呀……"

"不会唱，还不会哼？"

刘栓狼狈起来。他女人得意地窃笑了。我也转过脸去，使劲抿住嘴。

"我到外面劈柴去！"刘栓借故脱身。

"先别走。"姚医生叫住他，问，"你想不想戒酒？"

刘栓回答："想倒是想啊，可戒不了哇……"

"想戒就能戒得了！"姚医生说着，从医药箱里拿出一只保温杯，取下盖，递向刘栓，诱惑地说，"这是我配的戒酒良方，不少酒鬼服下，都滴酒不沾了。你把它喝下去！它不但有戒酒的功能，还有强身壮体的作用呢！"

“这……”刘栓犹豫。

“接过去喝呀！”姚医生催逼。

刘栓迫不得已，只好违心接过保温杯，一扬脖子，像大伏天喝凉水似的，咕咚咕咚喝了个精光。

“还不太难喝吧？”姚医生问。

“不难喝，怪甜的……”刘栓一副啼笑皆非的怪模样。

“我可预先告诉你刘栓，”姚医生板起脸说，“你服了我的药汤，如果今后再喝一口酒，药力和酒力互相发生反应，就会生癌！到那时，你可别诬陷我坑害了你！”说罢，收拾好医药箱，匆匆走了。

我早已无心再给我的学生补课，也告辞了，出门紧走几步赶上他。

我问：“‘大插兄’，你给他服的药汤，果真有那么厉害吗？”

他笑道：“一杯甘草汤。”

我也忍不住笑出了声，说：“你这人真缺德！”

他说：“是啊，好人有时也难免做缺德事。”与我并肩默默走了一会儿，又说，“你可不能泄露我的天机啊！”

我突然觉得，我们这位“大插兄”身上，竟还保留着一些孩子气。成年人身上的孩子气，是可爱的。我张张嘴，几乎要把我的想法对他说了，却羞于出口。这想法使我的脸有些发烧。幸而天很黑，否则他一定会看出我的脸当时有多么红……

第二天，我们几个姑娘套辆牛爬犁，到江汊子里去割柳条。太阳刚升起来不久，又红又大。新雪将世界覆盖得一片洁白，将远山的轮廓勾勒出了一条柔和而起伏的耀眼曲线，将所有的可以望见的树木都变成了巨大的或玲珑的银珊瑚。江上还弥漫着薄薄的晨雾。阳光是那么灿烂，晨雾被渲浸得像一片展开的透明的红纱，几乎是静止的，经久也不飘散。雪地辐射着炫目的彤辉。景色真是美极了。大自然的美，更属于人类稀疏的地方。而在这种地方，人更易产生对大自然的依恋之情。

我们都情不自禁地唱起了歌。

“嗨，姑娘们，你们去哪啊？”姚医生突然撑着滑雪板来了个漂亮的急转弯动作，拦住我们的去路。他头戴一顶白色的兔毛滑雪帽，脚穿一双靴子，身背医药箱，双颊绯红——那是因为滑雪速度太快被风吹的。那一天他显得那么年轻，那么潇洒，那么朝气蓬勃，又那么……英俊。

女伴们都呆呆地瞧着他，忽然一个个全变得羞涩起来，谁也不回答他。

我见他望着我，就说：“我们去割柳条呀！”

“往哪边儿去？”

“东边儿江汊子里。”

“正好，我要去东村，搭你们一段爬犁吧！”他蹲下身，解滑雪板。

我说：“‘大插兄’，滑雪多神气呀，何必搭我们的牛爬犁呢？慢慢腾腾的。”

他说：“有机会能和姑娘们坐在一辆爬犁上，那就只有傻小子才会觉得滑雪更神气了！”

女伴们互相交换着各种含义的眼色，一个个越发显得庄重无比。他将滑雪板递给了我。我就像士兵搂着大枪似的搂着它。

他坐在了我身旁，从我手中拿过鞭子，往老牛屁股上抽了两鞭子，老牛颠颠地跑了起来。

爬犁很窄，他又坐在我和另一个姑娘之间，倒挺自在挺舒服的。我却得搂着他的滑雪板，而且身旁身后都没有女伴可靠，要靠着谁，就只有往他身上靠。我怎么能当着几个女伴的面往他身上靠呢？我随时会滚落下去。

他看出了我坐的不太稳妥，对我说：“搂住我的腰。”我装作没听见他说的什么。

他真以为我没听见他的话，也不再重复，用一只手臂轻轻揽住了我的腰。

这样一来，我就不得不靠在他身上了。我暗想，女伴们回去后一定会大大取笑我一番的。又对自己说：“管她们取笑不取笑呢，我可不愿从爬犁上掉下去，在深雪中打滚。”当时他就是吻我一下，我也不会真生气的。只要别吻得太粗鲁，要轻轻的，温柔的……

不知为什么，女伴们都不唱歌了。好像坐了一爬犁哑巴似的。

老牛却撒开了欢儿，颠儿颠儿地在雪原上越跑越快。

他回头看了女伴们一眼，有些奇怪地问：“你们怎么不唱了啊？”

谁也不吱声，她们光吃吃地笑。其实我知道，他坐到了我们的爬犁上，使我们每个人心里都产生了一种和我同样的快活，尽管我们都停止了唱歌。说不定我们之中的某个姑娘，早已暗暗地爱上了我们这位“大插兄”呢？是瞧着他的背影，吃吃笑的那几个中的一个？还是仿佛他根本就不存在，眼望着远处雪色的那几个的一个？我暗暗猜测着。

“既然你们都不唱，那我就唱给你们听吧！”于是，他唱了起来：

我唱一个歌吧，快乐的风啊，
你吹遍全世界的高山和海洋，
全球都听到你的歌声。
对着险峻的高山，对着神秘的海洋，
对着鸟雀细语，对着蔚蓝的天际……
谁要快乐就能微笑，谁要做就能成功，谁要寻找就能找到……

我听出了这是一首苏联歌曲。我哥哥和我姐姐都会唱这首苏联歌曲。在哈尔滨这城市里，我们上一代和我们上上一代的年轻人们，究竟喜爱过多少首苏联歌曲，只有他们自己才晓得。

可以大声唱苏联歌曲的年代过去了……

我说：“你今后别再唱他们的歌了。”

他转过脸看了我一眼，问：“为什么？”

我说：“你应该明白。”

他沉默片刻，用忧郁的语调说：“我来到这个地方后，常为自己是一个自由的人而感到格外快乐，没想到在这里也碰到了一位政治头脑格外敏感的人。”

他的话中，明显地包含着对我的暗讽。我感到委屈极了，也很生气，眼泪差点儿都涌了出来。

我摆脱了他揽在我腰间的手臂，故意用淡漠的口吻说：“不听好人言，吃苦在眼前。”

他扭头对女伴们大声说：“姑娘们，你们听到这位小姐的预言了吗？”

我猛地蹦下了爬犁，将他的滑雪板朝雪地上一扔，用咄咄逼人的目光瞪着他。

他立刻勒住牛缰绳，用一种很不寻常的目光望着我。

我冷冷地对他说：“你再拿我开心，我就往你脸上啐唾沫！”

他望了我一会儿，很识趣地下了爬犁，对女伴们说：“真遗憾，我们愉快的旅途太短暂了！”他绑上滑雪板，又看了我一眼，飞快地滑走了。

一个姑娘埋怨我：“你今天吃火药了？他不过就跟你开句玩笑嘛！你搞得人家有多难堪！”

我恶声恶气地抢白道：“你为他抱不平？”

她脸倏地红了，挺恼地说：“你别恶语伤人！”

我自己都不清楚自己究竟凭什么认为，她一定就是暗暗爱上了他的那一个，一种强烈的妒忌顿时在我心中作怪。

我冷笑着说：“你喜欢他，我可不喜欢他！你护着他，我今后偏要同他处处作对！”

她一下捂上脸哭了。

我不再理她，也不再坐到爬犁上，大步向前走去。

眼泪从我眼中渐渐流了出来……

春节期间，知青伙伴都回城市探家去了，只有我一个人不得不留在村里。

因为我教那个班的学生年终考试平均分在全公社倒数第一。我的姓名上了公社的《教育情况简报》。负责抓文教工作的一位公社副书记，在教师大会上说："这不仅是教学水平问题，而且是对贫下中农后代的感情问题。"我接连几天孤单一人躲在宿舍里，羞于在村中露面。我不是个理想远大的姑娘，我认为怀有某种远大理想的人必须具有某种特殊的潜质。但我也不甘在如此偏远的地域做一辈子乡村教师。公社副书记说的一点不错，这是个"感情问题"。我不喜欢孩子，因为我虽然已经差三个月十八岁了，但心里还依然保持一种自怜自爱的顽固意识——我自己也是个孩子。在家时我是一位小"公主"，我承认，父母和哥哥姐姐们把我娇宠坏了。

再说我当的又是一位什么样的教师啊！在我教的那三十五个孩子中，居然就分成一、二、三、四年级。上午给一、二年级上课，下午给三、四年级上课。在空荡而寒冷的大教室里，同时给两个年级的学生上课，得有导演的才干。给这一年级学生讲语文课时，预先给那一年级的学生布置半堂课能做完的算术作业。讲半堂语文课，就不得不转移思维，再开始给另一年级学生讲算术。讲语文课时，另一年级学生往往并不埋头认真完成算术作业，而是公然地听我朗读课文，公然对那些被我叫到黑板前默写生字而又写不出来的学生表示讥笑甚至幸灾乐祸。而当我开始给低年级学生讲算术新课或进行课堂考试时，高年级学生又会暗暗给低年级学生传纸条，或者张口替他们回答。并且因为有机会炫耀自己比低年级学生头脑聪明而得意洋洋。这种情况常常使我顾此失彼。在这种顾此失彼的状态中，我还一刻也不能忘了教室里那只大铁炉子。隔会儿，有时在讲半句话的时刻，就不得不去捅捅炉子，添几块木柴。炉火一旦灭了，我和学生们就得一块儿挨冻。

让城市里的小学教师们来试试看，看他们能否比我教得更出色！

公社决定，将我和另外几名小学教师召集在一起，到县里唯一的一所师范学校去接受培训。

那些日子我整天躲在宿舍里，羞于在村中抛头露面，感到又孤单，又寂寞，又自卑，又有点内心凄凉。坐在炕上，刮掉窗上的霜，呆呆地望着冰封的黑龙江，是排除内心种种复杂情绪的唯一方式，孤单寂寞之中感受一种冷寂凄凉的“原始宁静”。

冰封的黑龙江也是那般寂寞和宁静。面对白色会令人停止思维，进入一种忘我的境界。偶尔有他们的爬犁或我们的爬犁从江上驰过，像一幅无声影片的朦胧画面，在我眼前化出化入。

一天早晨，我又呆呆地坐在窗前凝望黑龙江。窗上的霜已被刮掉了一层，又结了一层。但很薄。霜图仿佛是一片奇株异叶组成的美丽喷制图案，使窗子变得像磨花玻璃似的。外面在飘落着大雪。宛若玉带的黑龙江看不见了。雪帏如一道虚幻的屏障，仿佛分隔两国的就是这从天垂落的幕。我们的村子里静悄悄的，他们的村子里也静悄悄的。在这静悄悄的黎明时分；世界显得那么神秘又那么宁寂。现实的国界消隐了，使人真希望这世界能够永远保持这样一种近乎原始的宁寂，不要风云突变，不要战争，不要炮火和硝烟污染这美妙的大自然的黎明的宁寂……

突然，从江那边传来一阵女人的恐惧的喊叫声。

我本能地跳下炕，蹬上鞋，顾不得系好鞋带，就跑到了外面。我并没有感到害怕。真的，一点也没有感到害怕。即使江那边有一个凶恶而残忍的杀人狂，我也不会受到丝毫伤害。无须谁来保护，也无须担心毫无自卫能力。江界是神圣不可侵犯的。只要我不跨过它，我的生命就绝对安全。我是被极大的好奇心促使才跑出去的，想知道他们那边究竟发生了什么事情。是一家人打架？还是邻人斗殴？有热闹可瞧，就瞧瞧热闹，消除一些郁闷。

我看见一个披头散发的女人在江面上奔跑，她身后紧紧追赶着的一个男人，握着一把镰刀。许多人又追在那个男人身后。他们有好几次追上了他，围住了他，却不能擒获住他。他挥舞镰刀，朝围住他的人乱砍乱劈。他们一散开，他又追杀那女人。那女人始终在他们那半边江面兜转奔逃。在这种生死攸关的时刻，大概她那紧张的意识中也存在着“国界”两个字。

谁如果将这种场面当成热闹看，谁的灵魂中就丧失了全部的天良和人性。谁如果面对这种场面能掉头而去，谁就一定心如铁石。

我既不忍目睹惨事发生，也不忍无能为力地掉头而去。我完全呆住了，被这种情形吓傻了。

“来人呀！快来人救救她呀！……”我大声喊叫起来。

我们村里的许多人也都跑到江边来了。他们与我一样，只能替那女人提心吊胆地隔江观望而已。我们的女人和孩子们，一个个都吓得屏息敛气，神惊色惧。男人们则齐声呐喊，企图用恐吓声制止那疯狂的追杀者，并用雪团冰块抛打他。几名苏联士兵也从他们哨所那边跑了过来，加入对追杀者的围拦堵截。但他们来得太晚，那可怜的女人已眼看就要被追赶上了。

“往这边跑！傻娘们，往我们这边跑哇！”我们队长连连跺脚，扯着嗓子朝那女人大喊。

也许那女人能听懂中国话？也许对死的恐惧将她意识中的“国界”两字早已抹掉？

她拼命朝我们这边跑过来。

我们的几个强壮的男人就跑过去迎救她。

而那男人，也紧紧追赶了过来，仿佛根本无视国界的神圣存在。那女人不慎滑倒，未及爬起。

那男人高举镰刀，只差几步就要砍到她了。

姚医生突然撑着滑雪板出现。谁也没注意到他是从何处滑过来的：他出现得太突然了！速度迅猛之极！他朝着那个男人从右侧直冲过去，转瞬间已将那男人撞倒，两人在雪中翻滚扭打起来。

两边的人都奔跑到一起了，我们的几个男人和他们的几个男人，一块儿制服了那个手握镰刀的追杀者。

他是个精神病患者。

那女人是他的妻子。她已经昏了过去。她穿得很单薄，赤着双脚。而且，还是个孕妇，肚子已经很大，显然离临产期不久了……

我们村里的某些人对那个苏联女人和她的疯丈夫很有所了解，甚至还叫得出那个苏联男人和那个苏联女人的名字。我对这一点并不感到奇怪。如同江那边与江这边的小学校和卫生所象征着过去的一段历史一样，在人们的内心里也保留着一段友好过往的记忆。某些记忆是人们所不愿轻易从头脑中抹掉的。

村里的某些人还告诉我，那对苏联夫妻原很恩爱，早年夏天经常在江里双双游泳后就并躺在江岸的沙滩上唱歌……至于那做丈夫的怎么得了精神病，就没有一个人能告诉我了。即使有人知道，我也绝不会去询问的。

某种好奇心只能使人感到自己卑俗。

我倒是深深同情那苏联女人……

晚上，我来到卫生所。在那几天里，我曾多次想找姚医生交谈些什么。哪怕什么也不交谈，就是听他唱支歌或拉段手风琴。我忍受孤独和寂寞的能力已达到了极限。自从那次我认为他当着我的女伴们嘲讽了我之后，再也没理睬过他。他也再没接近过我。好像只要我不主动与他和解，他就决不对我表示任何关心似的。但我却多么希望从他这位“大插兄”那里获得一些感情上和心灵上的安慰啊！孤独和寂寞深深地折磨着我，到头来我战胜了我那过分乖张的自尊。

他住在卫生所一间十几平方米的小屋内，左壁是注射室，右壁是药房。他住的小屋又兼作诊断室。我曾来开过几次药，那小屋给我留下良好印象，清洁、规整，一切都摆放得有条不紊。墙上用图钉按着一张白纸，上书“禁止吸烟”四个墨字，魏体，笔力挺雄浑，挺苍劲。他爱好书法。

我礼貌地敲了敲门，听到说“请进”，才迟缓地推门进入。

屋里乱七八糟。他的箱盖敞开着，他正往旅行包里装衣服。

“是你……”他有些意外地望着我。

“不欢迎？……”我低声说。

“不，是没想到。”见我局促地站在门旁，他立刻将旅行包从床上提到桌上，用一种客客气气的语调说，“你先请坐一会儿吧，我马上就收拾好。”

我在床沿上坐下后，问：“你要探家？”

“不。过几天我就要离开这里了。”他头也不抬地回答，继续往旅行包里塞衣服。旅行包塞得太鼓了，我帮他拉上拉链。

“你要到哪里去？”

“到边防部队去，当军医。”

“调你去的？”

“我自己请求去的。”

“这里人们不是都很尊敬你吗？你为什么要离开这里去当军医呢？”我的语调中，不自觉地流露出了几分挽留的意思。

他抬头看着我，那目光是奇特的。

他说：“你看看最近的报纸就会理解我了。男人对保卫国家疆土，比女人有更大的责任。我知道我不能成为一名好士兵。在学校军训时，我打靶成绩从没及格过。但我自信我能成为一名好军医。边防部队的接收函件已经转到公社了。”

我不再发问了，瞬息间，心中产生一种感伤的惜别之情。

他将提包放到桌子底下，忽然问：“你是生病了吧？真抱歉，我光顾收拾东西了。”

我忧郁地瞧着他，摇了摇头。

“那……你找我一定有别的事？说吧，我是你的‘大插兄’啊！”

我说：“什么事没有。只是想……听你唱支歌。”

“唱歌？对。对！此时此刻，为什么不唱歌呢？”于是他从墙上摘下了手风琴。

“如果我为你唱支苏联歌曲，你愿意听吗？”他非常认真地问。

我低下头，用更细小的声音回答：“不管你唱什么，我都愿意听。”

于是，他轻轻拉起了手风琴，低声唱道：

等着我，我会回来。
不过要久等，
等着，当秋雨潇潇，撩起愁思时，
等着，当冬雪飘飞，炎夏难熬时，
等着，当别人不再等待亲人时，
等着，当远地没有书信寄来时，
等着，当同等的人都已灰心时，
等着，千万等着啊
因为你跟别人两样，你善于等待。
你善于等待……

我眼中涌出了泪水。我被这首歌所感动。我被在这个夜晚，我与他共同度过的这个时刻所感动。几天后，他就将离开这里了。也许，我从此再也不会见到我们这位“大插兄”。他曾给予过我们许多关心，许多帮助，许多快乐……

他唱完之后，我们都陷入了沉默。他望窗外，我低着头。

西北风在外面呼啸。井台上枯朽的吊杆，发出吱嘎吱嘎的响声。

江对岸传来一阵狺狺的狗吠。我们村子里的狗也叫了起来。

西北风更猛了，像一万个醉汉在吹口哨。

咔嚓！……

我倏地站了起来。

“是水井吊杆倒了。”他不动声色地说。

我又缓缓地坐了下去。

他却站了起来，走到我跟前，说：“有件东西，我想请你替我保存。”

语调那么轻，又那么郑重。

我默默无言地直视着他。我想他要委托我保存的，一定是件对他来说无比珍贵的东西，否则他怎会用那么一种异样的目光瞧着我？我心中顿时对他充满了感激，为着他在这样的一种时刻对我的信任。

没想到他从箱子里拿出的是一个笔记本。一个普普通通的，半旧的笔记本。蓝缎封皮，既无花纹，也无图案。

他双手将它递给了我。

我轻轻翻开它，见第一页上，庄重的字体写着一串姓名：王涛——男，一九六八年五月二十一日凌晨四时三十二分出生，身长五十二厘米，体重八斤。先天发育良好。

李小娟——女，一九六八年七月三日夜十一时零一分出生，身长四十五厘米，体重六斤三两……

赵秀梅——女……

第二页，仍是这样一串姓名。

第三页，依然是……

我迷惑地抬头望着他。

他微笑了，说："这是我建立的一份特殊档案。我来到这个地方三年多了，在这一带八九个村子里，接生了十七个孩子。我知道，你们这些小'插弟插妹'曾背后议论过我，不理解我为什么来到如此落后偏远的地方，还会天天那么高兴？这十七个孩子的出生，就是令我感到高兴和自豪的理由啊！人，在一切物质之中，又在一切物质之上。人，这是所有文字中最崇高的一个字啊！……"

他情绪兴奋起来，双目闪耀着光彩。

他接着说："胎儿与母体，实际上是两个完整的但又不可分割的生命。物理学家们，为原子的分裂感到自豪。而我所感到自豪的，是一个生命，一个人，在我的帮助下降临到了世界上。从此以后他或她将要寻找事业，寻找爱情，经历种种艰难和种种痛苦，感受种种喜悦和种种幸福，为人类和世界作出种种杰出的和平凡的贡献。我完成的，是生命的分化。这是最伟大的分化过程！每一个婴儿诞生的过程，对我来说，都如一首诗，一支歌，一段交响乐章！谁敢预言，在我接生的这些孩子中，将来不会成长起科学家、政治家、艺术家？当我听到新生婴儿的第一声啼哭时，我每次都想举起那个幼小的人，大喊：‘生命万岁！’……”

我被他的话迷住了。也被他那兴奋的表情迷住了。不，我是被他迷住了。那一时刻，我是多么想拥抱他，热烈地吻他呀！我觉得，站在我面前的，是一个年龄比我小许多许多，情感和思想都很天真的孩子。也是一个年龄比我大许多许多，情感和思维都很深奥的老人。是一个内心充满浪漫色彩的诗人，也是一个膜拜生命的虔诚信徒。

他忽然停止说下去，一副窘态地问：“你觉得我可笑了吧？”

“不，不，你说的……真好，我一点也没有觉得你可笑，真的！”

“谢谢你！”他说，退到窗前去了，但目光仍注视着我。

不知为什么，我想哭。我怕会当着他的面情不自禁地哭了，就站起来，轻声说：“我走了！”说罢，立刻低着头朝外走。

“等等！”他叫住了我。

我不得不转过身。

他刚才那种兴奋的情绪平静了。

他说：“我把这十七个孩子委托给你了。也许，我比他们的父母对他们寄托的希望还大。他们的父母，可能只希望他们将来成为能种地能打鱼的人。而我，却希望他们将来成为不仅仅能种地能打鱼的人。教师，是人类灵魂的工程师。我迎接到这个世界上的，是自然状态的生命，你要给他们注入灵魂，你要教他们文化和知识，你要使他们成为文明的一代，这个地方要依靠他们成为文明的地方。今后，无论我到何处，我心中都会想着他们。我要重新回到这个地方，寻找他们的足迹，告诉他们，某年某月，是我……”他竟说不下去了。他那种平静的语调，是无法掩饰他内心里此时此刻的激动的。

我说："我一定记住你的话，我一定不辜负你的嘱托，只要……别发生战争……"

他怔愣了片刻，自言自语地说："是啊，只要……别发生战争……"

西北风由呼啸而转为嚎叫，似巨大的鸟羽扑打着窗子。又是一阵狺狺的狗叫声，像醉汉的笑。西北风攫住这令人发悸的声音，将它挟卷到更远的地方去。

我再也不能迎视他的目光，再也不能继续听他谈下去，再也不能内心平衡地待在他的小屋里，再也不能……

我一转身冲到外面去了。

那天夜里，我辗转反侧，怎么也无法入睡。我从来也没有觉得那么孤独过。这咄咄逼人的孤独感，将沉重的寂寞压迫到心灵的死角了。

他即将离开这个村庄的呵……

我的许多在别处插队的同学，来信中常常谈论战争。他们谈论战争的词句，如同少男少女们谈论郊游和野营计划。他们都自信在战争中会成为英雄。他们都希望在枪林弹雨中建树功勋，在炮火硝烟中获得荣誉。谈到"牺牲"，他们轻松地说："人固有一死嘛！"他们甚至是在期待着战争。不，更确切地说，他们是怀着莫大的希望，准备勇敢地跳上人类的流血话剧的舞台之上，或者胸前挂满勋章骄傲地谢幕，从此与"插队知青"的命运一刀两断。

那天夜里，我认识到，只有远离战争威胁的人，才会像他们那样侃侃谈论战争。假如他们也和我一样，也和黑龙江边这七八个村庄的人们一样，离战争的毁灭性威胁近在咫尺，坦克半分钟内就能驰过江面，如履平地般碾碎这里的房舍，站在江界线上投掷的手榴弹会从窗门飞入屋内，几发重磅炮弹会将这里的人们经过几代甚至十几代辛劳筑造的村庄夷为一片瓦砾，一片废墟，无数生命可能在酣甜的梦境中变成鬼魂，缺肢断腿的肉体飞上天空，挂在树梢上……那么，他们就会改变他们对战争的看法了。

我爬起来，在油灯下给我的同学们写信，将我这些冲动的情感与思想在纸上尽情发挥。

我告诉他们，我认为他们是错了。

我告诉他们，如果我们神圣的国土受到侵犯，我会像法国女民族英雄贞德一样，为捍卫我们的疆土和人民去奋勇杀敌。

我告诉他们，乡村小学教师，是能够成为一名不惜捐躯的女战士的。

同时我也告诉他们，我是多么诅咒战争！如果用我的生命向某种神明祭祀，便可制止世界上的一切战争的话，我毫不吝啬我的身躯！

我还告诉他们，姚医生有一个怎样的笔记本，以及他对我的嘱托……

第二天早晨，姚医生到县里托运行李去了。下午，有人告诉我他回来了。我想再去看他，我觉得自己内心还有许多话，许多重要的话没对他说。但我知道，他几乎需要和全村的每一家每一户告别，就打消了念头。全村人都对他依依不舍。他的感情，是分赠给全村人的。我已获得一个小份，很珍贵的一小份，我应该知足了。人不能太自私。

我找到了一件足以驱除内心孤独和寂寞的事情去做。那一整天，我都在宿舍里认认真真地备课。我暗暗发誓，要成为一名优秀教师。

天黑不久，我听到了轻轻的敲窗声。

一定是他来正式向我告别！

我立刻跳起，内心异常激动地打开了门。

却不是他，一个扎头巾的很胖的女人一步跨了进来，仿佛唯恐动作迟缓，就会被我拒之门外。

“你？……”

她转过身，我后退了一步——油灯的光亮下，我清清楚楚地看到了一张年老的苏联女人的脸！

文字无法形容我当时大吃一惊的程度！

她会中国话。

我爬起来，在油灯下给我的同学们写信，将我这些冲动的情感与思想在纸上尽情发挥。

她焦急地断断续续地对我说：她是偷偷越过边境的，她的儿媳妇，就是昨天被姚医生救了一条命的那苏联女人，临产了，但孩子生不下来。他们的乡村医生喝醉了酒。她苦苦哀求我，带她去找我们的医生……

“不，不，你……出去！”我打开了门。

“姑娘，上帝在看着你……”泪水淌在她那张布满皱纹的脸上。那是一张慈祥的老母亲的脸。焦急和希望，使这张脸上呈现着一种令人无比怜悯无比同情的人性的力量。

我根本不相信上帝的存在。

但我那一时刻觉得,站在我面前的,就是我根本不相信的上帝的化身……

我把她带到了姚医生那里。人在某种情况下，不受思想的主宰，只听凭心灵的支配。

姚医生吃惊的程度不亚于我。

他脸色顿变，将我推出门外，从外面带上门，用那苏联老母亲在屋里完全听得到的声音对我吼：“你疯了？！你根本不应该带她到我这里来！你应该告诉她，怎么来的，怎么回去！我们的医生今天不在！……”

“可是我……”

“你该挨一记耳光！”

我从未见他发过这么大的火。我生平第一遭被人如此训斥。我呆呆地望着他，眼中渐渐涌出了泪水。

我猛转身跑了。

跑回宿舍，我扑在被子上，哭了。

我觉得昨天晚上他对我说的那许多诗一般的话，永远不会再使我的心灵受到丝毫感动了。我暗暗对自己说，我再也不要被诗一样的语言所蛊惑，再也不要轻信能说诗一样的语言的男人。

但是第二天早晨，我又深深自责起来。

我意识到自己是做了件蠢事。

我是该挨一记狠狠的耳光。

理性有时竟使人批判自己内心里最最真实的东西。

我去找他，要向他表示忏悔，请求原谅。

来到卫生所，发现门锁着。

两行脚印通向江边。

一种预感使我内心极度慌乱。

我顺着脚印跑到江边——两行脚印越过江面，通向对岸的村庄。我久久地呆呆地站立在江边……

卫生所门上的锁和越过江面的脚印，一小时后就被许多人发现了。全村大哗，空前骚动。

队长来找我，劈头就问："你见到姚医生了么？"

我故作镇定地回答："见到了呀，他对我说，他要到东村去向人告别。"

我不是演员。

"你胡诌八扯！"队长大声嚷叫。

我不得不道出实情，并说："队长，是我把那个苏联女人带到他那里去的，要惩办，就惩办我吧，千万别惩办姚医生！"

"你……你混蛋！"

队长那样子凶得像要一口把我吃掉。

然而他并没有立刻向公社汇报。

许多人都来到江边。有人一直站到中午。只要他早些从江那边过来，就意味着这件事根本没发生过。我相信，不会有一个人对外村人去多嘴多舌地讲这件事。包括本村的孩子们。

下午，两点以后，他还没过来。

队长不得不违心地派人向公社汇报。

三点四十分，公社的一辆吉普车开到了江边，从车上下来了一名边防站的翻译和两名县公安人员。

就在那时，对方的哨所升起了会晤旗。他是被两名苏联边防士兵用担架抬过来的。

担架后跟随着苏联村庄里的许多男人和女人。

两国的百姓，站在江界线上，沉默地对望着。

抬担架的苏联士兵，将担架移交给我们的人，庄重地向躺在担架上的他敬礼后，才退到江界那边。

他头缠药纱布，脸色苍白，看样子伤得很重。

是那苏联女人的患精神病的丈夫伤害了他。

我扑到担架前，俯身注视着他，只是流泪，说不出话来。

他却微微笑了一下，对我低声说："母子平安。替我记在笔记本上——奥丽娅·肖尔金娜。黄头发，蓝眼睛，一个漂亮的女孩，将来准是个迷人的姑娘……"

我噙着泪点了点头。

他被搀扶着向吉普车缓缓走去。

我们的边防站翻译脱下军大衣，轻轻披在他身上。

他走到车门旁，回头望了我一眼。

我心里默默对他说："我会等着你的。我要久等……"

他没有再回到这个黑龙江的村庄。也没有成为一名边防部队的军医。

据我所知，在边防日志上，那一天是这样记载的——中苏双方，进行了一次非军事内容会晤。时间，三点四十二分至三点五十三分……

高高的铁塔

在我的记忆中，无论春夏秋冬，每当拂晓，那里都笼罩着浓重的雾气。雾气直到日出才渐渐消散。于是它们就令人肃然地完全显现出来了。就是那两座高高的铁塔。

那里是中苏边境地带。

从我们连队出发，往北穿过一片榛子林，蹚过一片浅沼，便等于站在边境线上。矗立在两国领土上的那两座高高的铁塔，如倒铸在那一片荒原地带的钢铁的惊叹号，警告两国人——不许犯我！除了那两座铁塔，再无任何作为国界的明显标志。

但是，拨开荒草仔细探寻，会发现一根根七歪八斜、半米高的木桩子。它们经过常年的风吹雨淋，水泡日晒，失去了本色。有的已经腐烂倒地，像一截截人腿骨。进一步观察，又会发现将它们连接起来的铁丝。铁丝粗细不同，某一段带铁刺，某一段不带铁刺。农场老职工们会告诉你，带铁刺的铁丝，是苏联的，不带铁刺的铁丝，是中国的。两国的铁丝，都锈透了。七歪八斜的木桩子和锈透了的铁丝，组成名副其实的国境“线”。与其说具有防范性，毋宁说只具有象征性。一到冬天，几场大雪之后，连这条国境“线”也不存在了。更起作用的，是两国人们心理上的国界。

这道国境“线”究竟有多长，谁也说不清楚。据农场的老职工们讲，这一地带原来没有国境线。两国的人同在这里牧马、放羊、打草、开荒。苏联百姓，常到这里来和中国的农场职工做买卖，互相从不计较卢布和人民币的比值。以物易物，用俄国式的狐皮帽子、靴子、金属小酒盅、打火机、毡子等，交换中国人土造的烈性“北大荒酒”、叶子烟、棉布、兽皮、陶瓷器皿。两国男女青年相爱成亲的事，也不算稀奇。跨越两国领土回娘家的女人们，是不需要办理任何出入境手续的，绝不会受到两国边防军人的盘查。这片草地着过几次荒火，荒火是被两国的百姓和两国的边防军共同扑灭的。

六十年代的某一年秋天，中国农场的职工们，接到上级命令，连夜砍伐了许许多多木桩子。天没亮，场部就集合了几十辆马车，拉着木桩、铁丝和几百名青壮职工，十分紧急地来到这里。苏方，也出动了近一个营的士兵。显然他们也早有准备。十几辆“嘎斯”卡车上也满载着木桩和铁丝。于是，中苏双方，展开了一场紧张的钉木桩子“竞赛”。一会儿是苏联士兵在前，一会儿是中国的农场职工在前，双方都不甘落后。虽然没有裁判，“竞赛”却并未发生争端或冲突。平和地开始，平和地结束。紧张气氛仅体现在速度方面。这场速度交替领先的竞赛，造成了这一地带边境线的犬齿状态。

双方的人们，似乎比需要边境线更需要物资交换。各种交换隔着铁丝网继续进行。节假日前，交换频繁的日子里，双方的百姓，隔着铁丝网排开半里地，使边境线上热闹异常，像一条市场街。双方的边防军人，则像市场管理员，对交换的公平与否参与意见。

做了铁丝网这边或那边媳妇的女人们，对这道边境线的存在感到很不习惯。她们只能在天黑以后偷偷地钻来钻去。说是“偷偷地”，其实有点“明目张胆”。双方的边防军人发现了，睁只眼闭只眼，一般情况下都装没看见。而孩子们却享有特权，边境线给他们带来了钻铁丝网的乐趣。离不开母亲怀抱的小孩子，有时则在双方边防军人的观望下，隔着铁丝网被递送给外公外婆，大舅小姨，抱回去喜欢几天。也有的女人，晚上钻过铁丝网那边，就再也不钻回来了。钻过来钻过去的，她们嫌太“出洋相”。好说好散，并不需要法院判决，也不需要办离婚手续。称得上“文明离婚”。孩子们反正是不被铁丝网所隔的，并不感到有失去母亲的威胁。断奶迟的小孩子，有时被爸爸们抱着，来到这里吮几口去而不归的妈妈的奶，解解馋。男人对这道铁丝网的不习惯，多半是因为不习惯和他们的女人分开。

不久，苏方那面竖起了一块大标牌，两国都醒目地写着同一句警语：站住！朝中方这一面，写的是中文；朝苏方那一面，写的是俄文。

一年后，对面建起了那座高高的铁塔。中方“照此办理”，也建起了一座高高的铁塔。二十三点六米——用测高仪测出的对方那座铁塔的准确高度。中方的铁塔也建得这么高，用掉了牡丹江地区几家大机械厂运来的百十吨钢材。两座高高的铁塔，仿佛两个对峙的巨人，构造几乎完全相同。不同的是，苏方瞭望塔上的小屋，是尖顶。我方瞭望塔上的小屋，是平顶。站在瞭望塔上，会顿有“天高草低见牛羊”的感觉，边境线这边和那边几个村庄里的情况，尽收眼底。

1968 年，农场划归到生产建设兵团的编制内。我在那一年，成为这一边境地区的公民。准确地说，是成为一名生产建设兵团的战士。我们连是战略武装连队。有了我们这个连队，原先一个班的边防战士调走了。调走的原因不详。从此我们就担负起了守卫祖国门户的使命，“接管”了我方那座高高的铁塔。我们将铁塔上的那座小平顶房刷成了红色，使它成为我们“红色中国”的象征。我们称苏方那座铁塔为“钟楼”，称我们这座铁塔为“红房子”。“红房子”这种叫法是从上海知识青年中开始的，他们说它令他们想到了上海的一家西餐馆。

我每天有四个小时是和班长郭晓东一起在“红房子”里度过的。有时白天，有时夜里。

郭晓东是上海知青，比我大三个月，那一年十九岁。他长得很文气，不太爱说话。他老家在苏北，上海知青背后都叫他“苏北佬”。他却并不气恼，也不往心里去，照样友好地对待他们。我和他不久便成了朋友。我喜欢他沉静的性格。同他在一起，我常感到自己的浮躁性格也变得沉静了。

我们在“红房子”里站岗，闲闷得无事，就将对面铁塔上的苏联士兵当成取笑的对象。两座铁塔相距不到百米，用八倍的望远镜看去，他们如同面对面站在我们跟前。

有两个苏联士兵，总与我们同时上岗。我们给其中一个起的绰号是“大胡子”。“大胡子”体格魁梧，颧骨高耸，长着一脸黑黑的络腮胡子。他在铁塔上来回走动时，身板笔直，步子很大，颇有哥萨克的风度。我们没给另一个苏联士兵起绰号。从望远镜里观察，他很年轻，大概和我们的年龄差不多。而且，他长得很英俊。真的！我只有在苏联电影中，才见到过像他那么英俊的苏联小伙子：一张瘦削而线条明朗的脸，一双浅蓝色的眼睛，眸子中经常凝聚着一缕略显冷漠的沉思，一缕淡淡的忧伤。每次我从望远镜中注视着他那双眼睛，心中就不由得猜想：他可能刚失恋吧？合体的呢质军大衣，腰间被武装带一扎，使他更显得身姿潇洒。我和班长都非常羡慕他们的军大衣。我们的大衣太厚、太肥，穿在身上，使我们这些中国小伙子一个个都显得非常臃肿笨拙。若扎上武装带，就更使我们一个个变成难看的绿色大蜘蛛了。天气不寒冷到极点，我们是绝不愿穿大衣上岗的。

我们不忍给那个年轻、英俊而潇洒的苏联士兵起个什么带侮辱性的绰号。因为他不仅有着和我们同样的年龄，更有着一张和我们同样的稚气未消的脸；或许，还和我们一样，远离父母远离亲人。他那张脸，他那双凝聚着沉思和忧伤的蓝眼睛，他站在高高的铁塔上那种意识到自己的使命异常神圣的样子，会使想给他起个什么带侮辱性绰号的人自己内心感到羞耻。

“大胡子”分明是个老兵油子。他心中显然早就丧失了边防军人的神圣职责感。他经常莫名其妙地站在大铁塔上大喊大叫，叽里咕噜地扯着又粗又破的嗓子引吭高歌。还经常捉弄他那年轻的伙伴，哇啦哇啦地以老兵的资格大加训斥，甚至无缘无故打对方一拳，踢对方几脚。我看得出，他是在变着法儿自寻开心。在边境线上，能够自寻开心，是门不简单的学问。他那年轻的士兵伙伴，成了他自寻开心的唯一对象。他的拳打脚踢纯粹是由于对方不与他配合，使他想开心而又不能真正开心起来，恼羞成怒的结果。

那年轻的苏联士兵，在我们的心目中，仿佛也是一种“物体”，是他们那高高的铁塔的一部分。“大胡子”不喜欢他那年轻的士兵伙伴。我们不喜欢大胡子。

“一名好士兵。”一天，在我们的“红房子”里，郭晓东没头没脑地冒出这一句。

我看了他一眼，见他正拿着望远镜朝对面观望。

那天很冷，零下三十几度。我们的“红房子”里有只小铁炉。我已生起了火，“红房子”里热烘烘的。我和他都半天没离开“红房子”。

我问：“谁是好士兵？”

“那个年轻的。”他转过身，把望远镜递给我。

我走到小窗口，举镜向对面望。只见“大胡子”靠着铁塔栏杆，仰着脸，正高举酒瓶子喝酒。而那个年轻的士兵，则一动不动地站着，举着望远镜朝我们的“红房子”观察。冲锋枪横在他胸前，枪身挂了一层白霜。

“对于我们来说，最好的士兵，正是最坏的敌人。”我因为自己随口说出了一句含有点哲理的话而暗暗得意。

过了一会儿，他回答：“你站在敌对的立场，才那么说。”

他的话使我感到非常惊讶。我放下望远镜，转身瞧着他，用争辩的语气说：“难道你不是站在敌对的立场思考问题吗？”

我的反问太尖锐，他一怔，脸红了，默默坐到火炉旁，缄口不言。

其实我不想同他争辩。我道出的并非我的思想，仅仅是我的一种感觉。那个年轻的、显得十分警惕、神经过于敏感的苏联士兵，比起他的“大胡子”伙伴来，更使我感到一种潜在的威胁。他身上所体现的那种边防士兵的神圣感和责任感，早已暗暗赢得了我的几分敬意。但也正是这一点，在我心理上同时引起另一种对应的情绪——敌意。每当我用望远镜注视他时，便不由得不这么想：倘若这道边境线上突然发生战端，在他和“大胡子”之间，我首先要击毙的是他，否则，我必定死在他枪膛里射出的子弹之下。我无法从头脑中排除这种潜意识。想排除也办不到。

“如果我是一名军官，我希望手下的士兵都能像他那样。”郭晓东又低声嘟囔了一句。我听得出来，他对我刚才的抢白有些不服气。

“如果我是一名军官，我倒希望手下的士兵，没有一个头脑里会产生你这种古怪的想法！”我的确觉得他的想法太古怪了！这种古怪的想法，在这说不定明天就枪炮大作、硝烟弥漫的边境线上，在我们的“红房子”里，在一个担负边境守卫任务的兵团战士头脑里产生，简直让人不能容忍！我觉得我有责任将他头脑中这种念头连根刨掉！在边境线那边，最好的士兵，对于我们，尤其是对于我和他，正是最坏的敌人！这一点甚至都算不上什么哲理，而只是一个简单明白的道理。

他再次受到我的抢白，又缄口不言了。

我还想对他说几句我自以为很深刻的关于战争的话，我的望远镜中却出现了一场好戏，使我那些来不及在头脑中组合成语言的思想变成了拂乱的棋局。

我从望远镜中看到，“大胡子”已喝得醉意醺醺，攥着酒瓶子，嬉皮笑脸地纠缠他那年轻的士兵伙伴，要往对方口中灌酒。对方摆脱了他，踱到铁塔栏杆另一端。“大胡子”跟随过去，继续嬉皮笑脸地纠缠。

那年轻的苏联士兵朝我们的“红房子”望了一眼，也许他猜测到了，正有一双眼睛，通过望远镜瞧着他们之间的这场戏。他突然生气了，对“大胡子”咒骂了一句什么，从“大胡子”手中夺过酒瓶，使劲一挥臂膀，将酒瓶抛到了半空中。他将“大胡子”推开，正了正被“大胡子”弄歪的军帽，双手握住了胸前的冲锋枪，恢复了自我意识很强的边防士兵那种庄严的军人姿态。

酒瓶子像一颗手榴弹，在空中划了一道看不见的弧，飞越边境线，朝我们的“红房子”飞来。转瞬间，一声脆响，在我们“红房子”外的钢板上撞得粉碎。

郭晓东一跃而起，迅速抓紧他的枪。

我朝他做了一个让他安定的手势，继续通过望远镜观望。

那年轻的苏联士兵，没想到酒瓶会砸在我们的“红房子”上。

这无论对于他们还是我们，都很可能被误认为是一次蓄意挑衅。他愣了片刻，面向我们致以军礼，以此方式表达歉意。

我从望远镜里看得出来，“大胡子”因为酒瓶被报销，恼火透顶，也一定觉得年轻士兵向我们表达歉意的举动愚蠢极了，他像一头凶猛的老熊，朝他的伙伴扑去，双手抓住伙伴的肩膀，使劲摇晃，还将伙伴的头往“钟楼”的铁壁上撞。

那年轻的士兵并不反抗，只是努力摆脱。“大胡子”非常有劲，他摆脱不开。

“大胡子”的火气终于发作够了，罢手前，从伙伴头上扯下军帽，扔到了铁塔下。

军帽飘飘悠悠地落在雪地上。

那一天我才发现，那年轻的苏联士兵，有一头浓密的，金黄色的卷发。这使他那种青年的英俊中，增添了女性的优雅。

我不禁暗想，如果他穿的不是军装，胸前也不是冲锋枪，而是一条漂亮的领带，那么他会给人怎样的印象呢?

他从铁塔狭而陡的梯子上跑下来，去捡军帽。

“大胡子”也从铁塔上跑下来，将他推倒在地，抢先捡起军帽，挥舞着，喊叫着。

“大胡子”分明醉了。

那年轻的士兵要从他手中夺回军帽，他则绕着铁塔兜圈子。年轻士兵捉不到“大胡子”，冻得双手捂耳朵。

“大胡子”在他跟前跳来蹦去，手中挥舞军帽，像挥舞一件胜利品，快活得哈哈大笑。

“怎么回事？”郭晓东走到我身旁。

“你看看吧，你的好士兵在受欺侮呢！”我将望远镜递给他。

他朝下望了一会儿，恨恨地说：“这个‘大胡子’，太可恶了！”

他走出去，双手撑着铁塔栏杆，俯身朝“大胡子”喊：“你的骚巴克，马盖盖！把帽子还给他！”

“骚巴克”“马盖盖”，是我们才学会不久的两句骂人的俄语。是“猪”和“狗”的意思。

我的班长以日本话的句式，以中国话和苏联话相结合的语法，慨然抒张他这个旁观者的正义感，使我觉得好笑。他真的非常愤怒，气得脸都涨红了。这就更加使我要笑出声来。

他从踏板上抓起雪，攥成结结实实的雪团，瞄准“大胡子”打去。

雪团接连打在“大胡子”身上、肩上、头上。

“大胡子”扔掉军帽，仰起脸，对我们哇啦哇啦叫喊了一通，示威地向我们跺脚、挥拳。

那年轻的苏联士兵赶紧捡起自己的军帽，拍了拍雪，端正地戴在头上。随后就去拉扯“大胡子”，想把“大胡子”拉回铁塔上去。

“大胡子”凶狠地推开他，竟跳起舞来。我们看不出他跳的什么舞，但都觉得他跳得棒极了。真的，跳得棒极了！他忽而蹲下，忽而立起，蹲下时单足雀跃，立起时双脚踢踏，将那一片雪地上印满了杂乱的脚印。他边跳边拍手，口中发出“嗨！嗨！”的喝吼，像风车似的旋转。他的每一个动作，都带有几分醉意。而这几分醉意，又使他的每个动作都显得那么认真又那么滑稽，那么娴熟又那么笨拙。滑稽得优美，笨拙得可爱。

我们都看得发呆了，他跳得真来劲儿！

那年轻的苏联士兵，不知如何是好，站在一旁，样子显得非常窘迫非常尴尬。他一会儿抬头望望我们，一会儿又哀求地对“大胡子”说几句什么。他那样子使我们不难猜到，他心中肯定觉得他的“大胡子”伙伴在我们中国边防战士眼皮底下如此忘形失态，是件丢尽他们苏联边防军人脸的事。

“大胡子”凶狠地推开他，竟跳起舞来。

我为证实自己的猜测，从郭晓东手中拿过望远镜，公然朝他观望。

我猜测对了，他那张英俊的脸上，呈现出孩子般的羞惭神情。他仿佛都快哭了。

我突然觉得，我和他之间，我和这个可能与我同龄的、有着一头金黄色卷发和一双蓝眼睛的、年轻而英俊的苏联士兵之间，产生了某种相通的东西。那究竟是一种什么东西呢？我当时无法细想下去。我只来得及想明白了一点，那就是——我觉得在那一时刻，我充分理解他。理解他脸上那种神情。如果我的一个伙伴这么丢我们中国边防战士的脸，我肯定抡枪托狠揍。

“别看了，你那名好士兵都要哭了！”我低声对郭晓东说，将望远镜塞给他。

他再次举起望远镜朝下望，自言自语地说：“他是一名好士兵。”

我明白班长为什么这样说了——他尊重军人的荣誉感。

军人的荣誉感，在任何时候，任何地方，任何情况下，以任何方式表达，都是令人感动令人起敬的：军人的荣誉感，是军人的灵魂。

“他是一名好士兵。”我也不禁低声重复了一遍班长的话。

班长转过脸看了我一眼。

我立刻低下了头。这种古怪的、荒唐的感觉，真真实实地在我心里产生了，并且扩充着。我对自己这种说不清的感觉不禁害怕起来。

“大胡子”的单人舞表演，开始得突然，也结束得突然。在我们不留意时，匆匆收场了。

一队巡逻兵从他们的铁塔后面出现了。

“大胡子”遭到严厉训斥。

他在原地被罚站。

苏联巡逻兵离开时，一名下级军官从“大胡子”头上扯下军帽，带走了。

那年轻的苏联士兵摘下自己的军帽，替“大胡子”戴在头上，转身走回铁塔。

我和班长也回到了“红房子”里。

我们围炉子坐下烤火。

班长低声说："他心眼挺好的。"

我说："心眼好的人哪儿都有哇！"

他没吭声。

隔会儿，他又说："咱们以后留点神，也许会听到'大胡子'喊他的名字呢！"

我说："谈点别的行不行？"

他就又不吭声了。

我走到小窗口，朝对面望去，高高的铁塔上，那年轻的苏联士兵双手捂着耳朵，发现我在观望他，立刻放下双手，转过身去，持枪站得挺直挺直的。片刻，他走下铁塔，走到了"大胡子"跟前。

他对"大胡子"说过些话后，轻轻推着"大胡子"，一块儿登上了铁塔。

到了铁塔顶，"大胡子"像个孩子似的伏在年轻伙伴的肩头哭泣。大概他的酒劲彻底过去了。

看到两个苏联士兵这么富有人情味地和好了，我不由得微微一笑。

从那一天起，那个年轻的苏联士兵，在我心目中，似乎不那么具有威胁性了。

"大胡子"受到惩罚后，变得多少像个边防军人了。但我却希望他不要变得像他那年轻伙伴一样，至少不要变得像他伙伴那样仿佛每根神经都处于紧张和警惕状态。我和班长，无论在任何情况下，都不会首先跨越那道被大雪埋住了的边防线。每一个中国人，都是愿尊重那道边防线的存在的。就像那年轻的苏联士兵尊重我们的"红房子"一样。我特别希望"大胡子"身上仍保持点俄国人那种善于自寻开心的幽默感。虽然他身上表现出的那种幽默感未免肤浅和粗俗。但对于我们双方，肤浅粗俗的幽默感也比时时处于彼此警惕和防范状态之中的紧张感有益得多。

一天，"大胡子"在他们的铁塔上向我们连连呼喊。他太过分了。我们知道，这是违反他们的边防条例的。

“班长，你出去看看，这家伙搞什么鬼名堂？”外面太冷，我不愿出去。

班长出去了一会儿，进来说：“他打手势朝我们要烟。”

“要烟？朝我们？”我不禁瞪起了眼睛，“亏他想得出来，占我们的便宜？不给！”嘴上这么说，却掏出了自己的一包烟。

班长说：“咱们快下岗了，他们还得比咱们多挨四个小时冻呢，给吧！”

我说：“你倒挺大方的！”

他笑了：“反正又不是我的烟。”

班长用一张《兵团战士报》叠了架飞机，说：“让这架国际民航送给他吧！”

这时，我们连长出现了。他平素对我们两个挺放心，一次也没来查过我们的岗位，今天却不知为什么亲自到铁塔上来了。

“你俩这是在干啥？”连长迷惑不解地问。

我随口答道：“给他们那边一包烟。”

“给他们一包烟？”连长吼起来，“你们简直神经不正常了，想和他们套交情吗？”

班长故作正经地说：“对他们展开一次心理攻势嘛！”

“心理攻势？”连长表情严肃地思索了一会，说，“心理攻势也是攻势，也不能让他们占我们的便宜！”他从班长手中夺下那包烟，全部倒出来，一支支都掐断了，然后又装进烟盒，说：“别叫他们抽蹭烟抽得太惬意了……我们又不是他们的慰劳站！”看着连长把烟一支支全部掐断，我真有点心疼。

班长瞥了我一眼，他看出我有所不满，赶紧说：“连长做得完全正确。”

他拿起烟走出了“红房子”。

我也跟了出去。

班长低声对我说：“不知‘大胡子’得到这样一包烟，会怎么想？”

我没好气地说：“我要是他，就再扔过来！”

班长将那架纸飞机朝对面的铁塔放去。它带着那包手工特制的烟头，悠缓地飞越边境线，却没有降落到“钟楼”上，半空遇到一股风，折转方向，旋转着落在雪地上。

“大胡子”快速踏下铁塔，跑过去捡起纸飞机，留下那包烟，又将它放了回来。

它完成了一次非军事任务，顺利返回到中国的领土上。

“大胡子”朝我们招招手，迫不及待地吸着了一截烟头，而后将那包烟揣进军大衣兜。看来他根本没多想什么，挺高兴的。

我们忽然发现他们的铁塔后又一次出现了巡逻队。“大胡子”却没发现，一边吸烟一边往铁塔走去。

班长说：“‘大胡子’又该倒霉了！”

我想：那包中国烟要是从他身上搜出来，他非被关禁闭不可！竟觉得多少有点对不住他了。

“大胡子”被他们巡逻队的下级军官迎面拦住，他慌乱地抛掉了烟，慌乱地立正、敬礼。可是晚了。

那下级军官怒气冲冲，叽里咕噜地训了他足有十分钟。

我们连长不知何时也站在了我们背后，幸灾乐祸地说：“这样吊儿郎当的兵，就该每天狠狠地熊一顿！”说完踏下铁塔走了。

“大胡子”还算挺走运，未被搜身。

巡逻队离去后，“大胡子”仰起头望了望我们，对我们耸耸肩。看来挨训是这苏军老兵油子的家常便饭，他已不在乎了。

“大胡子”上了他们的铁塔后，我用望远镜观望他，见他拿出烟给他那年轻的士兵伙伴欣赏，还将一截烟头往伙伴嘴中插，并替伙伴燃着了火柴。

那年轻的苏联士兵不肯吸。

“他真是一名好兵。”班长又这么说。

“大胡子”慷慨地将烟分了一些，装进内层烟盒，揣入伙伴的军大衣兜里。

他们又欣赏起外层烟盒来。

“握手”牌的商标，画的是一只工人的手和一只农民的手紧握在一起。两只紧握的手，大概造成了他的某种误解。“大胡子”将自己的两只手握在一起，高高举着，向我们致意。

而那年轻的苏联士兵，却向我们敬了一个军礼。他们分明都为自己得到了一点中国烟而感到高兴，尽管是烟头。

半个月后，震动世界的珍宝岛战役爆发了。因为我们是地处边境线上的武装连队，消息是直接通过电话线一级级传达下来的，比新华社发的消息还提前一天。

那一天，我和班长站的是下半夜岗。那是一个美好的冬夜。无风。月亮很大，很圆。星星很多，很亮。月亮将我们和他们的铁塔的黑影投在雪地上。雪地仿佛是淡蓝色的，反映着一种奇幻的光辉。

边境线那边的村庄里，隐隐传来了教堂的钟声。一声接一声，缓慢而悠长，徐徐地在荒原上飘荡开去。

我和班长并肩伏在“红房子”外的铁塔栏杆上，许久互相不说一句话。在这个美好的冬夜大自然如此慷慨，让我们和他们同时欣赏到了它神秘而宁寂荒冷的美。然而我们都预感到，这种美随时可能被彻底摧毁。我们的心境都有点忧郁。

战争什么时候会在我们担负着守卫任务的这道边防线上爆发呢？今天晚上？还是明天早晨？我们会死于中苏战争吗？“大胡子”和他那年轻的士兵伙伴会死于中苏战争吗？也许我们和他们都必死无疑？

荒原上，几点鬼火飘忽移动。那里有一片坟，原是双方的公墓，安息着几十个同样善良、同样勤劳、同样本分、同样热爱土地的灵魂。犬齿状态的边境线，从坟墓之间穿过。将有些木碑牌隔到了边境线那边，将有些十字架隔到了边境线这边。将那些安息着的灵魂变成了被迫的“流亡者”。难道他们在地底下也感受到了战争爆发前的威胁？要不那些飘忽移动的鬼火为什么也那样战战兢兢的呢?

对面铁塔上忽然传来了口哨声。我们一听便知：是“大胡子”吹的。“大胡子”虽然不是一名好士兵，可他口哨吹得真动听。我朝对面的铁塔望去，清楚地看到了两个剪影，一个持枪笔直地站立着，一个背靠着铁塔栏杆。

班长静静地听了一会儿，听得有点入迷了，说：“曲调这么美，歌词也一定会很美的。”

我说：“他吹的是《喀秋莎》。”

班长问：“你会唱？”

我反问：“难道你不会唱？还是大上海人呢，白活了！”

“那你将歌唱给我听一遍吧！”他低声说，“你忘了？我是在苏北农村长大的。”

我不但会唱，还非常喜爱这首苏联歌曲。我们哈尔滨有东方莫斯科之称。我们那座城市的青年，对苏联歌曲和苏联的其他艺术，普遍非常热爱。夏天，如果你走在松花江畔，漫步在斯大林公园的林荫路上，你会时常听到《喀秋莎》这首苏联歌曲的优美旋律……记得有一年全市初中生的作文比赛，题目就是《写给喀秋莎的一封信》。有十几万名中国的中学生们，给一位名叫“喀秋莎”而谁也未见过的苏联姑娘写了十几万封充满各种感情色彩的信。“喀秋莎”，这个普普通通的苏联姑娘的名字，因为出现在一首苏联歌曲中，成为千千万万哈尔滨男女青年心中的朋友……

这个年代，如今已是记忆中的年代了。

“大胡子”的口哨声，竟诱发了我的一缕乡思。

我随着口哨的节奏，将《喀秋莎》的歌词一句句低声唱给班长听：

正当梨花开遍了天涯，
河上漂着柔曼的轻纱，
喀秋莎站在峻峭的岸上，

歌声好像明媚的春光。
姑娘唱着美妙的歌曲，
她在歌唱草原的雄鹰，
她在歌唱心爱的人儿，
喀秋莎的爱情永远属于他……

班长说：“你再重唱一遍，我记下来。”

于是我们走进了“红房子”。

我又将歌词唱了一遍。班长认认真真地记在他随身带着的小本上。记完，他默默看了一会儿，撕下那页纸，迅速投入炉火中。我奇怪地问：“为什么烧了？”他回答：“记在心里了。”

许久，我们谁也没再说一句话，沉浸在歌词带给我们的美好意境中。

“大胡子”的口哨声，仍没有中断，只是比刚才吹得更低弱了。口哨声中，漫游着一种淡淡的忧郁。

在这个夜晚，在这个地方，无数七歪八斜的、腐朽的、钉入大地的、被荒火烧黑的、被厚厚的积雪覆盖着的木桩子，以及连接它们的带铁刺的和不带铁刺的、粗的和细的、中国的和苏联的同样锈透了的铁丝所组成的边境线，将两座高高的铁塔，将桦树林、原野和村庄，将一切东西都划分成了两方对立的存在。只有夜空是不可能被它所划分的，还有月亮，还有星星，还有“大胡子”的口哨声，还有几点飘忽移动的鬼火……

班长低声骂了一句：“他妈的！”

我瞧瞧他，问：“你骂谁？”

班长默默不语。许久他连头也没抬起来一下……

天亮后，我们该下岗了。

我们站在高高的铁塔上，向对面进行最后的瞭望——这是我们，两名非正规边防战士的职责。

我们发现，隔夜之间，对面那一片稀疏的白桦林中，出现了几顶白色的军帐篷。对面的铁塔上，也增加了士兵。

“大胡子”趁他的士兵伙伴们不注意，向我们扬了一下手臂，仿佛在向我们告别。

以后，我们就再也没见过他。

这似乎是我们预料之中的事——他不是一名好士兵。

我们的边防部队,也向这一边境地带集结了。驻扎在十几里外的大山后面。

几天过去，尽管有各种战况从珍宝岛传来，这一带边境线上，却并未发生过冲突。连一次非军事性的冲突也未发生过。

然而浓重的潜在战氛，却愈来愈咄咄逼人地笼罩着这里。我们和他们，在这种浓重的战氛笼罩下，都在期待着，准备应付着什么……

一天夜里，我们连突然响起了紧急集合号声。

“发生了……”每个人的头脑中在号声乍起那一瞬间，都闪过了这样一个非常明确但又很不完整的念头。蹦起来，穿衣服、抓武器，一连串的紧张动作，不允许谁将这一想法继续下去。

集合完毕，连长开口讲话，大家的紧张感才渐渐松弛——原来十里外的七连向我们连电话告警，有一条疯狗朝我们连的方向逃窜来了。连长估计，可能已窜入我们连队，隐藏在什么地方。

每个人都产生了一种古怪的扫兴感，顿时一片抱怨声和牢骚话：“搞的什么鬼名堂，大惊小怪！”

“胡乱搅！半夜里为了一条疯狗就全连紧急集合？！”。

连长很冒火，吼道：“你们乱嚷嚷什么？！别小看这条疯狗，它是个祸害！七连已经被它咬了三个人了。其中一个就是你们知识青年！五连、六连的羊群也被它咬了！哼！团里指示，要我们连绝不能再放过它！”

大家心里这才觉得有些发毛。谁不担心某种时候，某个地方，被这条疯狗突然扑上来咬一口？

分成几个小组，在全连范围内小心谨慎地搜索。却没发现它。

但是，它的确就出没在我们连附近，不知是隐匿在连队前面的荒草甸子里，还是潜伏在连队后面的乱树丛中。因为第二天下午，我们连放羊的老韩头就被咬了，还咬了许多羊。

为了采取措施，我们连所有的狗都被宰杀了。包括几条出色的猎狗。

天黑之后，几个连队感染上狂犬病毒的羊都被驱赶到小山沟里。共一百余只。全部被冲锋枪射杀了，然后聚拢在一起，浇上汽油焚烧。

班长被连里指派带领我们班的战士执行这一任务。我对屠杀感到一种心理上的恐惧，找借口逃避了。

站在我们大宿舍前，也听到了一阵阵枪声，望到了滚滚浓烟，闻到了令人恶心的焦臭味。

那一天，我和班长照例站后半夜岗。刚登上铁塔，旋风将“红房子”外的烟筒刮掉了。烟筒磕碰着铁塔，发出一阵嘭嘭谖谖的响声坠落下去。

对面铁塔上的苏联士兵，以令我们吃惊的速度，一个个伏在栏杆上，架起了冲锋枪，枪口对准我们的“红房子”。

经过足有三分钟，见我们这边没什么异常的举动，他们才一个个解除了战斗状态。只有一个，仍守着一挺机枪。那挺机枪，有护体钢板。昨天，我们还未发现它。守着它的，就是那个年轻而英俊的苏联士兵。

起风了，被风卷扬的雪霰，宛如白色的粉末和雾障，在大草甸子上空弥漫着，飘游着。旷野一片混沌，能见度差极了。

我倍加警惕地用望远镜瞭望着对面。在这种时刻，一个边防战士的麻痹大意，就可能有意味着对祖国和人民的不可饶恕的罪过。我清楚地知道，在对面那座铁塔上，也肯定有一双警惕的眼睛，一眨不眨地通过望远镜监视着我们。

班长却坐在炉前发呆。

我理解他此刻的心情。他是替那几个不幸被疯狗咬了的人难过，也是因为那一百多只优良品种的细毛羊被屠杀而闷闷不乐。它们是万里迢迢从新疆运来的。是新疆生产建设兵团为支援我们黑龙江生产建设兵团的畜牧业发展无代价赠送给我们的。是班长他带着我们班负责运送来的，历时两个多月，我们熬受过各种辛苦。

但昨天的屠杀是无可奈何的屠杀。疯狗就是疯狗，是没有正常狗的狗性的。

我找不到适当的话安慰他。

“你听，什么声音？”班长猛地抬起了头。

我放下望远镜，侧耳聆听，任何声音也没听到。

“好像是狗叫。”

“是你的幻觉在作怪吧！”

“不，是狗叫！”

我没心思跟他争辩，只好不理他。

过了一会儿，荒野上果然传来了一声惨厉的狗叫。这声音简直使人毛骨悚然，像丢失了狼崽子的母狼的嚷叫，像在黑沉沉的冬夜孤迷于荒野的老妪绝望的嘶喊。

一阵悸栗从我心头滚过，遍布了全身。

“是它！是那条疯狗，我去干掉它！”班长倏地站起来，提着枪朝外就冲。他冲到门口，犹豫了一下，回转身对我说：“你不许离开！要密切注意对面的情况！”

一阵大头鞋踏在铁梯上的急促的声响。

一股寒风将他敞开的铁皮门咣当一声关上了。

我呆呆地孤零零地站立了片刻。这片刻内，我的思想经过了一场激烈的斗争。那条疯狗在我的想象之中是非常巨大非常凶猛可怕的。是某种鬼怪的化身。我为班长而有些提心吊胆。我想，我必须去助他一臂之力。

我也提着枪冲出了“红房子”，冲下铁塔。

我追上班长，班长生气地说：“不让你离开，你怎么还是离开了？我命令你，立刻回到铁塔上去！”

我固执地说：“要回去你自己回去，疯狗由我来干掉！”

班长撇下我，加快脚步往前搜索。

周围全是齐腰高的枯草。月光惨淡，风声凄厉。身前身后，一阵阵可疑的窸窣声，此起彼伏。仿佛不是有一条疯狗，而是有无数条疯狗，蛰伏在我们四面八方，伺机向我们扑咬。

我说：“咱们这么无目标地搜索是很难发现它的，反而可能被它伤害了，干脆明天再……”

班长一声不吭，继续向前搜索，仿佛没听见我的话。

我只好紧跟在他身后，既存在着保护他的意识，也存在着靠他保护的心理。

突然，它从我们前面几米处窜出来了，扑向班长。

班长猝不及防，用胳膊抵挡它的进攻。

疯狗跃起来一口咬住班长的胳膊，将班长拖倒。班长手中的枪撞在地上，走火了。一声尖脆的枪响，子弹不知在黑暗中射向何处。

这一声枪响，惊扰了边境线那一面。他们的铁塔上传来一阵紧张的大声呼喊，显然，有人在发布命令。

我跳到班长身旁，倒抡枪，用枪托狠狠地砸在疯狗胯上。

它竟没发出叫声，只是被我打得在雪地上滚了几滚，又跃起来，龇出白森森的牙齿，一双狗眼，闪着烟头似的光。惨淡的月光下，疯狗口中吐出一条黏性的舌头。

我生平第一次见到那么强壮而高大的狗，像一头驴。可惜它疯了。

我赶快扶起班长，问：“咬伤没有？”

“没，妈的！”班长咒骂着。

他的棉衣袖子被扯了一大片布，露出了棉花。

“别开枪，用枪托……”他说。像我刚才一样，他倒抡起枪，冲上去朝疯狗就砸。

在国境线上，在当时，一声枪响，就可能造成一场盲目的边境冲突。

班长的枪托落空了，疯狗掉头就逃。

“追！千万别让它跑掉！”

我们紧紧追逐。

疯狗后胯挨了我一枪托，歪歪趔趔地逃窜着。

班长眼看就要追上它了。

我突然想到被大雪埋住、被荒草遮蔽的边境线——疯狗已窜过了边境线。纯粹潜意识发出的警告。我大喊一声：“班长，站住！”

他站了一下，不解地回头看看我，又追上去——他眼中分明只有疯狗的存在，已忘了国境线的存在。

“前边是……”

晚了，他越过了国境线，在荒草中奔跑着，伸展开的两臂随着奔跑上下挥动，一只手上提着枪。

那条疯狗，我已无法看到。

！……

又一声枪响。对面铁塔上传来的。

不是走火，是准确的射击。

班长踉跄了一下，一手捂住胸口，他缓缓转过身，朝对方的铁塔上看去，那样子好像有些吃惊，也有些迷惑不解。

枪声在两座高高的铁塔之间回荡着，缭绕经久。

他不甘心地倒下了。

“班长！……”我向他奔过去。但什么东西也将我绊倒了——是一截露出雪面的木桩子。

边境线。

我给它跪下了……

十几分钟后，我们的武装连队和他们的巡逻队，在边境线两边荷枪实弹地对峙出现了。他们的背后，稀疏的白桦林中，黑沉沉的夜里响起了坦克引擎发动声。我们背后，山坳里，大炮扬起了头。

打死班长的，是那个年轻的苏联士兵。

他们不相信有什么疯狗，对班长的尸体拍了照。但允许我们将班长的尸体抬过来。

我和另一名战士将班长的尸体抬了过来。我踩着班长留在雪地上的深深的脚印走过去，踩着班长的脚印走回来。我暗暗数着，班长在他们的领土上留下了五步脚印。当我一脚踏在他们的领土上，一脚踏在我们的领土上时，不由得扭头朝那个年轻的苏联士兵看了一眼。

那一时刻，我知道了什么是仇恨。

一场可能发生的武装冲突，以及可能由此导致的一场出动坦克和使用大炮的战争，在双方的努力克制下，总算避免了。

战争，无论对于他们，还是对于我们，都不是游戏。

在这一点上，他们和我们一样是非常清楚的。

第二天，我和另一个伙伴登上了我们的铁塔。我永远不会再和班长一起登上我们的铁塔，站在我们的“红房子”里望这片被边境线划分的荒草遍生的大地了。

中午，我们从铁塔上发现，边境线那面，靠边境线最近的村子里，一片混乱，女人哭喊，男人喊叫。一队苏联士兵奔进村中，又追逐着一条狗从村中奔出……

隔日上午，我们在“红房子”里，听到了从那个苏联乡村古老教堂传来的钟声。没多久，一队送葬的人们走出了村子。我用望远镜望去，发现他们抬的是一口孩子的小棺材。

“你瞧！”

我的新伙伴指着对面的铁塔。

我又用望远镜朝对面的铁塔望去——几名苏联士兵，摘下了军帽。但他们的脸，不是朝着他们那个村庄的方向，而是朝着我们的铁塔。

钟声停止以后，一个苏联士兵走下了他们的铁塔——就是那个年轻而英俊的苏联士兵。他一步步向边境线走来。

我放下望远镜，拿起了枪，从窗口十分隐蔽地向他瞄准。

只要他跨过边境线一步，不，哪怕半步，哪怕一只脚，我就开枪。

他竟真的越过了边境线。

准星牢牢地钳住了他。

我的手却颤抖着，没有扣动扳机。

他没有带枪。

不带枪的士兵，就不是兵。

这是我们进行边防条例教育的一条重要原则。

我默默数着，那个年轻的苏联士兵，在我们的国土上，只走了五步，站住了。不比班长留在他们领土上的脚印多一步。

他解开了大衣扣，从怀中取出了一个小小的花环，一个像姑娘们绣花用的花撑子那么小的小花环。他弯下腰，恭恭敬敬地把它放在我们的国土上。之后，瞧着花环，敬了一个军礼。

“安德烈！……”他的士兵伙伴们突然齐声在他们的铁塔上喊他。他猛地转过身，迅速跨回到了边境线那一边，也迅速从我手中的枪的准星中消失了。

安德烈——班长曾那么想知道他的名字。

那一时刻，我懂得了——什么不能被当作仇恨。

一队苏军巡逻兵沿着边境线远远地走来了……

我永远不能忘掉他的名字。正如我永远不能忘掉班长的名字一样。在我的记忆中，无论春夏秋冬，每当拂晓，那里都笼罩着浓重的雾气。雾气直到日出才渐渐消散。于是它们就令人肃然地完全显现出来了——就是那座高高的铁塔……

白桦林作证

公比拉河绕过驼峰山梯形的山脚，河床狭窄了，流速缓慢了，像一位羞怯的少女，在荒原上若有所思地徘徊。河北岸生长着一片年轻的白桦林。清晨，浓雾从驼峰山顶飘漫下来，总是张开无形的双臂，情意绵绵地最先拥抱白桦林。然后，才依依不舍地翩跹离去，神秘地梦幻一般消散在深沉的荒原上。白桦林，则用它那稀疏的枝叶和潇洒的身影遮挡着渐渐灼热的阳光，珍爱地保留着挂在笔挺礼服上的雾气凝成的晶莹露珠，不忍抖搂……

白桦林与我们马场连队隔河相向。马场的男知青们，把它叫作“少年维特之烦恼”。其实，更准确一点说，应把它叫作“少年维特之烦恼”——的地方。烦恼的不是白桦林，而是“维特”们。这一点，谁也莫如他们自己清楚。

我们比他们更清楚。

那一年，我们马场只剩下七个半“夏绿蒂”了。

年龄最大的，是北京姑娘邹心萍。年龄最小的——我。她们个个都超过了二十五岁。而我才刚满二十三岁。她们认为我还没有到产生“夏绿蒂”式忧郁的年龄，把我视作稚齿童心的小姑娘。我完全接受她们对我的看法。生活的鞭子还没有把我驱赶到非爱一个人或非被一个人所爱的地步呢！……

说不清从哪一天开始，马场的男女青年之间形成了一道似有似无的壁垒。是因为某某首长的儿子或女儿从北大荒“光荣入伍”而后“曲线返城”了么？是因为有人“走后门”开出了哪家大医院的诊断书“病退”成功了么？……

没有谁提出过疑问，也没有谁回答过。

四十余万知识青年屯垦戍边，如同四十余万块石头垒起的大坝。它能否巩固地长存并发挥作用，全凭每一块石头与每一块石头之间那种紧靠的依傍性，那种可加不可减的牵制性。虽然走掉的也许仅仅是千分之一，甚至万分之一，但毕竟每年都在走。

走、走、走……

以各种方式走。

走了一个，动摇一批。走的并非都是最应该走的。但他们反倒走得心安理得，堂而皇之。他们无所留恋地走了，把不平留给了剩下的几十万。

马场的女知青走得只剩下了我们“七个半”。

每天吃过晚饭，小伙子们从独木桥上走过公比拉河，三三两两地隐没在白桦林中。而七位“夏绿蒂”呢，则换上干净整洁的衣服，一块儿离开集体宿舍。她们穿过草甸子，兜一个大圈，绕到公比拉河下游，再沿着河边逆流往回走，经过对岸的白桦林，总要在河边停下，从兜里掏出条手绢什么的小物件，蹲在河中的石头上洗一阵。实在找不出什么东西可洗的，便采花折草。这时如果从白桦林中传出一声口哨，或一块石子在河面上打起一串水漂儿，她们就会像七头鹿一样抬起头，隔岸向白桦林睇望。通常情况下，她们是发现不了谁的身影的。于是面面相觑一阵，有所不甘地默然离去。如果一块挺大的石头飞落河中，扑通一响，吓她们一跳，白桦林中保准会有人躲在暗处嘻嘻窃笑。

“讨厌鬼！”

“缺德兽！”

“不得好死的！”

她们受了极大欺侮似的，七个人一字儿排开地站在河边，同仇敌忾，向对岸大叫大嚷，示威一阵方肯罢休。回到宿舍她们还要冥思苦想地猜测一番，那“讨厌鬼”和“缺德兽”很可能是哪一个。因此争论得面红耳赤的事儿也是常有的。

“够了！多无聊！”每逢这时，如果我在场，并且对她们的争论显出极感兴趣的样子，邹心萍就会大声制止，发出禁令。

她在我们七个，不，七个半“夏绿蒂”当中很有威信。这是一种特殊的威信。是现今善于关怀人的“老大姐”和往昔严肃的女排长双重人格所形成的一种威信。

我第一次见到她的情形，至今回忆起来，每一个细节都历历在目。

是的，每一个细节……

对我来说，那是很惊心动魄的场面——两匹狂怒的烈马之间的争雄斗狠。一匹白马，一匹红马，都是我们马场最野性的马。我们知青给它们起了两个好听的名字。白马叫“雪兔”，红马叫“火狐”。它们只要凑到一块儿，就会展开一场恶斗。

那天，两个车老板分别把它们卸了套，牵到河边饮水洗澡。“雪兔”“火狐”不期而遇，野性突发，挣脱缰绳，转眼就斗到河中，又从河中斗到岸上。直斗得河中水花四溅，岸上飞沙走石。两匹马的搏斗，是显示出含蓄的狠劲的搏斗，并不像猛兽那般发出令人恐怖的咆哮，也绝不是血淋淋的张牙舞爪的生命的毁灭。不，完全不是那样。与猛兽相比，它们的搏斗甚至可以说带有西方贵族决斗的风度。一方在某一回合中获胜，下一回合，一定矜持地将主动进攻的机会让给对方。那简直不是两匹马，而是两个战神的化身。它们那瞪圆的眼睛，锃亮的铁蹄，呼呼喷气的鼻孔和剧烈扇动的马腹，那种狂怒，那种霸悍，那种争雄夺霸和势不两立，那种半人性半野性的恶劲，那种力的持久的较量，既令人惊心动魄，又令人几欲为之呐喊助威！

那一天，是我到马场的第四天。一切的一切，都令我感到新奇、有趣。我和几个同批到达的姑娘正在河边洗衣服。起初我们只觉得这两匹马斗得好玩，斗得开心，站在远处观看。两个车老板对两匹马束手无策，也索性坐在河岸边的石头上，卷旱烟吸起来，摆出“看你们斗到何时方休”的听之任之的样子。但几分钟之后，我们那种袖手旁观的好兴致便云消雾散。我们都被震慑住了！两个车老板也扔掉卷烟，同时跳起身，躲躲闪闪地围着两匹马转，大声叱喝，跺脚挥拳，抛石头，却无济于事。“雪兔”的形体比“火狐”要小些，在那一天的恶斗中连连吃亏败北。它左前腿被“火狐”踢伤，一块皮肉翻垂，鲜血染红了雪白的马腿。也许是因为伤疼的刺激，它更加狂怒。而它的狂怒也将“火狐”的野性引发到了顶点。

我真担心“雪兔”会成为“火狐”那无情的铁蹄下的悲壮的牺牲品！

不知哪个姑娘跑回去报信了。有人骑着马从村里奔驰而来。接近时才看出，骑者是位姑娘。短发，柳眉，凤眼，穿一套洗白了的军服军裤，腰间紧扎一条帆布武装带，英姿飒爽，豪气勃发。一副“假小子”模样，一种叱咤风云的气概！

那张秀气的脸晒得真黑呀！

她在两个车老板跟前勒住马，目光咄咄，厉声问：“你们是两个死人吗？”

两个车老板互相看了一眼，其中一个很不服气地说：“我们是死人，你是活人！你能耐，你来劝架嘛！”

“少废话！这两匹马是最优良的种马，两败俱伤，你们负得起责任吗？！”她的语气和她的目光一样咄咄逼人！

两个车老板不再说什么，默默朝后退了几步，意思分明是：我们看你的！

她也不再啰唆，促马接近仍在恶斗的“雪兔”和“火狐”，扬臂挥鞭，朝它们狠抽过去。鞭绳在空中发出呼哨，叭叭地落在“雪兔”和“火狐”身上。“雪兔”和“火狐”立刻分开，傲岸地挺着脖子，昂着头，岿然不动地朝她睇视了一秒钟，仅仅一秒钟，又凶猛地冲撞到了一块儿。任凭鞭梢像雨点般落在它们身上，再也不予理睬。

一个车老板冷笑一声，嘟哝着：“就这两个鞭头上的功夫啊？”

另一个朝我们这边扫了一眼，撇撇嘴，讥诮地接着说：“还不是想在这几个初来乍到的面前露一手，逞逞能！”

她显然是听到了。我看出她的脸涨红了。她不知是被两匹马激怒了，还是被两个车老板激怒了，扔掉鞭子，双手紧勒缰绳，直勒得胯下的马打了个“立桩”，接连倒退数步。

“闪开！”她大吼一声。

正当“雪兔”和“火狐”又一次人立起来的刹那，她一抖缰绳，纵马向它们猛冲过去！

“雪兔”和“火狐”被撞开了。它们各自兜了一个圈子，长嘶一声，又人立起来……

她迅速拨转马头，又朝它们猛冲过去！

两匹马无法再斗到一块儿。“火狐”首先退出战场，仿佛一个光荣的胜利者似的，绕着被铁蹄践踏得松软了的那片场地散跑一圈，咴咴嘶鸣几声，然后箭一般地朝马棚归去。

“雪兔”在玉石眼中仿佛投射出不甘屈服的目光，昂头凝视敌方跑远，转身一步一步朝河边走去。它的右后腿显然也受了伤，一拐一拐的。它走到河边，并不立刻喝水，注视着自己前腿上的伤处。

它突然发出一声愤怒的悲啸！

两个车老板又朝我们几个姑娘这边瞅了一眼，都有点羞愧。

而她，朝他们狠狠瞪了一眼，一言未发，策马向村中奔驰。

我注视着她远去的身影，问一个姑娘：“她是谁？”

“大名鼎鼎的邹心萍嘛，三姐妹的头儿！”我得到了这样的回答。

我又问：“什么三姐妹？”

“三个扎根北大荒的知青典型人物呗，她们比我们这批知青早半年来到北大荒。”

又一个姑娘用敬佩的口气说：“咱们马场的二百多匹马，哪一匹她都敢骑！”

邹心萍——这是我来到北大荒后记住的第一个陌生人的名字。

就在那一天，我内心中突然产生了一种奇特的崇慕。不过，不是对她——

我们这位女知青排长，而是对它——“雪兔”。

这匹马那种为了维护自己尊严的不屈的刚勇感动了我。我天性对不屈的弱者抱有近乎本能的深厚怜悯和恻隐之心。一匹马也罢，一个人也罢。

我从此产生了一种强烈的欲念，要接近“雪兔”。

“雪兔”养伤的那一个月内，我几乎天天抽空儿独自溜到马棚去，带一捆从麦地上拔下来的青麦，或者从食堂仓库偷出来的一兜菜豆。有时甚至带几块家里寄给我的上海糖。“雪兔”对我由陌生、警惕，而熟悉、亲近起来。不久在它悠闲地嚼着我带给它的青麦时，已经允许我蹬着马草垛骑在它身上一小会儿了。

“雪兔”前腿和后腿的伤终于养好了。一天中午，趁马棚没人，我偷偷将它牵出。它摇头扫尾，用下巴蹭我的肩膀，看样子很驯服，也很高兴和我厮混一会儿。它的友好态度令我胆子更壮，我将它牵到碾料的磨盘跟前，爬上磨盘，跃身跨到它背上。突然，它长嘶一声，打了个“立桩”，险些把我从它背上甩下来！紧接着，它放开四蹄狂奔。缰绳从我手中脱落，我两手下意识地死命抓住它的长鬃，身子低伏在马背上。

“雪兔”从村路中飓风般驰过！

我害怕得闭上了眼睛，只觉身在空中似的，耳畔呼呼生风。我发出尖叫，叫喊了些什么，连自己也不晓得。同时听到村中许多人的惊嚷。

连队里悬挂做钟的铁轨当当地敲响了！

一阵冷水溅到身上，衣服裤子全湿了，我才知道“雪兔”过了河。我始终不敢睁开眼睛，不知“雪兔”过了河后将我带到了什么地方。湿了的裤筒紧贴着腿，在马背上摩擦着，火辣辣地疼。我的整个身子几次从马背上抛起，落下；落下，又抛起……我精疲力竭了，我的头开始旋转，我心中默默地念叨着：“‘雪兔’‘雪兔’，我没有对不起你的地方，你今天可别坑害我……”

“别撒手！千万别撒手！……”我听到后面有人大喊。另一匹马的得得蹄声疾速迫近。

“雪兔”对我由陌生、警惕，而熟悉，亲近起来。

忽然，我感觉到有人从我身后飞跨到“雪兔”背上，接着，两条胳膊从我腋下向前插过来，揽住了缰绳。

这个人对我说：“别怕！”

我全身软绵绵地靠在了那个人怀里。

不知过了多久，“雪兔”的四蹄放慢了。终于，它站住了。我微微睁了一下眼睛，见已身在荒原，满目开放的野花。我仍一动也不动，目光落在一只紧紧握着缰绳的手上。那只手已被缰绳磨破，指缝沁出鲜红的血迹。我格外内疚，感激油然而生。我立刻挺直身子，正欲扭回头，看看将我从危难中解救了的是什么人，说一句感激的话，却不料已从马背上给推下去。幸亏草地极其松软，并没有摔疼哪儿。我双臂反撑着身子，仰起脸，原来是她——邹心萍！

“你！……你干吗摔我！”我大声抗议。

“摔你是轻的！我还想揍你呢！”她瞪着我，恶声恶气地说。

“你！……你得把我带回去……”我从草地上爬起来，几乎有点低声下气地说。

“想得美！你自己溜达回去吧！”她哼了一声，拨转马头，飞奔而去。我呆呆地孤单地站在田野无人的荒原上，眼睁睁地望着她骑马涉过了公比拉河，消失在对岸的土岗后面……

我在荒原上深一脚浅一脚地走了七八里路才回到村中。

我在宿舍门外站住了，我听到她正在挖苦我——

“这个刚从上海滩来的小黄毛丫头！靠在我怀里，大概还以为是靠在哪个小伙子怀里呢！……”

一阵姑娘们的哈哈大笑，像刀子一般挫伤了我的自尊心。

“哼！等她回来再跟她算账！无组织无纪律，自由散漫……”听语气她怒火未消。

我紧紧咬住了嘴唇。

我没有当时进宿舍……

因为这件事，邹心萍在女知青排里，对我进行了一次措辞极其严厉的点名批评。

从那以后，我对她心中怀着一半感激，又怀着一半怨恨。我想找机会当面对她说几句感激的话，又想在某个人多的场合，找碴和她大吵一顿。不过，感激的话始终没能有机会当面对她说，大吵一顿的念头也渐渐打消了。心中的怨恨竟被后来对她的同情所替代。这是因为，她们那知识青年扎根边疆典型的“三姐妹”之中的其他两个，先后都离开了北大荒。一个走后门上学了。另一个，在探家返城期间，找了一位比自己大十多岁的男人结了婚，不回来了。“永久牌”的典型成了“飞鸽牌”的典型。冷讽热嘲，刻薄挖苦，都极不公平地降临在她一个人身上。有人断言，她也是“兔子尾巴”——长不了。她变了，完全变成了另一个人，变得沉默寡言了，像河边的一块石头；再也听不到她在任何场合说出扎根边疆的豪言壮语了。“我们三姐妹”这几个字，永远地从她的生活语汇中消除了。她们这三个扎根边疆的典型人物，是高中的同班同学，好朋友。她们一块来到北大荒，找了一棵三个枝丫的小松苗，作为扎根树，栽到宿舍门前。如今，小松苗已长得腕子般粗，三个枝丫都很茁壮，生机勃勃地生长在宿舍前，恰恰对当年的扎根誓言形成了讽刺！

有天夜里，我们全被宿舍外面的一阵劈砍声惊醒了。我们都知道是谁，在做什么。但却没有一个人说一句话。我们静静地听着那一阵劈砍声。我相信，每个人当时都开始思考了些什么。而我自己，则是从那个晚上才开始明确地意识到：扎根——这是多么严峻的两个字啊！

第二天，我们发现，那棵扎根树，昨夜被砍去了两个枝。它只剩下了主干，像一柄剑。砍过的地方，隔夜之间，渗出了松脂。

那是一种绿色生命的透明血液。

邹心萍的双眼布满了血丝。那双眼睛里消失了富于浪漫幻想的光彩，投射出多思少眠的目光。

她变得更加沉默寡言了。

马场的生活是单调的。放马，打马草，垫马圈。日复一日，月复一月，只有哪一匹骒马生驹的时候，才给我们的生活中带来些许的劳动者的快乐。邹心萍和我们一块儿放马，不是骑着“雪兔”就是骑着“火狐”。那两匹马也似乎对她有着一种特殊的感情，对她驯服得很。她常常会骑着它们中的一匹，在荒原上突然地疾驰狂奔，口中无缘无故地发出高声的喝喊：“嗨！嗨……”

最无聊的是吃过晚饭到睡觉之前的那一段时间。看书？没有。任何一本多少描写到一点真实的生活的书都没有。只有红宝书，每人好几本。不是在过团组织生活通读“最高指示”的情况下，谁也不想去翻它。打毛线活，本是姑娘们的特长。可是要想买一根织针，也要托人到上百里地以外的团部去买。我们马场很少有人轻易到团部去一次。有人去，也未必能买到。谈天说地？彼此已经到了再没有什么新话题可谈的地步。何况“说说笑笑中也存在着阶级斗争”，这一点是每个人时刻都不能忘记的。

我要比所有的姑娘都幸运一点儿，因为我有一把小提琴。它是我从黄浦江畔来到北大荒后生活中最忠实的伴侣。琴弓琴弦曾排解了我许许多多不为人知的内心的积郁和烦愁。我经常带上它，沿着一条曲曲弯弯的小路走到驼峰山脚下。那里生长着一棵高大的老杨树，树下有一块扇形的平滑的青石板。我站在青石板上拉小提琴，公比拉河从我面前淙淙淌过。夜幕常常在不知不觉中低垂，明月当空，虫声唧唧，繁星倒映在河面，仿佛蓝色的缎带上镶缀了无数的宝石。

那地方，对我具有一种神秘的吸引力。令我弓弦系心，遐思驰骋。

有一天我发现了她——邹心萍，站在离我不远的地方，似乎在欣赏我的琴声，又似乎在怀着忧情苦绪若有所思。我不愿意任何一个人出现在我的精神领地之内，没有主动跟她打招呼。她也仿佛根本没有注意到我的存在，并不朝我看一眼。当我顺原路返回时，她从另一条小路离去。以后接连好几次，我出现在哪个地方，她也出现在哪个地方。我离开，她也离开。我们各走各的路。

终于有一次，当我停弓抬头时，发现她已不知何时站在我面前。

“太晚了，该回去了。”她平静地对我说。

的确太晚了，月亮悄悄地躲到驼峰山后去了。

“我并不打扰你吧？”她望着我问，目光闪亮闪亮的。

“不，绝对不……”我这样回答，不由自主地对她笑了笑。

她也微微地回笑了一下。

在彼此相对一笑之中，我觉得我们之间的宿怨冰消雪融了。

我们默默地并肩往回走。

她突然发问：“你相信别人对我的看法吗？”

我站住了，反问：“什么看法？”

“说我有一天也会离开北大荒。”

我犹豫了一下，轻轻摇头。

“真的？”

“真的。我相信你是绝不会像那两个一样离开北大荒的。”

其实我说的是违心话，我并不完全相信这一点。

她却分明被我的话感动了，亲密地拉起了我的一只手，走一路，握了一路。

我完全没有预想到，以后我同她之间的关系，有了极其特殊的转化。我是我们马场唯一一个“走资派”的女儿，政治地位自然跟别人不同，是入了“另册”的。“九·一三”事件之后，我的父亲获得了政治上的“解放”，我又成了我们马场唯一的一个“老革命干部”的女儿。春节前，父亲专程从上海来到北大荒看望我，团长亲自陪同，小吉普车一直开到宿舍门口才停下。父亲走后不久，指导员找我谈了一次话。我回到宿舍时，大家都已经入睡了。我和邹心萍的铺位紧挨着，虽然我放被子的动作极轻，还是惊动了她。她翻过身，看着我在黑暗中脱鞋，问：“指导员找你谈了些什么？”

我用极小的声音回答：“没谈什么。”

她笑了：“保密？”

我呆呆地在床沿上坐了片刻，含糊地说：“明天你就知道了。”说罢匆匆脱衣，一声不响地钻进了被窝……

第二天，指导员对我们全体女知青郑重宣布：因工作需要，邹心萍调到炊事班任副班长，由我担任她的职务，任女知青排排长。

所有人的目光都投射到我和邹心萍身上。邹心萍的脸霎时苍白了。而我，像个贼似的，恨不得钻到一条地缝里去。她当场声明，宁肯当一个普通的放马员，也绝不当炊事班副班长。其实谁心里都明白，炊事班根本不需要一个副班长。我心里更明白这一点。

那一天里，我没有跟任何人说一句话，也没有任何人主动跟我说一句话。晚上睡觉的时候，我和邹心萍原先紧挨着的铺位之间，用两个小小的肥皂箱隔开了。

我躺在被窝里，心中特别不是滋味，忍不住哇的一声哭了。

“你怎么了？你哭什么？”邹心萍从肥皂箱上探过身子，一边推我，一边问。

我哭哭啼啼地说：“我拒绝过，我拒绝过！……”

在我们知识青年当中，即使两个关系恶劣的人，特殊情况下，也会表现出诚挚的关心。她穿着衬衣爬过肥皂箱，伏在我身旁，追问：“你拒绝过什么？告诉我，告诉大家，到底发生了什么事情？”

我掀掉被子，猛地坐了起来，大声说：“我根本没想当什么排长！根本没想，从来都没想过！我知道我没你那么高的威信，我知道我没你那么强的组织能力！我对自己是半斤还是八两很清楚……这些话我都对指导员说了！可指导员说，他也没办法，对我的任命是团长的指示。团长是我爸爸当年的警卫员……我……我该说的都说了，叫我有什么办法呢！……”说罢，又委屈地呜呜地哭了。

她沉默了一会儿，说：“别哭了，我保证今后服从你，绝不会跟你为难的。”

姑娘们都翻过身趴在被窝里了，你一句她一句对我说了无数谅解的、安慰的、鼓励的话。这些话使我压抑的心情畅快多了。我不好意思地笑了。突然想起了什么，光着脚丫蹦到地上，从灶坑里扒出一些烤土豆，分给大家吃。

那天晚上，我觉得邹心萍，不，觉得我们这些姑娘中的每一个，都是那么可亲可爱可敬！

那是一个月光皎洁的夜晚，给我留下了永远的美好的记忆……

从那时起，我就当了我们这个女知青排的排长。一直当到如今女知青只剩下了我们七个，不，算我七个半"夏绿蒂"。排，如今缩编成班，我降职当班长。其他的姑娘，有的离开了北大荒，有的离开了马场。我在我们之间的地位是很特殊的。我既是每天发号施令的班长，又是一位处处受到格外关心和照顾的小妹妹。我是靠别人的威望来天天行使班长的职权的——靠邹心萍的威望。

她是一个最最自觉的战士。

父亲曾写来过一封信，信上说：他当年的一位老战友，是某某军区的师长。这个部队要到东北招兵，他已跟这位老战友打过招呼，到那时来北大荒把我带走……

这封信被我悄悄撕了，也没向任何人透露过这件事。虽然我是一个极不称职的班长，但我已暗暗下了决心，永不抛弃我的七个大姐姐般的战士。永不！只要北大荒还留下她们之中的任何一个，我就不离开北大荒。我没有栽过扎根树，也没有公开发过扎根的誓言。生活中，发表誓言的人太多了，尤其是在那些年头，违背誓言的人也太多了，尤其是那些慷慨激昂的誓言。我们这七个半，已经是一个整体。我是其中的一部分。一个人的存留，对于四十余万来说，也许是微不足道的。但对于我们这七个半组成的整体来说，那就并不是微不足道的。何况我早已不视自己为一个小妹妹了。

正如她们明白我们马场的小伙子们每天晚上为什么要到白桦林中去一样，我也明白她们每天晚上为什么要去集体散步。她们已都不是天真的少女，更不是荒原上的什么仙子或者精灵。她们已经到了向往和需要爱情的年龄。没有爱情的生活对任何人来说都是不完整的生活。可是在北大荒，爱情如果不同扎根两个严峻的字连在一起，就不过是美好而空洞的词句。也许正因为如此，我们马场的“维特”们，才对她们这些“夏绿蒂”退避三舍，而宁肯去到白桦林中解脱烦恼。

一天夜晚，我从驼峰山下练琴回来，经过公比拉河边，猛然发现河对岸有两个紧紧拥抱在一起的身影。月光如水，洒在他们身上。

白桦林中那么静谧!

我回到宿舍的时候，宿舍里已经熄灯了。我不是回来最晚的一个，邹心萍还没有回来。

一会儿，她也回来了。

门一响动，灯立刻被拉亮。每一个人都同时翻起了身，目光一齐探究地投射到她身上。只有我躺着没动。

“你们怎么了？为什么都这样看着我？”邹心萍用异样的声音问大家。

“你到哪儿去了？为什么这样晚才回来？”有人反问，带点审讯的意味。

她轻轻地走到铺位前，坐在炕沿上，许久才低声说:“我到白桦林里去了。”

沉默。

“姑娘们，我要结婚了。”她的语调虽然还是那么平静，但却无法掩饰激动的颤音。

仍是一阵沉默。

“我都二十八岁了！”她又说了一句，伴随着一声叹息。

我也倏地翻起身来，盯着她问：“跟谁？”

“王志刚。”

王志刚是我们马场的会计。

姑娘们又都一个个默默地放倒了身子，缩进被窝里了。

“他是我高中的同学，我们在学校时就相爱了。不过来到北大荒之前，我们约法三章，如果我不向他提出结婚的要求，他就绝不首先向我提出这个要求……姑娘们，原谅我，我以前没有向你们公开这个秘密……”她用娓娓的语调说出了这番话。

我问：“那么现在，是你首先向他提出……的了？”

她回答：“是的。”

我再问：“他……答应了？”

她点点头，仍用两个字回答：“是的。”

我很失望，叫嚷起来：“这太简单了！坦白交代，你们拥抱了没有？亲吻了没有？”

她不回答。

她的窘态令我开心。我说：“交代吧，我在河边都看见你们了！”

“别七问八问的！”一个姑娘大声制止了我。

邹心萍坦率地说：“爱情的诗意和人类情感的崇高冲动，我们今天晚上都体验过了。”

另一个姑娘突然又翻起身，说：“让我们小声喊一句‘乌拉’好不好？”

我们异口同声地喊：“乌拉！……”

我兴奋地发号施令：“姑娘们，从明天开始，大家每天四点钟起来，义务劳动，脱坯盖新房！”

我们马场还没有一幢像点样子可以当新房的住所呢！

邹心萍感动地说：“姑娘们，谢谢大家，谢谢大家！扎根边疆的口号，已经到了应该用安家落户的行动体现的时候了！我绝不做一个违背自己诺言的人。我要做咱们马场知识青年中的第一个……妻子……”

第二天，天蒙蒙亮我们就起来了，走到宿舍外面，发现几个男知青也在和泥，脱坯……

秋末，打完马草，一幢泥草小房盖起来了。

婚礼如期举行。

那是我生平参加的第一次婚礼。我敢说，那幢新房，是一件集体创造的工艺品。集中了每一个人的才智。我们把四壁粉刷得雪白。我们把炕面抹得像镜子一样平滑。我们从山上采下了几麻袋榛子，每天晚上，在油灯的光亮下，很小心地用锤子敲碎，只把那些恰好裂为两半的挑选出来。我们把这些精心挑选出来的榛壳涂了各种颜色，在泥墙刚刚抹平之后，一个一个照预先设计好的图案按到墙上，像壁画一般。绿色的松枝和红色的柞叶用线穿起来，权当拉花，悬挂在顶棚上。剥得像窗纸一样透明的白桦树皮制成奇特的灯罩……没有酒，我们从荒原上采回打霜的梆柿，拌糖自制成甘甜的果酒。每一个人，都打开了自己的箱子，检点出崭新的枕套、被面、水杯、脸盆……把一切对家庭生活有用的东西，诚恳地赠送给一对新人。

邹心萍感动得两眼噙泪。她举起倒满梆柿果汁的酒杯，对大家说："荒原作证，公比拉河作证，驼峰山作证，白桦林作证，我们的婚礼，是最美好的婚礼。我们的爱情，是最幸福的爱情！今天，是我生来最快乐的一天！……"她端着酒杯转身对她的丈夫——会计王志刚说："你用你对我的爱情，洗刷了公众舆论对我造成的羞耻。现在，我有资格这样说了——我是一个永不违背自己誓言的扎根派！为了这一点，我将永远爱你，做你的好妻子……干！"

我们每个人都干了自己的一杯"酒"。

新郎官王志刚那天晚上显得特别的矜持。他微微地笑，给大家斟满第二杯"酒"，用一种要求的语调说："大家应该为我们喊一声'苦哇！'俄罗斯民族婚礼上的这种风俗，对我俩的婚礼也很适合呢，洋为中用嘛！"

于是大家纷纷举杯，同时喊出："苦哇！"

不知为什么，当时我总觉得王志刚那种反常的矜持，那种令人莫测高深的微笑，那种表面幽默实则在掩饰着内心的什么思想的语调之中，包含着某种幸福感之外的东西。

然而在那样的场合下我并没有去深思。我只顾贪婪地分享别人的幸福了。

从那天晚上起，我们女知青宿舍又少了一个人的铺位。然而我们谁也没有感到更孤独，更空寂。

我们的做了妻子的老大姐，脸上又焕发了光彩。生活又还给了我们一个当年的排长邹心萍。

一个月之后，王志刚返回天津探家。他吻别妻子的时候说：“半个月后我就回来。”

半个月过去了，他没有回来。

一个月过去了，他也没有回来。

两个月过去了，他还没有回来……

一天，邹心萍来到了宿舍里，我问：“你那口子怎么还不回来？人有事不能如期回来，也总该写封信给你呀！这家伙，对你太缺少感情了！待他回来你把他交给我们批斗一顿！”

她掏出了一封信，默默递给我。

我接过信。还没来得及看，就被另一个姑娘抢去了。

“我来念！看这家伙都写了些什么亲亲爱爱的！”她抽出信纸，看了几眼，却没有念，怔怔地望着邹心萍。

我们这才发现邹心萍的脸色隔夜之间变得多么苍白！

姑娘们默默传阅那封信，最后传到我手中。

一封极短的信，无格的信纸上书写着会计王志刚抄各种报表练出来的工整字体——

邹心萍：

我已不可能再回北大荒了。我此次回家，舅父告诉我，他已为我办齐了返城手续。我真后悔，我们在北大荒结婚是多么荒唐多么愚不可及的事啊！我当时心中太空虚了！我需要爱情！需要你！这种真实的需要令我失去了理智。

如果你要继续成为我的妻子，你就想办法离开北大荒吧！如果你没有办法离开，我们的夫妻关系便只能解体了！

……

我把信撕得粉碎！

“可耻！丑恶！骗子！流氓！……”我恨不得用世界上所有的骂人话诅咒这个王志刚！

我哭了。

为邹心萍而伤心地哭了。也是为我自己，为我们这几个姑娘，为我们被欺骗了的感情。

一个姑娘气愤地说：“不能如此便宜了这个家伙！不跟他离婚！把他拖到四十岁，五十岁！……”

“不。”邹心萍说，“我不是离开他就不能生活。我还有你们大家跟我在一起……”她说着，也不禁潸然泪下。

我们都哭了起来……

邹心萍首先擦干了眼泪，说：“听着，这件事，不许对他们透露，一个字也不许透露！”

我们心中都明白，“他们”——指的是我们马场的小伙子们。

我们一个个点头默誓。

第二天出工的时候，她走到我们前面，首先唱起了我们自编的一支歌：

我爱马场哎，我爱马，
马场就是我的家，我的家。
马儿是我伙伴，
我是马场主人……

小伙子们，见我们居然像刚到北大荒的时候一样，排着队形，唱着歌，从村路上昂扬地走过，都不禁好奇地望着我们。

我们唱着乐观豪迈的词句，我们唱着心中的凄婉不平。

又是一个新年到来了。

邹心萍的身子显出了将要做母亲的明显迹象。没有不透风的墙。马场的小伙子们终于一个个都知道，王志刚再也不会回到北大荒来了，再也不回马场来了。他们都以不同的方式，对邹心萍表示种种关心和同情。王志刚一个人品格的低下，似乎令他们所有人都在我们面前感到了羞耻。他们对我们这几个姑娘，日益流露出崇敬来。

马场因为不是农业连队，因此并不受团里的重视。但那一年团里不知怎么忽然发了善心，竟拨给了我们一个上大学的名额。

指导员亲自找邹心萍谈话，对她说："连里的几个领导经过研究，决定把这个名额给你。当然，还要经过评议。我们想，群众是不会反对的。即使少数人有意见，工作也由我们去做。不过……你不可能怀着孩子去上大学啊，这一点是有明确规定的。你……是不是……就别要这个孩子了？我们也是为你考虑，机不可失，时不再来。你到边疆七八年了，是对得起边疆的。边疆也应该对得起你……"

邹心萍沉默了一会儿，低声回答："谢谢领导对我的照顾，但，我不想离开马场。"说罢，站起身走了。

邹心萍拒绝了那个上大学的名额，结果也没有一个人顶替那个名额。心中想顶替的人，大概总是有的，也许是愧于开口吧！那个名额最终还是退给团里。连里的领导为此十分遗憾。

当春风又吹绿了荒原的时候，我们几个姑娘，开始为我们马场知识青年的第一个后代，即将出世的北大荒小公民准备小衣小裤了。

然而不久，知识青年大返城的龙卷风刮到了北大荒，刮到了公比拉河畔，刮得我们马场的知识青年们个个人心惶惶。马场连队的知青们在其他各个连队的兄弟、姐妹、同学、朋友，不远十几里、几十里赶到我们这儿，带来了种种消息，有来商谈的，有来动员的，有来告别的，种种信息都证实，每天都有成批的知识青年离开北大荒返回到城市里去了。

又过了几天，我们马场知青也开始走了，今天走一个，明天走两个，后天走三五个。起初，还有告别，还有送行，还流露出依依不舍。后来，连形式上的告别或送行都没有了。还没容我们几位姑娘面对发生的这种猝变认真思考，在短短几天内，马场的小伙子们全部走光了！如果不是指导员亲口告诉我们，我们简直不能相信！我们到男知青宿舍去看了一次，果然人去舍空。留下的只有穿坏了的鞋、袜子、棉衣，各种破损的生活物件。我们面面相觑一阵，默然退出。其他几位姑娘的心情，当时也会跟我一样。

晚上，我们谁都没有吃饭，也无饭可吃。炊事班上至司务长，下至炊事员，一个没留。

指导员从家里端来了一盆馒头和一盘咸菜，拎来了一壶开水。他走进宿舍，一个个打量着我们，轻轻放下水壶、馒头盆，说："姑娘们，凑合着吃一顿吧，饭总是要吃的。"

我们谁也没有对那盆馒头瞧一眼。

指导员缓慢地在炕沿上坐下，卷起烟来。卷好了一支烟，却没有马上点燃，目光盯着炕洞里将要熄灭的炭火，低声说："姑娘们，你们个个都是好样的。八九年来，我对你们谁都照顾得很不够啊！我真觉得对不起你们……"他的语调发颤，话也哽住了。

我们都默默无语，谁也不知说什么好。

指导员站起来走了，走到门口，又转回身，望着我们，语调更加低沉但却很清楚地说："你们也走吧！明天就走吧！我亲自套车送你们走，团里会给你们办返城手续的……"

第二天一早，指导员将一辆马车赶到了宿舍门前，他跨进宿舍，见我们谁都没有作好走的准备，似乎生起气来，吼道："你们为什么还没准备好？还要我亲自动手给你们捆行李、搬箱子吗？"

仍然没有一个人动一动，大家都怔怔地坐在炕沿上。

指导员也怔住了，许久才又说："走吧，走吧，四十余万都差不多走光了，你们几个姑娘还留下有什么意义呢？昨天团里已经来了正式通知，咱们马场连队也要撤销了。再说，小伙子们都走光了，你们就是留下，将来连个人问题都难解决……你们对北大荒的感情，对咱们马场的感情，我心里是有数的……"他不再说什么，果真动手捆起我们的行李来。

我们就这样告别了我们住过八九年的集体宿舍，告别了马场，告别了公比拉河，告别了白桦林……

虽然指导员将马车赶得很慢，但我们的马场连队毕竟离我们越来越远了。

半路，有两匹马从后面追了上来，我们一眼便认出，是"雪兔"和"火狐"。它们是怎样从马棚里跑出来的，我们不知道。在我们的驯服下，它们早已不再是对头了，一匹走在马车左边，一匹走在马车右边。两匹马都不停地用下巴碰触我们的肩头。几年来，它们和我们这几位姑娘结下了深厚的友情，它们也是来为我们送行的。难道我们走了，它们也会感到孤独么？瞧它们那种依依不舍的样子！真说不定啊！

邹心萍一会儿摸摸"雪兔"鼻梁，一会儿拍拍"火狐"的脖子。指导员要用鞭子抽它们，把它们赶回去，被她阻拦了。

"就让它们跟着吧。从此以后，我再也见不到这两匹马了！"她说着，语调中流露出无限的感伤。

一辆拖拉机横在路上，没有灭火，还在轰隆轰隆地响着。脱了钩的挂斗，栽到路旁的深沟里。一只旧木箱被甩出挺远，散了架，一眼可见上面写着"寄往天津……"几个大墨笔字。

我们的马车停住了。邹心萍第一个跳下马车，向拖拉机走去。她进入驾驶室，将拖拉机开到路边，灭了火，却没有立刻下来。我和指导员走近拖拉机，见她双手仍握着操纵杆，头伏在手上。

她在无声地哭泣！

指导员说："小邹，下来吧！"

我，却不知对她说什么好。

她拭干眼泪，跳下了拖拉机。指导员伸出手想扶她一下，没来得及。

指导员对我说："你们路上要好好照顾她，别让她这么跳上跳下的，她肚里有娃。"

我无言地点了点头。

邹心萍注视着指导员，说："指导员，我们几个姑娘，是最后离开马场，离开北大荒的。您知道九年来我们是怎样坚持在这里的，您知道我们是在什么情况下才不得不走的，如果今后有人问起我们，您，您可要对他们讲啊！……"

"我……讲……一定讲……"指导员声音沙哑地吐出这几个字。

我心中不禁暗想：会有人问起我们吗？会吗？我知道，那一天，将是兵团史上最后几天中的一天了。四十余万知识青年几乎全部离开了，我们，也离开了。"屯垦戍边"的业绩就这样结束了么？北大荒，北大荒，你今后将会变得怎样呢？

"雪兔"和"火狐"终于寻找到了向邹心萍表示亲近的机会，它们习惯地用下巴去摩擦她的左右肩头。

邹心萍忽然紧紧抱住了"火狐"的脖子，对它说："'火狐''火狐'，你今后再也不许欺侮'雪兔'啊？你们再斗起来，我可不能给你们劝架了！……"

"雪兔"似乎理解了邹心萍对它这种爱护之情，扬起头咴咴嘶叫了两声。

邹心萍放开了"火狐"，转过身，回望着马场的方向。公比拉河如荒原上的一条银链，白桦林似地平线处的一道矮墙。

她面对整个荒原大声说："荒原作证，公比拉河作证，白桦林作证，今天，我虽然走了，不得不走了，但二十年后，我将把我的儿子送来！我曾在这里栽过一棵扎根树，我的儿子劳动之余，将在那棵树下乘凉！"

指导员低声说："我也作证。……"

当我们重新坐上马车后，指导员将马儿赶得奔跑了起来。

此后，我就再也没有听到过马铃铛那种"哗唧哗唧"的悦耳声响。……

如今，我们这几个姑娘已经回到各自家庭所在的城市两年多了，我们都有了不同的职业，我们之中任何两个人都没有机会再见过一面，我们经常互相通信，每个人的信中都流溢着对北大荒的真挚的怀念眷恋之情，以及对我们在北大荒度过的那段难忘的生活的重新认识和评价。

我们在来往书信中时常进行种种严肃的反思。

一切过去了的岁月便都成为历史。

历史不也应该进行严肃的反思么？最近，邹心萍又给我写了一封信，信中夹着一张照片——她和儿子在共同翻着一册画集。

一册《北大荒版画集》。

今夜有暴风雪

一

公元一九七九年，春节后，东北松嫩平原，仍然寒凝大地，千里冰封，万里雪飘。

一辆从黑河开往嫩江的长途汽车驶入孙吴县境内不久，突然刹住了。一头羊站在公路正中，拦住了汽车。司机不停地按喇叭，它一动也不动，像具石雕。司机只得跳下车去赶它，走近才发现，它用三条腿站立着。这显然是一只被狼伤害过的羊，它失去了整条后腿，胯上血肉模糊。司机不禁骇然倒退一步。羊，却突然僵硬地倒下了。一位乘客也跳下了车，走到司机身旁，踢了死羊一脚，肯定地说：“是兵团的羊。”

司机愕然地看着他。

乘客抬起手，朝远处一指：“都走光了，放羊的小伙子连羊群都没顾上移交。”

司机朝乘客指的方向望去，雪原上，几排泥草房低矮的轮廓，不见炊烟，不见人影，死寂异常，仿佛一处游牧部落的遗址——那里几天前还是黑龙江生产建设兵团的一个连队。

乘客瞧着那只死羊：“奇怪，狼怎么没把它整个吃掉呢？”看了司机一眼，又说，“不捡白不捡，够吃几顿的，羊皮也小不了，我帮你搬到车上！”

“别，别……”司机皱起了眉，他觉得不是好预兆，用手势叫乘客把死羊拖到公路边去……

这辆长途汽车又开动了。

它开出不到一个小时，第二次被拦住。

手提包和行李捆连接在一起，在公路上“筑”起两道“路障”。十几个人站在公路边，从衣着一眼就可以看出，是建设兵团的知识青年，有男有女。

司机只得将车缓缓停下。

知识青年们有的搬开了“路障”，有的围住了汽车。

司机打开驾驶室车门，用商量的口气对他们说：“你们人不少，东西又多，先别急着上车，车上已经没有空地方了，等我动员一下乘客，给你们腾出点地方……”

一个男知识青年感激地说：“那你可真是个好人！”

司机砰地关上驾驶室车门，见“路障”已搬开，便呼地将车开过去了。

乘客中有人扭转身，朝后车窗看了一眼，说：“何必呢，大家互相挤一点，就可以让他们都上来了！”

“让他们上来，一路准没好事！”司机嘟哝一句，加快了车速。

司机忽然从车镜里看到有人骑马从后面追赶，顿时神色惊慌。骑马的人转眼赶上来，却并没有拦车，超车奔驰而去。

司机暗暗嘘了口气。

汽车顺公路刚拐过一个山脚，几乎所有的乘客都和司机同时发现，三台拖拉机并列在公路上，四个人站在拖拉机前，三个抱着肩膀，一个牵着马，虎视眈眈地从车前窗瞪着司机。

这里附近也有一个生产建设兵团的连队。

“糟了！”司机叫苦一声，刹住车，双手从驾驶盘垂下，无可奈何而又忐忑不安地朝驾驶座上一靠。

一辆马车这时也从后面赶了上来，车上是刚才被甩下的十几个男女知识青年和他们的行李捆、手提包。

牵马的人走到车前，拉开驾驶室车门，对司机怒吼一声："下来！"他是那十几个知识青年中的一个。

司机脸色苍白，十分惧怕，不敢下去。

有一个知识青年走过来，推开了那个牵马的，对司机说："别害怕，他吓唬你，我们不会把你怎么样的。请你打开车门，让我们上车吧！车上有我们，再碰到拦车的知识青年，我们保你平安无事，顺利通过！"

羊剪绒的帽子底下，露出两条短辫，一双俊秀的大眼睛恳求地望着司机。是个姑娘。

车门打开了……汽车又路过了一个被遗弃在雪原上的生产建设兵团的连队。

又路过了一个……

当这辆长途汽车开到嫩江火车站，天黑了。十几个知识青年拎上手提包和行李捆，跳下汽车，奔进了车站。

那个姑娘临走时还对司机说了声："谢谢！"

车站内，站台上，候车室里，几百名知识青年在等待着列车。他们随身所带的手提包、行李捆，像小山，这里那里堆在站台上。焦急、茫然、惆怅、沉思、冷漠、凄凉、庆幸、肃穆、严峻……各种各样的神色和表情，呈现在一张张男女知识青年疲惫的脸上。他们有的人从连队到这里，需要四五天。和伙伴们失散了，大声呼唤着，奔来跑去。丢掉了什么东西的，在别人的手提包或行李堆中翻找着，惹起一片片斥责，争吵。

托运处更加混乱，吹毛求疵的手续，认真过分的查看，咒骂、哀求、抗议、威胁……

角落里，在破碎了镜子的立柜旁，一个知识青年和一个身份不明的旅客正做着一笔买卖：

"三十元……"

“三十元？！我从连队辛辛苦苦折腾到这儿，要不是无法托运，我才舍不得……”

“三十五！再多一元也不加！”

“好，好，三十五就三十五！”

卖了立柜的知识青年，接过钱就走。刚走了几步，又转回来，还给对方钱，大声说：“不卖了！”抬腿一脚，大头鞋将立柜踢了个窟窿。接着又是一脚，又一个窟窿……

一个怀里抱着孩子的女知识青年跑过来阻拦，用上海口音嚷叫着：“你疯了！好端端的一个立柜，泄啥气！”

“哇！……”孩子哭了……

列车进站了。

几百名知识青年像狩猎一只庞大的野兽般，包围了每一节车厢的车门、窗口。

手提包、行李捆，纷纷从打开的窗口塞进车厢。

等不及从车门挤上车的，就从窗口爬。

“孩子别从窗口……”

已经塞进去了。

另一个窗口，一场难舍难分的离别！

姑娘在站台上，小伙子在车厢内。小伙子从窗口探出身，姑娘拽住他的胳膊，哭着，喊着：“我不放你走！我不放你走！我不放你……”

小伙子泪流满面。

几个知识青年同情地望着他们。

有人摇着头，轻轻地说：“北大荒姑娘……”

车站上的广播喇叭响了：“各位旅客请注意，本次列车晚点四小时……下面广播天气预报，嫩江地区，零下二十四度。黑河地区，气温继续下降，受西伯利亚寒流影响，今夜有暴风雪……”

……

这是北大荒四十余万知识青年大返城期间的一个夜晚，在东北最北边陲，在驼峰山上，黑龙江生产建设兵团某师三团工程连战士裴晓芸，今夜第一次在边境哨位上站岗。

“六号坐标”矗立在积雪皑皑的驼峰山顶。它被寒冬包裹了一层霜的外壳，远远望去，通体反射着镀银般的冷冽的光。

月，凝冻在夜空，似一面冰块磨成的圆镜，刚用雪擦过，连蟾宫的虚影也擦去了。夜空澄净，澄净得异常，令人感觉到潜伏着某种不祥，仿佛大自然正暗暗汇集威慑无比的破坏力量。偶尔，纱绢一样的薄云从夜空疾迅掠过，云影在苍茫的雪原上匆惶地追随着。稀寥的星怯视着大地。大地上的一切都显出畏惧，屏息敛气。没有风，伸出雪面的蒿草的枯叶，树木细弱的秃枝，都是静止的。荒原一片沉寂。驼峰山两峰之间的山沟里，狼嚎声不绝，引起近处村子里阵阵狗吠。狗吠声过后，愈加沉寂。这种凛峻的沉寂，是北大荒暴风雪前虚伪的征兆。

裴晓芸扛枪站在哨位上。她摘下棉手套，借着月光看手表——差七分九点。今天是她的生日，九点是她的诞生时刻。二十七年前，这一天，这一时刻，她从母腹中降生。刚生下来不会哭，护士倒提着她的身子，在她屁股上打两巴掌，她才哇地哭响。在她对这个世界发出第一声啼哭的同时，母亲猝然离开了人间，没来得及看她一眼，也许听到了她那一声哭啼……

是父亲告诉她的，在她的第五个生日，那天，父亲从幼儿园接她回家，她一路哭着闹着向父亲要一个妈妈。幼儿园的孩子们都有妈妈，为什么单只她没有妈妈呢？那是她幼小心灵首次意识到比别的孩子缺少什么，首次感到生活对她不公正，首次向生活提出抗议，用跟父亲哭闹的方式。她不愿比别的孩子缺少什么，她要一个妈妈，正如向父亲要一个布娃娃。回到家里，她哭闹得乏了噘着小嘴生闷气，不吃饭，不睡觉，不理睬父亲。父亲是大学哲学系讲师，在社会科学方面，是辩证唯物主义的忠实宣传者。但在解释自身生活时，又是个带有宿命论色彩的人。

“别哭。”父亲对她说，“从小失去妈妈的孩子，生活中不止你一个。告诉我，你为什么忽然想要一个妈妈呢？”

“小朋友都说，妈妈比爸爸好。”

父亲呆呆地注视着她，许久无言。

“爸爸，我要一个妈妈，就要！”

父亲默默地从床下拖出皮箱，打开来，找到旧相集，把她抱在膝上，一页一页翻给她看。

所有照片，都是一个年轻而美丽的女人的。

父亲合上相集后，说：“她就是妈妈。”

妈妈？妈妈多年轻！妈妈多美丽！每张照片上的妈妈，都面露温柔的婉雅的微笑。那种微笑告诉别人，也告诉自己的女儿——我曾在这个世界上非常幸福地生活过。

“妈妈在哪呀？为什么从来不回家？”

“妈妈在另一个世界。”

“我要到那里去，我要去找妈妈！”

父亲苦笑了。

“孩子，我们每一个人迟早都是要到那个世界去的，但我们现在不能去找妈妈。我在这个世界上还有许多没做完的事，而你呢，还没有开始做什么……”

她不明白父亲的话。

“妈妈……死了……”

死——她明白。

她哭了。

“记住，妈妈是为生下你而死的。”

父亲轻轻抚摸着她的头，向她讲述了在她出生那一天妈妈所经受的痛苦。

裴晓芸扛枪站在哨位上。

“妈妈是歌唱家，你想听妈妈唱的歌儿吗？”

泪珠从她的小脸蛋上滚落下来，落在花兜兜上，落在父亲手上。

宝贝，你爸爸参加游击队，
正在过着那动荡的生活……

唱片缓缓旋转，播放出妈妈唱的动听的歌声。她觉得唱片就是父亲说的“另一个世界”，妈妈就生活在那里，在那里天天都唱歌。

妈妈的歌声冲淡了“死”这个严峻的字在她那颗幼小心灵中造成的阴霾。

父亲收起唱片说：“孩子，挑选一张妈妈的照片吧，由你自己珍藏。”

她凭孩子的意识得出判断，那些照片，不，妈妈，对于她也许还不如对于父亲那么重要。她从中挑选了一张最小的二寸照片。

从那一天开始，她那儿童的心理和情感世界，比一般孩子更早地趋于成熟，趋于丰富了。

以后，她经常在小朋友们面前声明：“我也有妈妈。”

“你妈妈在哪儿上班呀？”

“你妈妈怎么从来没到幼儿园接过你呀？”

“你是个撒谎的孩子！撒谎就不是好孩子！”

“骗人！狼来啰！狼来啰！……”

被羞辱所包围时，她就从兜里取出妈妈的照片，大声说：“喏，你们看，我妈妈！”

大声地说出这句话，她获得一种朦胧的安慰，一种空泛的满足。

渐渐长大，她才愈来愈体会到，母亲对一个人，尤其对一个人的童年和少年时期，何等重要！人，首先是从母亲身上来洞察生活，认识生活的。也首先是从母爱之中体验到自己的存在价值的。父亲往往教会孩子用理智的眼睛去看世界，母亲则往往教会孩子用情感的眼睛去看世界。从小失去母爱的孩子，生活在其短浅的视野中难以展现全貌。仅仅这一点，就意味着不幸。

上体操课，她从平衡木上摔下来，左腿骨折，在家中躺了一个多月。父亲给她洗脸，洗手，洗脚，梳头。甚至给她剪手指甲和脚趾甲。有一天，父亲给她朗读《海涅诗选》，她突然说："爸爸，给我擦擦身子吧！"父亲怔怔地瞧了她一会儿，没有回答，没有任何表示，合上了诗集。晚上，她的三个女同学来到家里。父亲预先烧好了一大盆热水，备好了毛巾和香皂，找出了她需要换的内衣，而后对三个女同学说："麻烦你们了。"便转身走出她的房间。门，被一个女同学轻轻从里面插上了。她们开始七手八脚地给她脱衣服，脱得一丝不挂……

同学走后，她无声地哭了。她虽然感谢她们，虽然觉得身体清洁爽适了，但内心却受到一种不能明言的挫伤，萌生了一种复杂的委屈……

父亲走进房间，她用被子蒙上了头。

父亲默默地在她床边站立许久才离去。她听到了父亲离去之前轻微的叹息，不知是为他自己，还是为她……

那一年，她十三岁。

从此，夜晚九点这一时刻，对她来说就变成神圣的时刻了。每到这一时刻，她就凝视着大挂钟。久久地凝视着。她那少女的心灵便超越了时间和空间，与另一个世界中的不曾见过面的母亲的心灵贴近了，融合了，合而为一……

少女的心灵具有特殊功能，愈是感到缺少什么，愈容易靠想象来弥补。想象总是比生活本身更完美更迷人。对母爱的殷殷向往和饥渴，使她对仅有的父爱更加感到不满足。

而不久之后，父亲也被从这个世界上夺走了，那是在十年动乱的第一年……

她成了一个情感方面的赤贫者。对于情感需求极其细腻，内心世界稚嫩而丰富的少女，这种赤贫状态是足以风化灵魂的。

幸而，她熬过来了。

灵魂孕育着对生活的一点点的希望，便不会像肝脏一样硬化……

此刻，裴晓芸又看一眼手表——九点。

这大概是她第一百次独自膜拜这一神圣时刻了。她摘下手套，一只手伸进内衣兜，摸出一个小小的塑料夹，里面夹着母亲那张二寸照片。端详着母亲的照片，二十七岁的上海姑娘情不自禁跪下了，月光将她扛枪的身影，清晰地映在雪地上。

她心中有许多许多话要对母亲说，在这个夜晚，在这一时刻。她想说："亲爱的妈妈，今夜我是这么高兴！我被批准成为战备分队的战士了！今夜我第一次站岗……"

她想说："亲爱的妈妈，我肩上这支枪，得来可真不易啊！别人早就发给了枪。而我，在不久前才获得这样的信任……"

她想问："妈妈，我，是同别人一样离开北大荒，还是留下呢？离开，这里有我感情上难以割舍的东西。留下，我会感到孤独，感到被遗弃……"

她想问："妈妈，即使我回到上海，谁又是我的亲人呢？上海有我可以得到关怀可以完全信赖的人吗？……"

她想问……

忽然，觉得有什么东西触碰她——一只狗，一只体大如豹的狗。浑身黑毛，在月光下闪着黑缎般的光。粗颈、方头、大耳、阔嘴，样子十分凶猛。

她没受惊吓，这只狗对她有特殊的感情。它叫"黑豹"，名字是工程连的知识青年们起的。它的母亲一共生下六只小狗崽，连它在内。老母狗一天跟着砍柴的马车上山，被猎人设下的野猪套套住，活活喂了狼。六只小狗崽因断奶饿死五只，"黑豹"被男知青排排长曹铁强抱回宿舍，像哺喂婴儿般，养活了下来。它是男女知青们的宠物。它长大以后，看仓库、守麦场，报答知青们的恩泽。有人带它到哨位来站过一次岗，它便又增加了一项义务，每到深夜，自觉跑来，和站岗的人做伴，直至天明。

"黑豹"认出裴晓芸，两只前爪扑在她身上，伸着脖子要舔她脸，讨她的喜爱。她拍拍“黑豹”的头，又捧着它的阔嘴巴往自己冻红了的脸颊上贴一下，推开它，缓缓站起来。因刚才跪在雪地上，即使在“黑豹”面前她也难为情了。她心中顿时萌发了哨兵的神圣责任感和战士的英武气概。

“黑豹”要着活泼劲纠缠她。

“‘黑豹’，不许跟我胡闹！”她严厉地呵斥它，挺直身，扛正枪，目光巡视着冰封的黑龙江江面。“黑豹”听话地卧在她脚边，昂头专注地望着天空中的一颗星。

一会儿，她感到寒冷了。她后悔没穿棉大衣，棉大衣太肥，平时就不爱穿。何况今夜她第一次站岗，臃臃肿肿的，有失一个哨兵英姿！可是毕竟感到寒冷了。又看一次表，过两个小时，就会有人来接岗，坚持得了。她双手都摘下手套，放在嘴边哈了一阵，又搓了一阵，解开一个衣扣，交叉地伸进棉衣里，紧紧地夹在腋下取暖。脚也冻得有些疼了，她轻轻跺踏着。“黑豹”披着毛皮大氅，似乎并不寒冷，卧在雪窝里一动也不动，不再望星星，侧头瞧着她，眼睛流露出对她的嘲意。

“坏东西！”她骂它一句，转身向山下望去。团部机关一片漆黑，一幢幢砖房和机关食堂的高大烟囱，轮廓分明。只有团部会议室的四扇窗子，透射出灯光。

她不禁想到了他，他下午四点就到团部去开紧急会议，显然到现在这个会还没散。不知这是一次什么样的重要会议？为什么开到这样晚？

他，或许在发言吧？

或许，发过言了，正从窗口朝外望，想望到她？

傻瓜！他根本望不到她！

她微笑了……

二

全团各连连长、指导员聚集在团部会议室。室内烟雾缭绕，空气污浊得令人窒息。几个烟灰缸插满烟蒂，像小盆景中的假山石。不少人继续吞云吐雾。

会议从下午四点开到六点，吃过晚饭，接着开到现在。每个人都意识到，这是一次严峻的会议。

团长马崇汉，比任何一个人都更加清楚这次会议的严峻性。知识青年大返城的飓风，短短几周内，遍扫黑龙江生产建设兵团。某些师团的知识青年，已经十走八九。四十余万知识青年返城大军，有如钱塘江潮，势不可当。一半师、团、连队，陷于混乱状态。唯独三团，由于地处最北边陲，交通不便，消息阻隔，返城飓风的势头还没有真正席卷到这儿。三团的知识青年们，近几天才刚刚开始从亲友、同学和家书中获得返城信息。各种迹象表明，他们也在暗中骚动起来了。

兵团总部下发了一个紧急文件：为缩短从兵团体制恢复到农场体制的过渡时期，为尽快稳定各师团的混乱局面，组建起各师各团连队新的领导机构，重新形成生产秩序，确保春播。知识青年的返城手续，必须在三天以内办理完毕，逾期冻结。

急件被马崇汉扣押，不向连队传达。

三天，三个二十四小时，只要拖延过三个二十四小时，全团八百余名知识青年，就可能被永久地钉在各连队的花名册上了。他曾同政委孙国泰就这一点交换过看法，却遭到老农场干部孙国泰的坚决反对。

“我们没有权力扣压兵团总部的急件。没有权力。”政委严肃地回答他。

“当然，我一个人是没有权力这样做的，因此才同你商量嘛。你，和我，如果我们两个人的意见统一了，在特殊情况下是可以代表党委的嘛。”马崇汉温良恭俭让地说。

凭着与对方多年共事的经验，孙国泰知道，对方越是在他面前表现得温良恭俭让，越证明根本没把他的意见当成一回事。虽然他是政委。孙国泰也明白，马崇汉所以要在决定八百余名知识青年命运的这一严峻大事上“征求”自己的意见，无非是要自己表明一种态度，表明一种“赞同”的态度。有了他这种态度，哪怕是一种含糊“赞同”的态度，不，哪怕是缄口不言，那么，这件严峻的事情，这一首先从马崇汉头脑中产生出来的个人意志，便可以被对方也被别人认为是“党委的决定”了。

“党委也没有权力作出这样的决定。”老政委态度鲜明。

“政委同志！”马崇汉语气强硬起来，“别忘了，你是一位团级领导，是一位思想工作者，在当前这种局面下，为生产建设兵团保留一部分青年力量，是你我的共同责任！”

老政委被激怒了。政委同志？他曾被对方当作同志看待过吗？思想工作者？多么尊重的称谓。可是在这方面，对方曾允许他充分发挥过作用吗？说什么为兵团保留一部分青年力量，说什么共同责任，真是冠冕堂皇！好听的话都叫你马崇汉挑着说了。难道你心里就一点都不感觉对这些知识青年们有愧吗？

他压下怒气，慢言慢语地说：“团长同志，你不觉得为生产建设兵团思考的晚了些吗？许多知识青年是怎样来到北大荒的，你应该比我心里更清楚！”

“你！……”马崇汉一时说不出话来。

兵团组建的第二年，马崇汉作为兵团代表，乘飞机来往于各大城市之间，作了一场又一场的精彩演说式的动员报告：正规部队的性质，不但发军装，还发特别设计的领章帽徽，居住砖瓦化，生活军事化，生产机械化……如此这般天花乱坠，欺骗了多少知识青年啊！

马崇汉立了一功，但他也被多少知识青年诅咒啊！……

此刻，老政委孙国泰盯着团长马崇汉那张刮得发青的五官分散的脸，不禁又想到了十年前就是在这个会议室里，为他召开的“欢迎会”上的情形。那次“欢迎会”也是由团长马崇汉主持的。马崇汉向全团机关工作人员介绍他时，十分钟大摆他的老资格和革命经历，三十分钟大批他在农场时期犯下的种种“路线罪行”。

他当时猛然站起来，声音洪亮地说：“马团长对我的介绍，等于为我树了一个碑，立了一个传，盖棺定论。千秋功罪，自有历史评说。据我所知，我们共产党没有为活人树碑立传的惯例，马团长这番话，就算是我的悼词吧！既然我还没有死，追悼会现在可以结束了！”

从那一天开始，他就意识到，团长马崇汉是要故意在他们之间造成一种领导地位上的悬殊差异的。但十年之中，在每一个无论大小的原则问题上，他从没有向对方妥协过。虽然，他是一批被罢官撤职了的老农场干部中，幸运地获得“解放”的，时时有从领导地位上再次被打翻下去的可能。

从开会到现在，他还一句话没说，坐在角落里，一支接一支地吸烟。

马团长今天格外沉得住气。参加会议的人们沉默着，他这个主持会议的人也沉默着。他扫视着人们的脸，想从每个人的表情上，窥测他们的内心活动。

公务员小张又一次走了进来，交给他一条“牡丹”烟。他将包烟纸扯开，东甩一盒，西抛一盒，将一条烟顷刻分光，自己仅留下一盒。他抽出一支烟，在桌面上笃笃顿了半天，却没有点燃，而拿起了暖水瓶，往茶杯里倒水，只倒出半杯水。

“小张！”

小张应声而至。

他用下巴朝暖水瓶示意，小张领会地默默拎起几只空暖水瓶去打水。

坐在马团长对面的，是工程连指导员郑亚茹，她看了马团长一眼，说：“我表个态吧！”

大家的目光都集中在她身上。

团长马崇汉轻轻咳嗽了一声。

“我认为……目前……对于我是一个考验关头。我……赞同团长……不，赞同团党委……”大家都听得出来，这几句话，她说得并不轻松。

团长嘴角浮现了一丝不易被人察觉的微笑，向她投去极为满意的一瞥。

她刚抬起头，一接触到团长的目光，立刻又将头低了下去，掏出手绢擦汗。她是出汗了，细密的汗珠沁聚在她那清秀的眉宇间和端正的鼻梁上。

老政委孙国泰站了起来，用纠正的口气缓慢地说：“不，不是团党委的决定，团党委没有作出过这样的决定。”

马团长怔了一下，随即大声说：“不错，党委是没有来得及作决定。”他用一种特别加以强调的语调说出“没来得及”四个字，之后也站了起来，肩膀一耸，将披在肩上的大衣抖搂在椅背上，接着说，“不过，今天在座的，除了我和孙政委，还有几位也是党委委员，其他同志，都是各连队的连长和指导员，我看，这次会议就算是一次党委扩大会议也未尝不可嘛！”他停顿了一下，将脸转向郑亚茹，换了一种亲切的安抚的口吻又说：“你刚才的发言很好，态度很明确嘛，你就算代表工程连党支部第一个表态了。”

“郑指导员只能代表她自己，不能代表我们工程连党支部。”在最后一排座位上，有人说话了。大家的脸一齐转向这个人，说话的是工程连连长曹铁强。

郑亚茹尴尬又不知所措地瞧着他。

马崇汉从桌上拿起刚才想吸而没吸的那支烟，已经划着根火柴，听罢曹铁强的话，脸色沉了下来。燃烧的火柴在手中晃了晃，熄灭了，被狠狠地插在烟灰缸里。

“这么说，你，是反对的啰？如果是这个意思，也算一种表态嘛！”他说这话时，并不看曹铁强。说完，紧接着喊：“小张，倒烟缸！”

小张立刻悄无声息地走进会议室，从桌上拿起烟灰缸。

“叫你打开水，你怎么没打来？”马崇汉又一次拿起水杯。

“开水房锁着门。”小张讷讷地回答。

“再去打一趟！”马崇汉口气中流露出愠怒。

曹铁强瞅了团长一眼，又瞅了小张一眼，待小张走出去，才说：“是的，我反对。”

郑亚茹的脸红得像要渗出血来。马崇汉的目光如伤人利器，咄咄地射向工程连连长。对于这个东北小子，他心中耿耿于怀地记着一笔账。此时此刻，这笔账的账簿子又翻开了……

全兵团大搞“公物还家”运动那一年，马崇汉亲自带着工作组，坐镇工程连抓试点。他是个很善于总结各种运动经验的人。在这一点上，能力要比政委孙国泰高一筹。几天内，他就总结出了一套“三字经”——一看，二查，三搜。就是：各家各户的天棚地窖要看看，所有知识青年的箱子要查查，凡属公家的东西，一针一线，都要搜回来。“三字经”通过电话线，由马团长亲口传达到全团三十几个连队，指示照办之，推广之。“运动”得全团鸡犬不宁。

一天，马崇汉来到男知青宿舍，发现大火炕炕头一床褥子底下，垫着三块杨木板。他亲自动手将木板抽了出来，木板着炕的一面已经烤黄。

“是谁垫在褥子底下的？”中午召开了全连大会，马崇汉指着三块搬到会场的木板，严厉追究。

“团长，是我……”小瓦匠单书文怯怯地站了起来。

“你为什么要把公家的木板垫在褥子底下？”团长瞅定他的脸，字字拖长地问。军大衣很有派头地披在团长高大魁梧的身上，风度如革命样板戏《智取威虎山》中的“二〇三”首长。

“我……我……我怕烤着了褥子……”小瓦匠脑袋耷拉在胸前，不敢正眼看团长。

“抬起头！”

小瓦匠的头沉重地抬了起来，眼睛却盯着自己的衣扣。

“你自己的褥子烤着了，你心痛。公家的木板烤着了，你就不心痛。这叫什么？这就叫——损、公、利、己！”团长的大手掌啪地在桌子上拍了一下。

小瓦匠浑身一颤。

“岂有此理！限你明天早饭以前，把检查交到工作组来，不得少于五千字！”团长声色俱厉。

晚上，小瓦匠从炕洞里往外扒炭火，一锨锨端到宿舍外，倒在雪地上。“哎，你这是干什么？”有人抗议了，“我褥子底下还冰凉呢？”

“将就点吧！”从不跟任何人发生口角的小瓦匠，憋了一肚子的气，都通过这四个字发泄出来。

抗议者二话不说，从炕上蹦下来，往炕洞里塞满了木柴。

出身于封建官僚家庭的小瓦匠由于背着个甩不掉的包袱，甘做人下人，是知青中的弱者，对别人一向逆来顺受，不敢也没有能力维护自己的尊严。他没再从炕洞里往外扒火，默默地卷起自己的褥子，无法睡觉，便将一只小肥皂箱搬到地上，坐着个木墩写检查。

写了撕，撕了写，写写撕撕，撕撕写写，一本信纸转眼扯去了大半本。五千字！自己把自己往高得不能再高的纲上线上联系，搜肠刮肚，抓耳挠腮，却无法写满一页纸！

当年的男知青排排长曹铁强从外面查岗回来，见状问:“你怎么还不睡？”

“你叫我怎么个睡法？”小瓦匠可怜巴巴地反问一句。

曹铁强摸了一下炕面，不再说什么，转身又走出去了。

一会儿，他从外面扛进了那三块杨木板。

“垫上吧！”

“我……不敢……”

“叫你垫上你就垫上，明早再扛回原处去，没人知道。”

“万一……”

“我顶着！”

马团长是一位最讲“认真”二字的共产党员。当男宿舍响起一片鼾声时，他又神不知鬼不觉地来了。

他是为那三块杨木板而来。

拉亮电灯，见三块杨木板又被垫在了小瓦匠的褥子底下，马团长愤慨极了。他不仅最讲“认真”二字，而且最讲“服从”二字。军队使他养成了坚决服从首长一切命令的习惯，他要将这一点作为优良传统灌输到知识青年们的脑袋里去。他最不能容忍对首长的命令阳奉阴违。在他本人即首长，阳奉阴违者又是他的战士的情况下，更不能容忍。

他猛地掀掉小瓦匠的被子，拽着小瓦匠的胳膊，将小瓦匠扯到了地上。

小瓦匠穿着衬衣衬裤，光脚站在地上，揉开蒙眬的睡眼，半睁半闭的，也没看清对方是谁，啪地甩手给了对方一记耳光：“开你妈的什么玩笑！”

马团长被这一耳光打愣，呆呆地站在小瓦匠对面。

小瓦匠跳上炕，钻进被窝，又蒙头睡了。

马团长一声未吭，转身就走。

这一幕，被排长曹铁强躺在被窝里看得分明。马团长一出门，他立刻爬起来，跨过几个人的身子，推醒了小瓦匠。

“你知道你刚才打了谁一记耳光？”

“打谁谁挨着！”

“你打了团长！”

“别……逗了……”

“你看，地上是谁的大衣？”

小瓦匠爬起，探身朝地上一瞧，心中不由暗暗叫苦。地上果然有件军大衣，不是团长的是谁的！

“快起来，把木板撤了！”

曹铁强帮他的忙，二人慌乱地从褥子底下抽木板。其他人被惊醒，一个个翻身趴在被窝里，莫名其妙地瞧着他俩。

“深更半夜，你们搞什么名堂！”不知哪一个，从地上拎起一只大头鞋，朝他俩扔过去。大头鞋打在小瓦匠后脑勺上，小瓦匠“哎哟”一声，双手倒捂着后脑勺，仰躺在炕上。

“谁打的？谁？！”曹铁强厉声喝问。

几颗脑袋畏惧地缩进了被窝。

这时，外面进来三个人，都是团警卫排的，是跟马团长一块儿来到工程连的。为首的，是警卫排排长刘迈克。他们，虽不属于工作组成员，但在工程连战士们面前，却显示出一种优越感。这种优越感似乎在时时表明，他们，即使算不得“高级知青”，起码也是“特别知青”。因为他们是“拿枪杆子”的，是经常跟随各级团首长的。他们是半享受职业军人待遇的。

刘迈克一进大宿舍，首先从地上捡起马团长的军大衣，拍拍土，然后踢了踢小瓦匠垂在炕沿的赤脚：“起来起来，跟我们走。”

小瓦匠坐起，一见是三个警卫排的，顿时变了脸色，讷讷地问：“到哪儿去？”

“连部，马团长有请。”警卫排长一副闹着玩的样子。

“我……我不去……”小瓦匠往曹铁强身后躲。

“不去？那哪成啊！”小瓦匠的胆怯使警卫排长开心，他用命令的口气对另外两个警卫排的战士说，“带走。”

那两个便上前去拖小瓦匠。

他们被曹铁强推开了。曹铁强抢先一步，身子挡在宿舍门口，冷冷地说：“你们，简直成了马团长养的狗了，叫你们咬谁就咬谁？”

刘迈克愣了一下，后退一步，眯缝起眼睛，咄咄地盯住曹铁强的脸，一字一句地反问：“你说什么？我没听明白。”

曹铁强讥讽地说：“你腰间扎条武装带不伦不类，劝你还是解下来的好。”

“你看不惯？”刘迈克真的缓缓解下了武装带，在手中摇晃着。

“别碰着我！”曹铁强又说了一句。

刘迈克唰的一声将武装带朝他抽过去。

刘迈克真的缓缓解下了武装带，在手中摇晃着。

曹铁强一偏头，武装带的铁卡子抽在门框上。他朝门框瞥了一眼，门框上留下了一道痕迹。

“别怕，吓唬吓唬你，闪开吧！”刘迈克的武装带仍在手中摇晃。

曹铁强动也不动。武装带第二次抽了过来。这一次，他躲闪未及，肩头挨了一下，白衬衣绽破，立刻渗出血来。

他捂着肩头，从门旁闪开了。

刘迈克也不看他，悍然往外就走。

曹铁强出其不意，照他下巴猛击一拳！这一拳那么有力，刘迈克踉跄倒退，撞在脸盆架上。一排脸盆翻落，一只漱口缸子滚到红火彤彤的炕洞里。

刘迈克爬起，惯于争凶斗狠的脸扭歪了，扑过来与曹铁强扭打作一团。

小瓦匠吓傻了，瞪大惊骇的眼睛，像只耗子似的缩在墙角。

另外两个警卫排的战士，同时上前，对曹铁强拳打脚踢。

刘迈克的霸悍早已激起工程连知识青年们的公愤，这时眼见自己的排长要吃亏，哪里还按捺得住！他们发声喊，纷纷从火炕上跳下地，一个个赤腿露胸地投入了恶斗。从地上打到炕上，从炕上滚到地上。战斗结束后，警卫排长和他的两个战士被结结实实地捆了起来。

刘迈克凶恶地说：“曹铁强，你不计后果是不是？”

啪！有人给了他一耳光。

连部里，团长马崇汉坐在椅子上吸烟。

他好生恼火！

身为团长，被知识青年打了一记耳光，简直是奇耻大辱！

对于知识青年，从正规部队到生产建设兵团那一天起，他就产生了一种敌对情绪。不，也许用敌对心理这个词更准确。

什么生产建设兵团？用他自己的话说，参加革命多年，到头来落了个“七〇（零）八三（散）的装甲（庄稼）部队”的团长当！幸而，没脱掉军装。当上三团团长后，了解到这个团原先不过是个劳改农场，更令他替自己愤愤不平！这么个团长和“草头王”有什么两样？

然而，“草头王”却并不那么好当。知识青年，既不同于“一切行动听指挥”的正规部队的战士，也不同于“向解放军学习，向解放军致敬”的革命群众。他们到底算什么呢？在他眼中，他们简直是“蝗祸”，是“洪水猛兽”，是从城市蔓延到边疆的“瘟疫”！可他们毕竟是成千上万，几万，十几万，几十万，浩浩荡荡的四十多万！一批又一批地涌来了，卷来了。是戴着大红花，敲锣打鼓地被从城市欢送来的。一来就声明：“我们要做北大荒的新主人！”不错，“最高指示”说他们是来“接受再教育的”，而且“很有必要”。但实际上，他们的马列主义水平高不可攀。若要问共产主义运动发展史、巴黎公社失败的经验教训、当前中央路线斗争的营垒划分和斗争焦点，他们都能侃侃而谈。在这方面，每一个都有资格当他这位团长的教师！他们不但了解过去，而且仿佛能预知未来，中国革命和世界革命，整个儿装在他们发热的头脑里！他们是经过风雨，见过世面的，根本不把他一个小小的团长放在眼里！连中央首长，他们也敢炮轰，也敢油炸，何况他马崇汉！

他深知自己缺少驾驭他们的能力，恰如一个人，完全没有信心和气魄，但又被命运所捉弄，不得不驾驭一匹难驯的劣马。

多可悲！

有时扪心自问，他承认，他们中的一些人，是被他骗到北大荒的。但他自己不也是被骗来的吗？何况说到四十万的话，那可没他的干系。他马崇汉没这么大本事，那是一场运动的力量。

他所有郁闷在胸，积压在胸的怨气、怒气，准备痛痛快快地发泄在小瓦匠身上。他要好好调教“它”，当成一匹牲畜调教。当然，犯不上用鞭子的。

听到外面的脚步声，他坐得更端正，表情更威严，目光更冷峻，咄咄地盯着连部的门。

门开处，第一个进来的是警卫排排长刘迈克。鼻青脸肿，浑身灰土，双臂被反绑着。衣领撕掉了。衣扣只剩下了一颗。第二个进来的，是警卫排战士。第三个进来的，是警卫排战士。一个排长两个战士，他派去传带小瓦匠的，都成了狼狈不堪的“俘虏兵”。

他霍地站了起来！

跟在三个“俘虏兵”后面走进连部的，是曹铁强。

“他们，据说奉了你的命令去绑我排战士单书文的，我反对这样做。他们不听我的阻拦，首先动武，我命令我的战士教训了他们一顿。现在我把他们给您带回来了。我自己，明天听从你的发落。”

曹铁强说完就走。已经走出门外，又转过身，对团长点了一下头，那意思好像是说：“祝您晚安！”

……

曹铁强一回到大宿舍，就被他的战士们团团围住。

“我早就瞧着警卫排这三个家伙狐假虎威的样子不顺眼，今天可让他们知道咱们工程连的人不好惹了！”

“刘迈克在‘文化大革命’中欠了我一笔账，今天我才出了口恶气！”

“这就叫不是不报，时候未到，时候一到，一切都报……”

七言八语，激昂兴奋。

小瓦匠满面阴云，一言不发，默默叠被子，卷褥子，叠好卷好，用毯子包上，用行李绳捆。

“你这是干什么？”曹铁强问。

“干什么？今天的事，全是我惹起来的。马团长能放过我吗？我今天夜里就扛着行李到团部警卫排去投案自首，当二劳改！”

这话，像一盆冷水，劈头盖脸朝大家泼来。

曹铁强沉默了一会儿，在小瓦匠后脑勺轻轻拍了一下，说：“你犯什么案了，竟要自首去？你别怕，我一人做事一人当。”

男宿舍女宿舍是一栋房子，中间被过道分隔开。这时女知青们也都来了，询问刚才发生的事。

有人问、有人答的时候，裴晓芸挤到曹铁强跟前，神色慌张地说：“不好了！马团长给团部警卫排打电话，说咱们工程连的男知识青年聚众闹事，要警卫排立刻派三十个人来，还说，还说……”

曹铁强追问：“还说什么？”

“还说……全副武装，一级战斗准备……”

“你怎么知道？”

“我今天夜里看麦场，刚才经过连部门口。”

身材瘦弱娇小的裴晓芸，替男知青们担惊受怕得瑟瑟发抖。

沉默。

各种表情在一张张脸上变化着，每个人都预感到面临着威胁。“你们……快躲起来吧！”裴晓芸比谁都焦急不安。

所有人的目光，同时集中在排长曹铁强身上，那些目光是复杂的。

“躲？……”他被这个字激怒了。这个字从一个姑娘嘴里说出来，而且分明是主要针对他说的，他觉得当众受辱。

“听着，”他对全排战士说，“事态是我扩大的，我还是刚才那句话，一人做事一人当。你们可以预先把我捆起来，等警卫排的人到了，将功赎罪！”

言辞刚烈，语气豪壮。这番话，是从小说里读到过的，还是看了什么电影印象太深记住了，连自己也闹不清楚。

大家被感动了。由感动而敬佩，由敬佩而义愤，由义愤而激发起一种类似“同仇敌忾”的情绪。这种情绪抵消了年轻人们本来就易于丧失的理智。而丧失理智有时是件痛快的事。

“排长你说的算什么话？！把我们都看得胆小如鼠吗？！”

“警卫排有什么了不起？比这严重的事件我们经历得多了！”

“与其在这儿瞎嚷嚷，等着警卫排的人来，像抓犯人似的一个个把我们抓走，莫如跟他们大干一场！”

“对！咱们去打他们的埋伏。”

于是，在“文攻武卫”中培养起来的盲目英雄主义的驱使下，他们匆匆穿好衣服，拥出了大宿舍，各人找到可以当作武器的物件，集合起来，向村外而去。女知青们也不肯错过这一表现英雄主义的机会，纷纷跟了去。只有几个没有去，她们赶紧跑向连长和指导员那儿报信。

离连队十几里远的山坡下，他们埋伏在公路两旁的小树林中。

不久，一辆卡车从山路上缓驶下来，工程连的战士齐声呐喊，冲出树林，包围了卡车。车下，铁锨钢叉，横握竖举。棍棒锄头，左右相逼。车上，警卫排的枪口，也指向了工程连的战士们，双方剑拔弩张。

一触即发的关头，有人策马从山上飞奔而下。

来人是老政委孙国泰。马头几乎碰上了车头。他才猛勒马嚼，勒得那马竖起前蹄，打了个立桩。

“给我把枪都放下，奶奶的！”他两眼闪亮，样子十分可怕。警卫排的枪纷纷挎到肩上去了，但有人还不服气，说：“我们是奉团长的命令……”

“现在命令你们的是我政委孙国泰！谁再啰唆，我叫他就地挺尸在这里！”老政委从腰间嗖地拔出了枪，用枪筒在卡车驾驶室的铁顶上砸了一下，向司机喝道：“你给老子把车开回团部去！”

司机乖乖地掉转车头，卡车顺原路开回去了。

老政委长长地嘘了口气，跳下马，扫视着工程连的战士们，问：“谁带的头？”

“我。”曹铁强低声回答。

老政委走到他跟前，目光死死地盯在他脸上，又问：“你是谁？”

“工程连男知青排排长。”声音更低了。

啪！一记耳光打在他左脸上，他的手刚捂住左脸，右脸又挨了一记耳光！

又有人骑马从连队的方向赶到这里，跳下马，双膝跪在雪地上，说出一句震动人心的话：“你们都是离家千里的孩子，你们要互相动武，就先打死我！……”

是指导员，当地剿匪战斗中立过一等功的英雄……

铁锨钢叉，木棍锄头，从一双双手中落地。

一片哭声惊扰了林中的宿鸟。政委孙国泰一迈进工程连连部，就指着团长马崇汉大吼：“马崇汉！老子毙了你！”

……

这件事虽然发生在知识青年刚到边疆不久，但曹铁强却永远也无法忘记。每每回想起，总还会产生不寒而栗的后怕。那时，自己多么缺少理智，多么鲁莽啊！他曾不止一次半夜三更从噩梦中醒来，浑身冷汗淋漓地想到，如果老政委那天夜里迟一步赶到，自己还会不会躺在这个知识青年大宿舍的火炕上？还有他们，他排里的战士，是不是也还会躺在火炕上，发出那么安然的鼾声？如果他和他们中的某些人，成了那次“英勇行动”中的不幸者，幸存的人今天将会怎样谈到他，谈到那次“英勇行动”呢？

他们会恨他的。

不幸者的父亲和母亲们也会恨他的。

如果别人成了不幸者而他自己是个幸存者呢？

那更加可怕，对他来说。

每天清晨出早操，他站在全排战士的面前，望着他们的脸，心中便会产生一种对他们的深深的内疚和愧意，恨不得跪在他们面前，请求他们的饶恕。

这种负罪感折磨了他的心灵若干年。虽然，他的任何一个战士都没有在他面前提起过当年那件事。也许大家都忘记了，也许谁也没有忘记，而是有意不提。但他自己却经常想在某一种场合，某一种时机，重提当年那件事。目的只有一个，希望大家痛骂他一顿，甚至暴打他一顿。

理智是年轻人在成熟过程中攻克的最后一个堡垒。攻克了，他们便成为能够掌握自己命运，也能对别人的命运施加影响的生活中的强者。这是要付出代价的。不过有人付出的代价惨重，相比之下有人付出的代价轻微罢了。付出代价的同时，他们也必然会丢掉对他们来说是十分有害的东西——轻举妄动和不计后果。

曹铁强正是从当年那件事中发现了自己危险的弱点。也正是从那件事之后，他成熟起来了。

当年的男知青排长成为今天工程连的连长，从某种意义上讲，“袭击警卫排事件”对他来说是一次“淬火”。经过那次“淬火”，他才成为一个具有钢一样的弹性和硬度的人。

但是其中的哲学，是不会从团长马崇汉的头脑中产生的。马崇汉因为当年那件事，受到了党内记大过的处分，而且被通报全兵团。如果将他今天主持召开紧急会议的动机再深剖一层，也是和当年那件事分不开的。

他希望，为兵团保留八百余名青壮年劳动力，能够被上级赞赏，撤销干部档案中的处分。而这关系到，兵团解体之后，他能不能重新回到部队去。档案中带着一次处分，他是没指望重返部队的。不能重返部队，他便只能落到一种无可奈何的境地——由团长变为一个农场场长。这无疑更加可悲。八百余名知识青年一走而光，将他这位团长弃留在北大荒，那岂不等于是命运对他的一种恶意捉弄和冷酷惩罚吗?

他今天的内心活动，可以用八个字概括——瞻念前程，意冷心灰。不过这种内心活动并没从他脸上暴露丝毫。

他此时恍然醒悟，到会者们沉默的原因只有一个——在这么严峻这么重大的问题上，他们要首先知道政委是什么态度。

他意识到，自己十年来那种在任何事情上都能左右局面，举足轻重的威信，今天面临了公开的挑战！甚至怀疑他自以为曾有的威信，根本就没存在过！

他感到一种惆怅和悲哀。

而政委孙国泰刚才的发言又是对他那么不利！工程连连长曹铁强又分明不把他这位团长的意志放在眼里！他现在毕竟还是团长！纵然八百余人的去留他决定不了，一个连长的命运他还是可以决定的！“交代工作”，只消他一句话，就可以拖住这名哈尔滨的小子三天，叫他终生后悔！

难道这哈尔滨的小子就毫无顾忌吗？他怎么敢？！……

马崇汉盯着曹铁强正要说句什么有分量的话，一个女人突然闯进会议室，身后跟进两个女孩。

是他的妻子和女儿。

马崇汉好不惊诧！四天前他打发她们回老家，怎么这会儿又做梦似的出现在他面前了？

“把宿舍钥匙给我。”妻子向他伸出一只手。

“你……车票丢了？”他怔怔地问。

“根本就没买到火车票！”妻子大声嚷嚷，“要不是在黑河碰上个熟人，连长途汽车票也别想买到！我们娘儿仨好不容易挤上一辆长途汽车，开出黑河镇不到两小时就被知识青年给截住了。嫩江县城、火车站，返城知识青年像逃荒，连大车店都住满了！我们娘儿仨……火车站蹲了两天……跟你来到兵团，可倒了八辈子霉！待不下，走不了，亏你还大小是个团长呢！呜呜呜……”

团长妻子放声哭起来。

公务员小张拎着几只暖水瓶走进来。马崇汉心烦意乱，拿起水杯朝小张递过去。好像胸膛内有干柴烈火在燃烧，他觉得口焦舌燥。

“水房锁着，到处也找不见烧开水的人。”小张嘟哝地说明没打来水的原因。

“岂有此理！”马崇汉把手中的水杯高高举起，狠狠摔在地上，啪的一声粉碎了。

小张一反往常对团长的敬畏，大声说：“少来这套，我不侍候你了！”说罢，扬长而去。

马崇汉脸色青了。他的目光又瞪向妻子，从衣兜里掏出串钥匙，扔在她脚边。妻子怯怯地瞄他一眼，赶紧弯腰捡起钥匙，扯着两个孩子离开会议室。

电话铃响了。郑亚茹也瞄了团长一眼，走过去拿起听筒，低声问：“找谁？……”接着把听筒递给团长。

马崇汉皱着眉头接过听筒。

对方问：“你是马团长本人吗？”

“我是马崇汉！”他粗声粗气地回答。

“马崇汉，听着！你召开的这个紧急会议，不必再开下去了！”就这么两句，口气像“最后通牒”，一说完，对方就挂上了电话。

马崇汉拿话筒的手剧烈地抖动。许久，他才扫视着大家，沙哑地说：“有人把我们开这次会的内容泄露了。”接着，严厉地问，“谁会议期间打过电话？或者，接过电话？”

“我接过一次电话。不过，是长途。”曹铁强回答。他这时站了起来。

“长途？……”马崇汉根本不相信地追问。

“是长途。”曹铁强很镇定地回答。

尽管他很镇定，尽管大家对召集这样一次会议内心各持己见，但目光还是同时质疑地射向了他。政委孙国泰，也严肃地望着他。

“好像……有什么情况！”郑亚茹突然离开窗口，走到会议室门前，同时推开了两扇门。

一股寒风灌进来，将雪粉扬在人们脸上。几扇没插上的窗子被这股寒风吹开了。开会的人们，或从窗口向外望，或从门口向外望，但见不计其数的火把，分成几队，从山坡上，从荒原上，从公路上，从四面八方，朝团部汇聚而来……

三

裴晓芸站岗两个多小时了，再过一小时，就该下岗了。

但她这会儿就已经快被冻僵了。“黑豹”也感到了寒冷，它开始在雪地上兜着圈子奔跑。它身上发出的热量结成霜，染白了黑皮毛。

"'黑豹'！"裴晓芸把狗唤到身边，弯下腰对它说，"回去吧，'黑豹'，回去吧，回到连队去吧！到大宿舍去，趴在炕洞前，那多舒服，多暖和，何苦陪着我一块儿挨冻呢？"她简直是在哄它，像在哄一个人。

"黑豹"瞪着那双善于和人交流情感的眼睛瞅她，分明听懂了她的话。它的眼睛追随着她的目光，也朝连队的方向望去。

"瞧，最南边那一排灯光，就是大宿舍！"她又低下头对它说了一句。

"黑豹"却一动也不动。它的身子忽然抖了一阵，又开始在雪地上奔跑。

她望着它，拿它毫无办法地摇摇头。

月亮好像挂在原来的地方，一寸也没移动。但月面已不那么明净，变得朦胧了。夜空的蓝色加深了，深蓝混合着漆黑。夜空似乎被来自宇宙之外的某种自然力量所压低。

起风了。这风是突然刮起的，异常猛烈，而且辨不清方向，朝她迎面横扫过来。她侧转身，弯下了腰。

风过之后，四野顿时迷茫。

"黑豹"在奔跑中突然站住，昂着头，略显不安地瞭望着荒原。

在荒原的尽头，在寒夜神秘而威严的幽远处，一场大暴风雪狰狞地注视着生产建设兵团的女战士和这只狗。

然而她并没有预感到什么威胁，她在瞧着那只狗。

"黑豹"使她又想到了他……

也许因为她和他不是同一个城市的知识青年？也许因为她和他不是同一批来到北大荒的？也许因为她是全连姑娘中最其貌不扬、最沉默寡言的一个？也许因为她是一个政治上有"特嫌"的歌唱家和某个大学里的"反动讲师"的女儿？……他不曾注意过她。而她，也从来不敢主动接近他，主动跟他说一句话。因为，他是威信很高的男知青排排长，是全连最英俊的小伙子。

年轻人们，小伙子也罢，姑娘也罢，总是希望从自己身上发现某种值得自信的东西——高于别人的威望，渊博的知识，受人赞扬的品质，友好相处的人缘，家庭出身优越，政治有前途，甚至，包括俊美的容貌……等等，等等。一点儿值得自信的东西也没有，这样的年轻人便会离群索居，产生自卑感。

裴晓芸在所有人的面前都会产生这种自卑感。

她有时甚至自己鄙视自己。

她身上半点值得自信的东西也没有，连一个少女最可自慰，最起码的那点儿自信——容貌方面的自信都没有。

她到北大荒以后，从来也没有像其他的姑娘那样，偷偷拿面小镜子自己端详自己，欣赏自己。她认为自己是个半点可爱之处都没有的丑姑娘，一只丑小鸭。

是呵，她的身材那么瘦弱，小手小脚的，像是发育不良没长开似的。她那张小女孩般的脸上，永远笼罩着悲哀的愁云，一接触到什么人的目光，她便会情不自禁地立刻垂下睫毛，掩住那双怯生生的眼睛。

一方面，她因为自己是那么不引人注意而自卑。另一方面，她又但愿任何人在任何场合下都不注意到她的存在。有天中午下暴雨，男女知识青年跑出大宿舍，遮盖土坯。苫席不够用，她把自己身上披的雨衣也盖到土坯上了。她在暴雨中淋得像一只落汤鸡，衣服裤子紧紧地贴在身上，模样滑稽而可怜。他不禁多看了她几眼，她竟像被一只大猩猩所注视似的，吃惊地呆愣了一刻，转身而逃，令他大惑不解。那天他才知道，女知识青年排还有这么个叫裴晓芸的上海姑娘，才十六岁，在全连知识青年中年龄最小。但她也并没有从此引起他多注意一点。而她，后来则更加有意地处处回避他。

就在那一年冬季的一天半夜里，全连紧急集合，男女知识青年都拉出了连队，一气儿跑了十多里路远。演习紧急集合，大宿舍里是不许开灯的，手电筒也不许打亮。

跑步急行军途中，又演习了一次“围山搜敌”。

曹铁强是演习行动的总指挥，在大家都已经搜索到半山腰时，他回头望了一眼，见有人刚跑到山脚下，艰难地踩着没膝的深雪向山上攀登。

“那是谁？快跟上来！”他大声喊。

落伍者摔倒了，而且没有立刻爬起。

他跑到那人跟前才认出，是她。

“跑一段路就受不了啦？别那么娇气！都像你这个样子，打起仗来怎么办？”他有些生气，对她大加训斥。他拉着她的一只手，将她从雪窝里拽起来，也不管她跟得上跟不上，几乎是粗暴地拖着她往山上跑。

她一声不响地被他拖着跑了一段山路，又一个筋斗跌倒在雪中。

“你别装熊，快起来！自己跟上去！”他更加生气了，索性放开她的手，那语气完全像在战斗中，呵斥一个无能的士兵。

“我……我的脚……”

“你的脚怎么了？”

她扒开埋住双脚的厚雪，甩掉两只手上的棉手套，双手攥成拳，使劲擂自己的双脚。

借着月光，他这才发现，她穿的竟是一双网球鞋！他怔住了，半天才说出话：“你……怎么穿着这样一双鞋？”

她没有回答，她不再擂自己的脚了。她的双手忽然捂住了脸。她的肩头开始轻轻耸动着，她无声地哭了。

他猛地弯下腰，将她再次拉起，强行背上，朝山下就跑。

“不，不，我不！冻掉双脚，我也要……”她挣扎着，拳头擂着他的背。

他并没有放下她，任她的拳头一下接一下地在自己背上擂打。他背着她深一脚浅一脚地跑下山，接着跨开大步朝连队跑。十几里路，他的脚步毫不减慢，越跑越快，径直背着她跑进女宿舍，将她放在火炕上，拉亮了灯。

她那张小脸哭得如同泪人儿一般，泪水在她脸上结成薄冰，一缕鬓发冻在她的脸颊上。

他呼哧呼哧地大口喘气，汗湿透了衬衣和绒衣。

“别动！”他对她说，摘下帽子，扔在炕上，拿起一只脸盆，转身奔出宿舍。他从外面端进一盆雪，她果然一动未动地垂着双脚坐在炕沿上。网球鞋和她的双脚冻在一块儿了，他无法替她脱下来。

“剪刀！”她茫然地瞧着他。

“你的嘴巴也冻住了吗？我问你有没有剪刀！”

她默默地朝摆在窗台上的一只小木箱指了指。

从小木箱里取出一把剪刀，他从她脚上剪下了那双网球鞋。接着，小心翼翼地剪下了她的袜子。他将她的双脚按在雪盆中，迅速地用雪搓起来。

他一边搓她的脚，一边抬起头，瞧着她的脸，低声问：“疼么？”

她垂下了睫毛，只吐出一个字：“不……”

“不疼才糟糕！”他更快地用雪搓她的脚。

一盆雪搓化了。

“这会儿开始疼了吧？”

“不……”

“还不？有没有……像被火烧一样的感觉？”

“有……一点点……”

“冻掉双脚，在北大荒可不是没有过的事！小时候我的脚也冻过，我妈妈就像这样子给我搓。”他从毛巾绳上扯下条毛巾，要替她擦脚。

“别,那不是我的毛巾。”她用轻微的声音说,这时才怯生生地看了他一眼。

他的目光不禁注视在她脸上，心中实在不可理解，这种时候，她为什么还会对生活中的这般小事如此认真。

“那是我们排长的擦脸巾。”

“那又怎么样？”

“她会生气的。”

“是你自己这样认为吧？”

她摇了摇头：“她真会生气的。她对我和对别人不一样。”

“为什么？”

“因为……因为我和别人不一样。”

他不再问她什么了。他心中明白了。他缓缓地将郑亚茹的毛巾搭在毛巾绳上。

“边上第三条毛巾是我自己的。”

他取下了她自己的毛巾。

“让我自己……”她向他伸出一只手要毛巾。

他没给她，他轻轻地替她擦干了双脚，慢慢解开自己的衣扣，撩起绒衣和衬衣，半裸出宽阔的结实的胸膛，将她的双脚暖在自己胸上。

“啊！不，不！……”

她慌乱起来，她骇然了。她欲缩回自己的双脚，他用绒衣将她的双脚包裹住，紧抱在怀里。

“别动！”语气那么严厉，同时瞪了她一眼。

她挣动了几下，没有挣回双脚。他的手那么有力！

她的脸红极了，她一下子用双手捂上了脸。“当年我妈妈对我也是这样做的。”第二次提到他的妈妈，他的语调中流溢出一种深情。

她还能再有何种表示呢？还能再说什么呢？

她一动也没再动，双手依旧捂着脸。

渐渐地，她感到自己的两只脚恢复了知觉，温暖了，也开始疼了。他胸膛里那颗年轻人的心强有力地跳动，传导到她的心房。她自己那颗少女的稚嫩的心，也仿佛刚从一种冷却状态中复苏，怦怦地激跳。

许久许久，他们之间没有再说一句话。

一滴泪水，从她的指缝中滴落下来，随即，又是一滴，又是一滴……

是因为过分受感动？是的，当然是。但泪水绝不仅仅是因为受感动而倾涌，还因为……他提到了他的母亲。用那样一种深情的语调提到他的母亲。

而她却从未领受过母爱的慈祥和温柔。为了领受一次，她宁肯自己的双脚被冻掉！

裴晓芸说：“边上第三条毛巾是我自己的。”曹铁强取下了她自己的毛巾……

同样的做法，这北方的小伙子从他母亲那里学到，施加于她，诚挚之中带有几分强迫。

如果是母亲的话，她起初心理上会产生慌乱和骇然?

区别就在于此。虽然深受感动，但也触碰到了她的隐衷。

她那颗少女的心不但稚嫩，而且那么细腻。所有细腻的情感都被她的双唇封锁在心里。因此，她的内心世界比别的姑娘更加丰富，也更加充满矛盾和变化。

这样的一颗心当然不是他所易于了解的。他发现她在落泪，问："你怎么又哭起来了？"

这时，外面响起一片纷乱的脚步声，夹杂着吵嚷。紧接着，门开处，女排的姑娘们拥进宿舍。她们一见他在女宿舍中，他和她那种不寻常的样子，都呆呆地站立住，用猜疑的目光望着他们。

在众人的目光之下，她显出无地自容的样子，仿佛自己是个小偷，被当场逮住。她猛地从他怀中收回双脚，窘迫而羞涩。

"用被子包上脚。"他平静地对她说。转过身，问姑娘们："你们这样看着我干什么？"

没有谁回答他的话。

"简直是拿着弟兄们开玩笑！演习演习，半路上丢了战备演习指挥员！"

"不是丢了，咱们大排长准是叫敌人俘虏啦！"

男宿舍传来发牢骚的怪话和嘻嘻哈哈的笑声。

郑亚茹最后一个走进宿舍，她的目光在曹铁强身上差不多停了半分钟，然后，缓缓地转移到裴晓芸身上。

裴晓芸已经坐到火炕上，用被子包住了双脚。她低着头，不敢瞅姑娘们。

"哼！真丢人！"郑亚茹大声说了一句。

"你说谁？"曹铁强有点恼火了。

"我说谁，你心里明白！"郑亚茹向裴晓芸瞪了一眼。

他的同班同学，当着所有姑娘们的面，对他说出这般带有侮辱性的话，使他感到格外不能容忍。他几步跨到她面前，咄咄地盯着她的脸，质问地说：“我不明白！你今天非得当着大家的面对我讲清楚不可！”

“讲清楚就讲清楚！我说的不是别人，就是你！还有她！你们俩！趁着大家演习，你们两个跑回来，在宿舍里搞什么见不得人的勾当！”

“你……混蛋！”曹铁强大吼一声，对郑亚茹扬起了拳头。但他毕竟克制住了自己，拳头并没有落下去。如果不是当着所有姑娘们的面，这一拳也许会落下去的。

“裴晓芸穿了一双网球鞋就跑了出去，你们知道不？她的脚冻伤了，如果不是我把她背回来……可你们，都想到什么地方去了！”

郑亚茹怔住了。

曹铁强指着一个姑娘说：“你，去把那盆雪水倒了！”又指着另一个姑娘说：“你，去把卫生员找来！”

两个姑娘不知是慑服于他的恼怒，还是出于同志之间的义务感，彼此望了一眼，一个服从地去倒那盆雪水，另一个立刻转身去找卫生员。

其余的姑娘，都向裴晓芸围拢过去。

郑亚茹独自站在原地，显得极尴尬。

“你和我的关系，并不比别人特殊，不过曾经是同班同学，你没有资格像刚才那样对待我！”曹铁强冷冷地对她说完这番话，愤愤地离开了女宿舍。

郑亚茹慢慢走到自己的铺位前，呆立了一会儿，突然扑倒在火炕上，抱着自己叠得四四方方的被子，哇的一声大哭起来。

“排长，都是……都是我不好，就算他刚才的话，是对我说的……”裴晓芸望着排长，心里感到无比内疚。

“你别装好人！”郑亚茹倏地坐起身，对裴晓芸狠狠地嚷了一句，之后又倒下去抱着被子哭。

有几个姑娘赶紧过来劝排长。

从那一天起，女排所有的姑娘都看得出来，排长对裴晓芸更加冷漠了，好像排里从此不存在裴晓芸这个人了似的。她们也看得出来，她们的排长和男排排长之间，以前那种比别人亲近的同学关系中，出现了一道看不见的屏障。

而裴晓芸和曹铁强之间，又恢复到了那种几乎谁都不接触谁的关系。

然而，裴晓芸多想找个时机对曹铁强说句感激的话啊！即使仅仅从情理上讲，这样的话也是应该对他说一句的。可是，每当她和他单独在一起，还没来得及开口，郑亚茹便会忽然出现。能够和他单独在一起的机会又是那么难得！

春节前，连里不知出于何种安排，对每一个请假回城市探家的知识青年，都毫无例外地批准。也许是出于对知识青年的体贴和关怀吧！知识青年先后离开连队。最后，男排只剩下了一个人——曹铁强，女排只剩下了两个人——郑亚茹和裴晓芸。裴晓芸知道，排长所以迟迟没有动身离开连队，一定是想和曹铁强结伴探家，同去同归。可曹铁强为什么迟迟不回城市探家呢？他舍不得他养的那只小狗？也许是的。他那么喜爱那只狗？她哪里知道，出于对她的同情，他决定放弃那次探亲假了。他不忍心将知识青年中的一个小阿妹，孤独地撇在连队。

她和排长两个人住在空荡的宿舍里，却谁也不理睬谁。在排长郑亚茹面前，裴晓芸更自卑。排长是一位军队干部的女儿，正牌的“红五类”：排长是老初三毕业生，在学校成绩优异，据说要不是因为“文化大革命”，学校要保送她上重点高中呢；排长是市红代会常委，来到北大荒之后，还被请回城市参加过一次红代会常委会；排长在全排姑娘们眼中是具有男性威严的；排长是在全团名声响亮的人物；排长是很美的，高于一般姑娘们的个子，飒爽的身姿，乌黑而浓密的短发，裹着一张椭圆形的五官端正的脸，两条眉毛不但细而长，还很英气，一双丹凤眼，总是投射出自信的矜傲的目光。

女排的姑娘们，谁都知道，她们的排长在暗暗地爱着男排排长曹铁强。天生一对，地产一双，大家都这么认为。但也有姑娘对两位排长之间的关系发表过预言性的看法："两个自尊心都太强的人，是无法结为生活伴侣的。"这话是背地里谈论过的。

姑娘们都不能理解的是，她们的排长明明爱着人家，又总是随时随地有意无意在她们面前扮演一个无穷烦恼的被追求者的角色，尽管这种角色她扮演得极成功。

裴晓芸在这一点上却自以为是能理解排长的。"不会高傲，就不懂得爱情的艺术。"她忘记了自己过去曾从哪一本小说里读到这句话的。排长一定也读过这本小说，因为排长既会高傲，必然也就对爱情的艺术深通谙达了。

她非常希望排长也能理解她，哪怕一点点。非常希望自己能和排长处好关系——一般的战士和排长的关系，对她来说就很知足了。她不敢奢望比这更进一步的友好关系。她觉得自己不配，排长是什么样的人物！

两个人，按照同样的时刻，早、午、晚活动在大宿舍里，却彼此不说一句话，不正视一眼，这是多么别扭！有几次，她想主动张口和排长说话，排长却好像能够猜度到她的心思，每每在这时候走出去了。

其实，她最想对排长说的，无非只有一句话："排长，我是敬佩你的呀！我心甘情愿处处听你的吩咐，服从你的命令！"

就像一粒沙子含在河蚌体内，久经揉磨，变成了珍珠。这句话也是许许多多话在她内心经过无数次筛选的结果，这句话无论从任何意义上都是她的心里话。

排长竟不给她说出这句话的机会。

有天晚上，排长不知到哪里去了。她一个人百无聊赖地坐在火炕上，坐在窗前，把嘴贴在玻璃上，一口接一口地用哈气暖化玻璃上的霜花。

玻璃上渐渐哈出了一个可见夜色的小洞。从这个小洞，她朝外面窥望。有两个人在月辉下向宿舍走来，分明是排长和他——曹铁强。他们走到宿舍门前那棵大杨树下，同时站住了，对望着。

她向他走近了一步。他也向她走近了一步。

他们拥抱在一起了。

他们的嘴唇相吻了。

裴晓芸的脸倏地从窗前侧转开，双手下意识地捂上了那个小小的霜洞。

少女的心狂跳不已。

这是她第一次亲眼看到男女之间的情爱举动。她仿佛看到了自己所绝不应该看到的，愧怍极了，不安极了。虽然是无意中看到的。

她赶紧展开被子，钻进了被窝。用被子蒙上脸。

一会儿，听脚步声，知道排长走进了宿舍。

又过一会儿，灯熄了。

第二天，当她醒来时，见排长在捆行李。

“你醒了吗？”排长说。

她没有回答，一时不能相信排长是在对自己说话。

排长转身看了她一眼，又说：“帮我捆一下行李可以吧？”

不是在对她说话又是在对谁说话呢？她立刻从被窝里爬起来，顾不上穿衣服，也顾不上蹬鞋子，光着脚就跳到了地上。

“你先穿好衣服，别冻着。”

排长这种从来没有施舍给她的关心，令她深深地感动了。

她匆匆忙忙地穿上衣服，趿着鞋走过去帮排长捆行李。一根绳子，一人手里攥一头。

“用不着勒太紧，捆上点就行。”排长一边勒绳子，一边说，“我也要回去探家了，今天就走，和他一起走。”

她知道排长说的“他”是谁。

内心的欢喜反射在排长的脸上和眼睛里。排长的眼睛比以往更明亮，脸上焕发着娇红的光彩，洋溢着少见的柔情。排长的心境一定像早晨的花园一样！

而她自己的内心里，却感到一种空旷和苍凉。

从今天起，两个大宿舍，只剩我一个人了，她心中不禁这么想。

别人都有家可归。

她没有家了。

也没有亲人。在大上海，连一个亲人也没有。

帮排长捆好行李时，他来到了女宿舍，怀里抱着小狗“黑豹”。

“我们今天也要离开连队了，大宿舍就剩下你一个人了，我把它托付给你。”他像将什么贵重之物至诚相托。

她从他怀里接过“黑豹”，抚摸着，一句话也没说，只是值得信任地点点头。

他默默地环视着女宿舍，问：“你怎么不回上海呢？”

“我……回去没意思。”她故意用一种平淡的语调回答他，并且，对他微微笑了一下。

她不愿因自己的凄婉处境破坏他们此刻的良好心境。但她的微笑并没有如她所愿。因为他从她那一现即逝的微笑中，分明细心地观察到了一种苦涩的意味。

“也许，‘黑豹’和你在一起，会减少一点你的孤寂。”他对她这么说，目光是怜悯的。

听了他的话，她不禁低下头，将脸贴在小狗身上。她抱着小狗，站在大宿舍门口，久久地目送他们所坐的马车离开了连队。

从那一天，大宿舍里就只剩下她一个人，和一只小狗。白天，她并不感到特别孤独，因为她还要和老职工们一起劳动。他们对她表示了种种关怀。他们，只有他们，才公正地、平等地把她看作几十万来到北大荒的知识青年中的一个。一个从小生长在城市而如今远离城市的女孩子，到了夜晚，那种孤独之感，才咄咄逼人。当外面呼啸起西北风，小“黑豹”就跃上火炕，往她被窝里钻。它也感到了孤独。

刚过完春节，他就从城市返回连队了，是全连第一个回来的知识青年。

那天中午，她正在宿舍里独自吃饭，忽听外面有人叫：“‘黑豹！’‘黑豹！’”接着，是一声口哨。

大宿舍里就只剩下裴晓芸一个人，和一只小狗。

“黑豹”愣怔了一下，立刻像支箭一般窜到宿舍外面去了。她跟了出去，看见他拎着提包，站在男女宿舍之间的过道里。

“他在叫狗，并没有叫我。”见他将“黑豹”抱起，亲爱地抚摸着，她这样想。

他对她笑笑：“我应该感谢你，小狗长大了不少！离开这么几天，我还真想它呢！”

同样是离别，他心中想的只是狗，一句话也不问到她。

她的心被挫伤了。她习惯地在他面前垂下了睫毛，一声不响地退回宿舍。

一会儿，他来到了女宿舍，送给她一些从家中带回来的糖、花生、瓜子。

“我不要，你自己留着吃吧。”她拒绝收下。她把这些东西视为他给予她的报酬，因为她替他喂养了几天小狗。

“这是我的一点心意。”他把那些东西放在火炕上，转身就走。

那天深夜，外面又刮起了西北风，像是一头怪兽在嘶叫。她躺在被窝里，难以入睡。她心中产生了一种莫名其妙的委屈，仿佛又受到了什么人的欺负。她哭了，开始哭声还很低微，后来哭声渐渐大起来，无法克制。

第二天早晨，她端着脸盆走到宿舍外面倒洗脸水，他跑步回来，拦住她，问：“你昨天夜里为什么哭？”

“我没哭。”她低下头，想绕过他身边走进宿舍。

他挡在宿舍门口，固执地问：“是不是你一个人在连队的几天里，有谁欺负你了？你不告诉我？我就不让你进去！”

她摇了摇头。

他又说：“你为什么不信任我呢？像信任一个大哥哥似的。你……简直不像一个女知识青年，像一个小女孩。我是很愿意在什么事情上帮助你的，真的！”

她还是默默不语。

“世界上有一样东西，对任何人都越多越好，那就是友情。”

听了他这句话，她渐渐抬起头，第一次那么勇敢地面对面地正视他的脸。

她的目光中既有信任，也有疑问。

他脸上的表情是真挚而坦率的。

于是，她喃喃地说：“我……怕……”

“怕？……怕什么？”

“怕……夜晚……”

“夜晚有什么可怕的？你不是已经一个人度过好多夜晚吗？”

“那些夜晚，有小狗和我做伴。现在你回来了，连小狗也不肯和我做伴了。”

他的心弦被她低声说出的话语拨动了。对面前这个出于怜悯而想给予一些关照的少女，他是多么缺乏理解啊！

当天，他在男女宿舍的墙上各凿了一个小孔，将一根绳子穿过小孔，抻到女宿舍来。

“你要干什么？”她瞪大眼睛看着他在这样做，很奇怪地发问。

他将绳子引到她的铺位前，绳子的一端交在她手中，说：“我在绳子那头拴了一个小铃铛，向大车老板要的，马铃铛，就吊在我头顶上。你睡时，手里握着绳子，做噩梦也不会感到害怕了，梦中我肯定会像天神一样降临你的身边，解危救难！”他因为自己竟想出这样一个哄小孩的主意，说完有点不好意思地笑了。

“你……真逗……”她也笑了。

她果然天天晚上手里握着那根绳子睡觉，果然从此不感到孤独，也不怕夜晚，不怕西北风的呼啸了。知识青年们陆陆续续地返回连队了。绳子被她收起来了，小铃铛他送给了她。

他依然是男排的排长。

她依然是女知识青年中最沉默寡言的一个姑娘。

生活又回到了原来的样子。

虽然如此，她还是真实地感觉到生活对自己来说发生了些什么变化。这感觉是朦胧的。正因为是朦胧的，似乎发生了但又似乎并没发生的变化，才既令她入迷，又令她感到新奇。她是怀着连自己都难以解释清楚的微妙的心理，去细细体验这种新奇的变化的。她战栗地期待着更重要的变化某一天突然发生。她究竟期待的是什么呢？期待着一种什么意义上的变化呢？将会发生什么呢？怎样发生呢？……她什么都不能回答自己，然而她又的确体验到了什么，的确在期待着什么，的确被什么诱惑了。也许什么变化都没有发生？也许什么都不存在？也许令她内心骚动的，不过是虚幻缥缈不可捉摸的憧憬？……

女排排长郑亚茹最后一个返回连队，她超假半个月。一回到连队，她就立即向党支部补交了一张诊断书，她在探家期间生病了。诊断书证明这一点，但女排的姑娘们却都看得出来，排长绝没有生过病。并不是从排长外在精神状态得出的结论，而是她处处不自禁地有所流露的内心情绪的真实色彩告诉了她们。一个姑娘若被许多姑娘加以研究，那她内心是难以隐藏住什么秘密的。何况，女排排长早就成为她的战士们的重点“研究项目”了。她们在对她加以诸方面的研究之后，已经积累了不少经验呢！经验告诉她们，排长准是在爱情方面获得了极大成功！不，更准确一点说，是在爱情的“拉锯战”中获得了决定性的胜利。那被征服了的一方，当然是男排排长曹铁强了。她们既替曹铁强惋惜（未免被攻克得太轻松了些吧！），同时，也不无对郑亚茹的嫉妒。瞧她不论说什么话做什么事时，那种自信劲儿！瞧她那双被内心的爱情之火燃烧得多么明亮的眼睛！瞧她浮现在脸颊上的那种幸福的红晕！瞧她独自呆坐，凝眸出神时那暗暗得意的模样！唉！唉！哈尔滨的小伙子那种刚愎和高傲哪去了？怎么就招架不住姑娘的一二个回合呢？在她们面前，他对郑亚茹像块百炼钢，说不定背人时，就变成了绕指柔呢！小伙子们差不多都是这德性吧！

曹铁强的确是被征服了，被情愿地征服了，在和郑亚茹一块儿探家的短短十几天中被她征服了。有谁会想到，小伙子刚愎高傲的性格的茧衣内，包裹着一颗充满情感矛盾的心呢？又有谁能真正理解小伙子对北大荒的开拓事业那种特殊的崇敬呢？他的父亲和母亲，都是北大荒的第二代创业者。父亲原是东海舰队某舰的轮机班长，母亲原是哈尔滨军事工程学院医务所的护士长。父亲是随着十万转业官兵的行列来到北大荒的，当上了开垦雁窝岛的第一支垦荒队的队长。为了给垦荒队踏勘出一条道路，他牺牲在绵亘的大沼泽里，连遗体也无法寻到。母亲哭了三天。三天后，将刚刚背上小学生书包的儿子寄养在老上级家中，自己也坐上了北去的列车。母亲一到北大荒，就坚决要求到以父亲的名字命名的那支垦荒队去。她不久成为中国最早的几名女拖拉机手之一。她驾驶着父亲生前驾驶的那台拖拉机，追随着垦荒队，驰骋在北大荒。艰苦并没有把这个刚强的女性从男子汉们的队列中甩掉。她终于像父亲一样赢得了他们的敬佩，担任了父亲生前的职务——垦荒队队长。她是中国第一名女垦荒队队长。她曾出国参加世界劳动妇女联欢节。以后，她成为中国第一名女农场场长。曹铁强永远也忘不掉九岁时看过的一部影片——《英雄战胜北大荒》。他当时比看任何电影都更加被吸引、被激动。虽然，他没有从银幕上看到爸爸和妈妈，但顶着暴风雪向荒原挺进的垦荒队出现在银幕上时，他相信其中有一台拖拉机一定就是爸爸妈妈驾驶过的。他对北大荒的向往，他对垦荒者们的崇敬，就是从那时开始的。一个五六岁的小女孩，用手绢兜着种子，跟在父亲身后，向肥沃的土地点种……这是影片的一个镜头。他对那小女孩多么羡慕多么嫉妒啊！他在寄给妈妈的信中写上了这样一句话："妈妈，我要到北大荒去！"妈妈的回信很短："孩子，你要学好文化知识，你要长大以后再来！妈妈在北大荒等待着你！"他没有因为妈妈的信写得这样短而沮丧。他完全能够理解，刚刚建立起来的农场，需要创业者们做多少事情啊！何况妈妈不但是创业者，而且是农场场长……

他长大了。每天都带着一种迫切希望自己早些长大的心理一年年地长大了。母亲那封信至今他仍保留着，但母亲，却已长眠在地下数载了。

批判会。批判修正主义建场路线，批判“黑劳模”，批判中国第一个女农场场长。第一个，这本身就是一种罪过！哥白尼是第一个向全人类大声说“地球是绕着太阳转”的人，结果支持他的布鲁诺被教皇下令烧死了。除了耶和华，教会是不能容忍人类还在其他某方面产生什么“第一个”的。中国人虽然相信上帝的不多，原来却有许多人同样具有不能容忍“第一个”的劣根性。

对中国第一个女农场场长的批判形式是别出心裁的。父亲生前开过的那台英雄的拖拉机被用黑漆画上了“×”，母亲被强令驾着这台拖拉机来到批判会场接受批判。拖拉机像坦克一般冲乱了会场，碾过会台。母亲将拖拉机一直开到山崖畔，她纵身跳下了山崖……

这就是中国第一位女农场场长的结局！这就是“十年动乱”中发生在北大荒的一幕悲剧！

刚满十八岁的曹铁强没有哭。他在全校第一个报名要求到北大荒去，他要见识见识北大荒那一片吞没了他父亲的沼泽！他要知道母亲是从哪一座山崖跳下去的！他要擦掉父亲和母亲都开过的那台拖拉机上的黑“×”！他要告诉每一个北大荒人，他是谁的儿子，他来了！

他的要求竟没有被批准。

他哭了。只因为此。

代替父母像抚养自己的儿子一样抚养了他十年的恩人，母亲生前的老上级，哈尔滨军事工程学院一位当时也遭到政治厄运的副院长，陪同他第二次来到黑龙江生产建设兵团驻哈联络处。

老人大声质问：“你们为什么不批准他？”

得到的回答是：“因为他母亲的问题……还没有最后作出结论，我们政审很严。”

“可他也是他父亲的儿子啊！他父亲的烈士碑还立在北大荒！”老人的手杖使劲捣着地板。

接待人员搓着手说：“我们……做不了主啊！”

“烈士的儿子，竟连继承烈士遗志的权利都被剥夺了！”老人叹息一声，突然拉起他的手，愤慨地大声说，“我们走！北大荒不要你，我带你到五七干校去！”

“等等！”那接待人员叫住了他们，走到他跟前，拍着他的肩说，“如果你决心到北大荒去，不批准你也可以去嘛！当年转战北大荒的十万官兵，都知道你的父母，都非常怀念他们……”

得到这种暗示，几天之后，他混在第一批奔赴北大荒的知识青年中间，乘上了开往最北边陲的列车……

虽然他是“混”到北大荒来的，但并没有因此被遣送回城市去。北大荒用沉默的诚意接收了他。只有他，才能体察到这种沉默胜过热情的诚意。一下火车，多少人在那一批知识青年中寻找他，握他的手，对他说“好好干”，或者“别给你爸爸妈妈丢脸”。他们，有的认识他的父母，有的并不认识他的父母。他们都是《英雄战胜北大荒》中的那一代创业者。他们从十几里，甚至几百里地外赶来，只是要在火车站见到他，握一下他的手，对他说一两句话。他一个也不认识他们，连他们之中一个人的名字都没有记住。

他要求把自己分到雁窝岛，他的要求没费口舌便如愿以偿。可是，雁窝岛并不像他在《英雄战胜北大荒》中所见的那么荒凉了。那里已经建立起了农场。荒原已经被征服，吞没了父亲的那片沼泽，已经变成水库。来到雁窝岛的第一天傍晚，他独自伫立在水库闸坝上。赤红的晚霞燃烧着淡蓝色的水面，水面浮现出了父亲的容貌。父亲生前经常用口琴吹奏《水兵之歌》，他耳旁仿佛又听到了这支歌那充满火热激情的欢快节拍。口琴是父亲任何时候都揣在衣兜里的爱物，肯定和父亲一起沉没在当年的沼泽底了。父亲的碑就立在水库闸坝的一端，他沿着闸坝走到碑前，仰望着碑顶那台石雕的翘首的拖拉机，心中默默地说：“爸爸，我来了！”他心中突然产生一种悲哀的遗憾。他但愿眼前没有这水库，而仍是一片狰狞的沼泽！对于吞没了他父亲的那一片沼泽，他心中是有种强烈无比的挑战情绪，甚至可以说是复仇般的征服意志的啊！但它却已经被征服了。不是被他，而是被别人！他扑倒在岩石碑座下，痛哭了一场。附近没有一座山。不必问什么人他也知道，母亲并非是在这里遭到了那次不公正的批判。有人主动带他来到了机车库，告诉了他哪一台是他父母生前开过的拖拉机，它已经旧了，但保养得很精心。在并列的十几台拖拉机中，它最洁净，黑“×”被用汽油认真擦掉了，还看得出被什么东西认真刮过的痕迹。

带他来到机车库的陌生人告诉他：“这台拖拉机仍保持着当年的作业效率。”

此话对他是多么大的宽慰啊！

第二天，他悄悄地告别了雁窝岛。

他要在北大荒做一个像父母那样的创业者，而不甘仅仅做一个继业者！

于是他被重新分配到了最边远的刚刚开始组建的三团……

他也像所有的知识青年一样想念过家吗？想念过的，不唯想念，更其惦念。虽然军事工程学院的老副院长并非他的父亲，虽然老院长的女儿并非他的妹妹。但他们与他有着父子一样的兄妹一样的感情。多少个不眠之夜，他担虑着那善良而正直的老人将会进一步遭到什么迫害，担虑着那脆弱的、因小儿麻痹而残疾了一条腿的异姓妹妹的处境。

和郑亚茹一块儿探家回到城市后，他才得知老人确诊为肝硬化后期。他不忍离开他们了。假期一天天接近，他烦躁，他彷徨，他不知道自己应该作出怎样的决定才对。一天晚上，在省军区大院郑亚茹的家中，在她的房间里，在她关心而温柔的询问下，他向她讲起了自己的父亲、母亲，讲起了老院长父女，讲起了他对他们的感恩之情，倾吐了他内心的矛盾。他想要留在城市照料老院长父女，但又怕连队里的任何一个人都不会理解他，把他视为北大荒的“逃兵”。

他讲完才发现，她早已泪流满面。她忽然像个小孩子似的哭了。她是深

曹铁强悄悄地告别了雁窝岛。

深地被他讲述给她听的这一切所打动了。他第一次向她讲述了这么多这么多，而且讲述的都是内心最真实的思想和感受。她不仅感动，同时感激。同学三年。她那一天才知道，他有那样的父亲，那样的母亲！他能够把这一切都毫无隐瞒地告诉她，这足以证明，她在他心目中的位置，毕竟高于所有那些他所认识的姑娘们！

她擦干眼泪，盯着他，问："今天你对我讲的这些，从没有对任何人讲过吗？"

他发誓般地回答："没有。"

"如果不是我，换一个人，比如，另外一个你认识的姑娘，你也会把这一切统统告诉她吗？"

他沉默片刻，摇摇头："不，绝不会……"

她对他的回答非常满意，低下头微笑了。

当她送他走出家门时，说："你明天有时间的话，我希望能和你一块儿到江畔去走走。"见他犹豫，她又补充了一句："我有重要的事和你商量。"

第二天，两人徐徐漫步在松花江畔。她默默地和他并肩来回走了许久，才靠着一根栏杆站住，告诉他，省里的几所大学已经开始试行招收工农兵学员，她要尽一切努力为他争取到一个名额。如果争取到了，他就可以有三年的时间，一边在城市学习，一边照料他的恩人父女了。他感激地紧紧握住她的手，不知说什么话才能表达自己的心情。

她听凭他握住自己的手，将脸侧转向松花江，瞭望着冰封的江面，说："你应该明白，我是因为爱你才这样做的。"

他没有回答她这句话，但他在自己心中暗暗立下了誓言：我今后要开始爱这个姑娘，我再也不能挫伤她对我的爱情！

全连只有他一个人知道，郑亚茹超假半个月，是为他在城市多方奔走。

不久，连里收到了由团部转来的一份哈尔滨医科大学的录取通知书。

曹铁强要离开北大荒，去上大学了！消息在全连传开，所有的知识青年都感到意外。他们从那一天开始用另外一种眼光审视他了。那种目光向他表明，他们怀疑他过去是否值得受到他们那么多的尊敬。

他是怀着一种悲凉的心情离开连队的。

只有一个人为他送行——郑亚茹。

当夜住在团部招待所里，已经十点多了，忽然有人敲门。

他打开门，见门外站着一个陌生的知识青年。

“你是曹铁强？”

他点点头。

对方走进房间，说：“我想和你谈几句话，你接到了一份哈尔滨医科大学录取通知书吗？”

他迟疑了一下，点点头。他觉得并没有隐瞒的必要。

“你热爱医生这种职业吗？”

“……”

“你愿意毕业后还回到北大荒吗？”

“……”

“你能够成为一名北大荒所需要的出色的医生吗？”

他生气了。反问：“你是谁？我根本不认识你，你有什么权利这样质问我？”

对方缓慢地从兜里掏出一盒烟，缓慢地抽出一支，叼在嘴上。缓慢地擦着火柴，缓慢地吸了几口，眯起眼镜后面一双沉静的眼睛瞧着他，用缓慢的语调说：“我叫匡富春，团部的卫生员。谈到权利，我不但认为我有这种权利，而且认为，任何一个北大荒人都有这种权利。北大荒需要医生，需要出色的医生。争取到一个上医科大学的名额是很不易的，如果被一个对医生毫无职业感情的人，或者被一个仅仅想利用上大学的机会离开北大荒，回到城市去的人占有了这个名额，那未免太令人失望和遗憾了！”

对方的表情和语气，都流露出毫不掩饰的嘲讽，甚至侮辱。但对方所说的这番话，又是那么理直气壮。令人丝毫也不能怀疑这番话有任何不光明磊落的企图或动机。

他虽然感到受了难以容忍的嘲讽和侮辱，但他还是容忍了。他第一次觉得在别人面前心中有愧。

对方又开口说:“这个名额本是我争取到的。我曾给医科大学写过一封信，向他们反映了北大荒缺少医生的实际情况，并向他们提出请求，允许我去自费学习。我的祖父和父亲都是医生，而且是很出色的医生。我从小热爱医生这一职业。我向他们提出请求，没有任何个人目的，我只是想成为北大荒所需要的一名出色的医生。我相信给我一次学习的机会，我可以成为一名好医生。他们回信答应了我的请求。可是最近他们给我的又一封信中解释，由于某种原因，答应了我的名额，被我们团里的另外一个人顶替了……”

他怔怔地望着对方，一句话都说不出来。

“我并不想责怪你，更不想和你吵架。我只是来对你说，不管你是否已决定将来当一名医生，我希望你能珍惜这一次学习机会，希望你三年后还能回到北大荒来。北大荒需要出色的医生……”对方看了他一眼，缓慢地抬起手，用食指朝鼻梁上推了一下眼镜，没有任何告别的表示，一转身走出了房间……

第二天，他又回到了连队。

可想而知，郑亚茹对他这样做恼怒到何种程度！无论他怎样向她解释，都不能求得她的谅解。

他几乎是把匡富春对他所说的话一字不差地复述给她听，一遍又一遍，但却只能愈加激起她的恼怒。

“你多高尚啊！可我是为了谁？我在城市四处奔波，拉关系，挖路子，走后门，求爷爷告奶奶，就差没给别人下跪了！整整半个月，两条腿都跑细了，舌头都磨短了，为了谁？！团长心里记着你一笔账呢，根本就不同意让你上大学！也是我一次次跑到团部替你说情，装哭、耍赖，连一个姑娘的自尊心都不顾惜了。可你！你倒成了无比高尚的人，我倒成了顶顶卑劣的人了！高尚不过是一种自我表现欲，这一套我也会。我从明天起要每月给这个匡富春寄拾元钱，写一封信，要写得情意缠绵，鼓励他为北大荒好好学习！他会比感激你更加感激我！……”

她果然说到做到，第二天就给匡富春寄出了一封信和拾元钱。不过信中写了些什么，是否情意缠绵，他却不知道了。

他和她又一次闹僵了……

发枪了！

随着边境局势的恶化，全团几个重点连队，包括工程连，组建了“战备分队”。真枪实弹，代替了每天清晨出操训练时的木枪木手榴弹。枪，比镰刀，比锄头，比拖拉机和收割机更使生产建设兵团的知识青年感觉到，他们不同于一般下乡插队知识青年的特殊价值。

这种特殊价值是他们每个人自我意识的支撑点。

他们早已不满足于一年四季仅仅播种和收获了。他们渴望着浴血战场报效国家的机会！

因为他们是生产建设兵团——战士！

当初，他们中许许多多的人，正是为了这两个字，放弃了到离家较近，生活条件较好的农村插队的机会，而千里迢迢奔赴北大荒的。

他们不怕死，只要能做英雄。他们就怕平凡的生活，艰苦他们已经习惯了。习惯了的就是平凡的，而“平凡”对他们来说是一种软性的挑战。他们没有足够的耐力应付这种挑战。渐渐冷却的政治兴奋在他们身上转化成追求那种惊天地、泣鬼神的英雄壮歌的激情。

但，并不是每一个人都有资格获得战斗武器。

枪，只能发给“红五类”。这是内定的原则，但战备形势报告会上的动员令，却是向每一个知识青年发出的。

于是一份份申请书由班排长递交到连部。连部讨论通过的申请书，附上鉴定和意见，密封后报到团军务股审批。

裴晓芸也写了申请书。

那不是一般的申请书。

那是用指血写成的申请书。

别人，钢笔写的字，尽可表达对党对祖国对人民的忠诚和献身精神。但她不可以，她是入了“另册”的，她十分清楚这一点。

只有用血来表达。她想：一腔血都洒在战场上，乃是她心甘情愿的。在烈士队伍中，也许是没有“另册”的吧？她这样相信。

她没有按正常程序将申请书交给排长郑亚茹。

晚上，连部开会，讨论确定“战备分队”的战士名单。

老指导员一份接一份地翻阅申请书，忽然问郑亚茹：“裴晓芸没写？”

女排排长点点头。

指导员又问：“是不是写了没交？”

能不能被批准为“战备分队”的战士，和有没有这种要求，意义是并不相同的，每一份申请书，都要作为一种忠诚的证物入档案的。

“根本没写，或者写了没交，对她还不是一回事吗？”女排排长不以为然地回答指导员的问话。

“这不一样。”指导员很严肃。

“你有必要去问问她。”曹铁强看着郑亚茹说。

“我认为没有必要。”郑亚茹顶了他一句，坐着不动。

裴晓芸就在这时走进连部，将申请书交给指导员，立刻低着头转身走了出去。

指导员看着她的申请书，脸色肃穆起来。

申请书从指导员手中传到曹铁强手中，又从曹铁强手中传到郑亚茹手中。

“我们就最先来讨论这份血书吧！”指导员说完这句话，开始卷烟。这是他内心不平静时的习惯动作。

郑亚茹许久都没有放下那份申请书。虽然纸上仅写着五个字：我要一支枪。

曹铁强的目光盯着郑亚茹，举起了一只手。

指导员随即举起了手。

郑亚茹仿佛受到迫使，也缓缓地举起了自己的手。

第二天，曹铁强在食堂门口碰见裴晓芸时，对她低声说了一句话：“连队通过了。”

裴晓芸的脸色霎时苍白，连薄薄的嘴唇也哆嗦起来。

她呆呆地望着他，半天才说：“别骗我啊！”

“真的！”曹铁强对她微笑着，肯定地点点头。

然而发枪仪式那天，公布完了战备分队战士的名单——竟没有她的名字。

眼看着别人从指导员手中接过一支支枪，没等发枪仪式举行完结，她悄悄地转身离开了。

她一跑回大宿舍，就哇的一声哭了。

曹铁强也跟在她身后来到女宿舍，他想安慰她，却找不出能够安慰她的话。

一个在伤心地哭，一个呆呆地陪坐在炕沿上。

一会儿，女排的姑娘们都回到宿舍里了。被批准为战备分队的姑娘们，兴奋地哼唱着，说笑着，一个个将枪拉得哗哗响。

郑亚茹拿着两支枪走到曹铁强跟前，说：“给你枪，我替你领了！”

他双手接枪时，她一字一句地说：“我判断的果然不错，那里是庄严的发枪仪式，这里是默默的儿女情长。”

“就算你说的一点不错，那又怎么样？”他瞪着她。

“我能把你怎么样？你就是爱上她了，我也管不着！”

他站了起来，将枪朝肩上一挎，走到裴晓芸面前，说：“打起仗来，我要用这支枪，从敌人手里为你缴获一支枪！”

裴晓芸转身欲朝宿舍外跑，被曹铁强拦住了。他扳住她的双肩，盯着她的眼睛，说：“我爱你，听明白了？我爱你！”说罢，他在她唇上吻了一下，这才放开她，挑衅地扫了郑亚茹一眼，走出女宿舍。

他刚出门，裴晓芸晕倒了……

她接连在床上躺了三天，三天内没吃一口饭。卫生员来看过她几次，认为她没有生病，但心理受到了严重刺激。三天内，她憔悴得像一株枯黄的小草。

第四天，她起来了，吃饭了，和大家一起出工了。但不说一句话，像哑巴了。

曹铁强为此深感不安和懊悔。女宿舍只有她一个人在的时候，他来到女宿舍，内疚地对她说："请你相信，我那天对你并无恶意，半点恶意也没有，我……"

"你当众侮辱了我！"她凌厉地打断他的话，"你并不爱我，你只不过是同情我，怜悯我，仅凭这一点，你就以为自己有权当众吻我了吗？就算你真爱我，你也没有这种权利！你曾问过我，我是否爱你吗？"

他像是在被审讯，狼狈极了。

她又说："虽然你的同情曾使我感激，但从今以后，我不再需要你的同情了，更不需要你的怜悯。"

"我……我……"他情不自禁地握住她的一只手，要进行解释。

"别碰我！"她严厉地叫了一声，从他手中抽出了自己的手。

他默默地注视了她一会儿，退出了女宿舍，郑亚茹站在过道里，显然什么话都听到了，脸上浮现着幸灾乐祸的神情，对他冷笑……

夜里，他翻来覆去，难以入睡。

是啊，我爱她吗？爱这个瘦弱的，阴郁的，内心的自卑和高傲都那么强烈的上海姑娘吗？

同时他想到了郑亚茹。她是爱他的，这一点他毫不怀疑。和许多姑娘比，她身上自然有不少超群压众之处。他曾经以为自己是爱她的，他甚至无数次地迫使自己爱她。然而他却渐渐感觉到这样的爱竟成了一种沉重的负担。他总觉得她身上缺少些什么，也许还是最重要的什么。她并不缺少姑娘的温情。尽管别人不如此认为，但那是不公正的。她曾给予过他多少温情啊！天理良心！她也绝不缺少美，缺少魅力。他不能不承认，她是个美丽的姑娘，即使和一百个姑娘站在一起，她也还是会吸引任何一个小伙子的目光。他也不能不承认，她身上具有某种特殊的魅力。更不能不承认，这种魅力常常令他心动。那么她身上究竟缺少的是什么呢？他还思考不清。她似乎像一幅大写意山水画，只可远瞻，不能近观，更不能细细审看。他与她几次和好，又几次疏远，却仍对她很茫然……

这一夜晚，裴晓芸也同样多思少眠。

她为自己对他说的话而追悔莫及。

她是爱他的呀！

我的话对他是不是太过分了呢？如果我不对他说那些话，这爱情会不会变为可能的呢？如果仅仅因为我已说出口的话，伤了他的自尊心，可能而变为不可能，那我是一个多么愚蠢多么不幸的姑娘啊！他多么可恨！他为什么没有想到我也是有自尊心的呢？仅凭这一点就足以证明，他根本不爱我，绝不会爱我。啊，我太自作多情了，我和他之间根本没有什么可能……

回忆，这是一种特殊的精神享受，如果谁确有值得回忆的经历。内心的痛苦、感情的折磨、不公平的处境、破灭的希望、萌发的希望，种种希望变为种种失望后，心灵受到的极猛烈的冲击，这些经历，便是回忆对人具有的非凡魅力。尤其在谁认为自己获得了幸福之后。

今天，站在哨位上的裴晓芸，充满信心地认为自己是一个获得幸福的人。尽管此刻她正受到寒冷的威胁。

突然，她发现了出现在山林中、荒原上、公路上那几队火把。

“黑豹”竖起了耳朵……

四

最先进入团部区域的，是一辆马车。坐在马车上的人们举着数支火把，火焰被风朝后拉扯成不规则的三角形，仿佛像一面面燃烧的小旗。团部会议室门前宽阔的大道与公路相连。马车从公路拐上大道，马铃哗哗，毫不减速，带股来势汹汹、横冲直撞的劲头，有如驰骋沙场的古战车。它直抵会议室门口，老板子才高喝一声“吁”，猛刹住车，险些闯进了会议室。

二十几个青年跳下马车。火把的光在夜的胶卷上耀映出一张张若明若暗的脸，每一张脸的表情都那么严峻而冷峭，分不清男女。他们与从会议室走出来的人们对峙着。

三匹马，马腹剧烈地起伏着，喘息声短促而厚重，鼻孔喷出团团热气。它们贪婪地舔着雪。

政委孙国泰，走到一匹马跟前，在马身上摸了一下，像洗了把手似的。马身上汗如雨淋。

“你们，是哪个连队的？”他问。

他们谁也不回答。

“把马累成这样，你们于心何忍？”

仍没有人回答。

沉默，既流露出含蓄的敌意，也分明对他显示出客气。

他回头对站在身后的几位连长和指导员说：“你们认认，是不是自己连队的马车？”

“是我们三连的马车。”三连的大胡子连长说着走上前来。

“你们会后悔的！你们要对今天的行为所造成的后果负责任！你们每一个人！”他对他的战士们大声吼。

“到了这种关头，我们还考虑什么后果？”

“连长，别吓唬我们，我们不怕。”

“我们什么都不怕，我们豁出去了！”

……

这些话，在另外几位连长和指导员听来，简直等于挑战！等于公开蔑视他们所有人在连队中的威望，而且是当着团政委的面，他们都气愤了。

无论在任何情况之下，当对一个人的放肆，代表对一种领导权力的挑战时，被领导者们就将领导者们的意志统一起来了。

“我提醒你们，你们现在还是兵团战士，我现在还是你们的连长，在你们的返城手续上，还要我签字的！”三连长暴跳如雷。虽然，他不是一个知识青年，可刚才在会议上，他是准备为知识青年，为本连战士的命运大声疾呼地发言的。没想到，他的战士们此刻当众往他脸上抹黑！

“连长，你敢不签字，我们就剁掉你的手！”他的一个战士，慢言慢语地说出这话。说得那么从容镇定，说得那么轻松。但只有白痴才可能会把这样的话当成玩笑。

“住口！”三连指导员也从会议室走了出来，呵斥道，“兵团最高军事法庭还没有解散呢！”

“我把你捆起来！”三连长朝那个扬言剁掉他手的战士怒冲冲地走过去。

“对，把他捆起来！他既然能说出这种话，就能做出这样的事！”另外两个连干部上前欲助三连长一臂之力。

“太不像话！”政委孙国泰突然极其严厉地说。

三连长站住了，转过身看着政委，不明白政委是在说自己，还是在说自己那个混蛋战士。

“三连长，你把马卸了，牵到团部马号去喂料。”孙国泰低声对三连长吩咐。

三连长和指导员对视一眼，服从地去卸马。

孙国泰又对三连的战士们说：“大家熄灭火把，都进会议室来吧！”

他们互相望着，犹豫着。

“政委，你们不是还在开会吗？”一个细小的声音问，听得出是个姑娘。

“会议室容得下我们二十几个，容得下全团八百余名知识青年吗？”又一个声音紧跟着说，语调中不无嘲讽。

“我们没有必要进会议室！”第三个声音很强硬，口吻中透露着威胁。

政委沉吟着。他意识到，作为一个团领导，他平定眼前这种严峻局面的个人能力，也许比自己估计的还要渺小得多。

又有几路人，坐着马车、拖拉机牵引的木爬犁、卡车和二八型轮胎式拖拉机拖曳的挂斗，顺着团部大道朝这里汇聚而来。人嚷声，马嘶声，各种发动机的轰响声，粉碎了夜的暂时的宁静，搅乱了整个团部。

曹铁强发现三连的战士中有一个自己认识，便走上前低声问：“我们工程连也有人来吗？”

“全团知识青年统一行动，你们工程连的人会不来？”对方朝团部大道尽头小桥那里指了指，随后低声问他，“结果如何？”

“什么结果？”

“你们开的会……”

“无可奉告。”他应付了一句，匆匆朝小桥的方向走去。

是谁泄露了会议的内容呢？他边走边想，无论用多么充分的理由解释，这个人也要对今夜这场骚乱负责。可是，他自己却成了最被怀疑的人。开会期间，他接了一次电话。因为是长途，他才违反了会前宣布的纪律。电话是妹妹从哈尔滨打来的。先打到了连队，由连队转到团部电话总机，又由总机转到会议室隔壁的宣传股。是宣传股的小尤把他从会议室叫出去的。妹妹在电话里告诉他，父亲住院，病情险恶，很想念他，要他无论如何赶快回家一次，动身晚了，也许老人就见不到他了……虽然是长途，他也听得出，妹妹是一边哭着一边和他通话的。他很后悔，刚才在会上没有向大家作一番解释。在会上错过了解释的机会，便意味着永远错过了解释的机会。明天和后天，生产建设兵团将会在它的最后一页历史上记载些什么呢？……

小瓦匠是工程连第一个知道团部紧急会议内容的人。

他当时握着电话听筒呆住了。他立刻想到了家中无人照看的体弱多病的老母亲，半天说不出话来。

“哥哥，你倒是有什么办法没有啊！”

“消息……可靠吗？”

“绝对可靠！”

绝对可靠！他多年来连做梦都实现过无数次的返城希望，完全破灭了。

他……能有什么办法呢？

弟弟向他讨办法，莫如向自己的脚后跟讨办法。

从连部回到大宿舍，他失魂落魄地坐在炕沿上，如痴如呆。

“小瓦匠，你这又是怎么了？想老婆了吧？”

“老婆？他丈母娘还不知道在谁的腿肚子里转筋呢！”

“在我腿肚子里！”

“哈哈哈哈！……”

大家拿他逗乐开心。

“你们还笑。我这会儿想哭都哭不出来……”他的眼泪顿时唰唰地落……

生活是一个大舞台，每人都是这舞台上的角色。人与人之间的关系，按照生活的规定情景经常重新排列组合。

小瓦匠如今和刘迈克结下了亲如手足的友情。

当年的团警卫排排长，现在是工程连的事务长了。生活本欲捉弄他一次，却启迪了他对生活的悟性。团长马崇汉因为在工程连要弄军阀作风受到兵团总部的党纪处分之后，警卫排长刘迈克也成了被奚落讥诮的对象，在团部抬不起头来。团党委会上，政委孙国泰直截了当地提出，刘迈克不适合担任警卫排排长职务，并且严肃批评马崇汉用人不当。马崇汉自己也觉得，刘迈克的确成事不足，败事有余。继续将他留在警卫排，或者安排在团部机关，说不定今后还会给自己招惹什么是非。于是找他谈了一次话，婉言暗示，希望他自己能主动提出到基层连队去“锻炼锻炼”，并且向他保证，“锻炼”一个时期之后，还会把他再调到团部来。刘迈克不是傻瓜，听了团长的话，明白自己受到团长信任和器重的日子结束了。他只说了一句话：“团长，您随便安置我好了！”第二天，就同时交了两份报告，一份提出辞职，一份要求下连队。收下两份报告，马崇汉内心很歉疚，他毕竟还是挺赏识挺喜爱自己提拔起来的警卫排长的。他希望刘迈克参加全团排以上干部军事常识训练班之后，再考虑具体到哪一个连队去，以此表示安抚。这样做，他觉得心头的歉疚轻松一些，面子上也抹得过去。自己提拔起来的警卫排长这么一个重要角色，岂能悄无声息地就被从团部拨拉到随便哪一个连队去？那也太有损于自己的威望了。作为一个领导者，威望乃是树立自己形象的基础，全部领导艺术的内核。只能不断增强，绝对不能稍有逊减。尤其是在自己刚刚受到处分这一段“非常时期”内。刘迈克清楚团长的良苦用心，也很能体谅团长的处境。他违心地参加了军事常识训练班。训练班结束那一天，马团长作完总结报告后，似乎临时想到地说：“有件与训练班无关的事，也在这里向诸位连长指导员们讲一下，警卫排排长刘迈克，主动提出要求下连队去锻炼锻炼。你们哪个连队缺少骨干，当场声明一下。晚了，小刘可就是待嫁的大姑娘，有主了！”他以为自己的话定会造成一种“争夺骨干”的气氛。朝坐在身旁的政委孙国泰瞟了一眼，心中暗想：你不是要把我提拔起来的人撸到连队去，借此机会在团机关拆我的台，不轻不重地整治我一下吗？那么就让你亲眼看到，我提拔起来的人，是很受各连队欢迎的哩！不料他的话说完良久，那些连长和指导员们，竟没有一位应声而起的，刘迈克这个知识青年鲁莽成性，桀骜不驯，他们早有所闻。何况他又无形中成了团长所推荐的人物，要了而不重用，等于扫了团长的面子。委以重任，又肯定会给自己添麻烦。权衡利弊，还是“礼让”了的好。

各连的连长和指导员，都沉默“礼让”起来，团长马崇汉在台上如坐针毡，尴尬极了。

“李连长，小刘到你们连队去怎么样啊？”马崇汉点起九连连长，慢腾腾地问。

九连连长站起来打着哈哈说：“团长，我们连……这个……这个……不是我们不欢迎，实在是这个……这个……”他并没有说出个什么来，就又坐了下去。

马崇汉皱起了眉头。

“许指导员，你们连呐？”马崇汉又点了十四连指导员。

“我们连？团长，我们连的骨干力量还比较强，是不是优先考虑一下其他连队。”十四连指导员姿态很高似的回答，连站都没站起来一下。如果团长“推销”的不是刘迈克这个知识青年，而是一台拖拉机，哪怕是台破的，或者一匹马，哪怕是匹瘸的，他也准不会有这么高的姿态。

这两个连队干部平时最听马团长的话，此刻却“拒人千里”之外，他坐在台上不能自持了。

“老马，这件事以后考虑吧！”政委孙国泰用商量的口吻对他说，分明在给他垫一块踏脚石，扶他下台阶。

他却不领这个情，他觉得自己不能当众领这个情。如果是别人从尴尬局面中解脱了他，他会很感激的。但对政委孙国泰，他非但不感激，而且产生了误解，认为政委不是在“拯救”他，是在有意刺激他，当众“将”他的“军”。

“小刘，刘迈克，你站起来。你自己说，你想到哪个连队去吧？你说到哪个连队，你今天就是哪个连队的人了，这个主我还是做得了的！”他不理睬政委，却把刘迈克也点了起来。

刘迈克本已处在一种如同当众受刑的地步，这时又不得不站起来。他感到自己像一件卖不出去的什么东西，在被团长“压价拍卖”。明明是“压价”也卖不出去的了，又要拿他强加于人。他紧闭双唇，一句话也不说，脸上红一阵白一阵。自尊心，被当众煎烤着。他过去以为自己是知识青年中一个非凡人物的那种骄矜的自信，在这一刻彻底被从心理上切除了！

曹铁强忽然站起来说："刘迈克，我们工程连欢迎你！"

这句话从曹铁强中口说出，使马团长大出所料，使所有的人都大出所料。连在台上点燃了烟斗的政委，也拿着烟斗忘记了吸，显出愕异的表情。马团长的目光，一会儿落在刘迈克身上，一会儿又落在曹铁强身上，他感到这么一来自己反而难于做主了。

曹铁强站起来说出这句话，也顿时后悔了。第一，他不是连长，也不是指导员，从职位上讲，他无权说这句话。连长指导员就坐在他身后，他说出这句话，既对他们很不尊重，又会使他们很被动。第二，刘迈克会怎样理解呢？所有的人会怎样理解呢？虽然，他绝非出于半点不良动机。作为一个知识青年，他不忍看到另一个知识青年当众受辱。他觉得那也是对他自己的一种侮辱，是对所有知识青年的一种侮辱。他必须维护知识青年的共同的人格不受亵渎。他是经常用这把尺子度量自己，也度量每一个知识青年的品格高下的。

刘迈克终于开口说话了："团长，我到工程连，其他任何一个连队也不去！"

说完，他离开了会场……

聚餐的饭桌上，刘迈克和工程连的连排干部们坐在了一起。他是心里憋着股劲，偏要和他们坐在一起的，而且偏要坐在曹铁强对面。但他并不看曹铁强一眼，像对面根本没有坐着曹铁强这个人。他的脸冷如冰霜，毫无表情。在聚餐气氛之下，这种毫无表情的表情，恰恰是一种与周围气氛形成反差的异常特殊的表情。这一桌，因为他在座，使每个人都感到很不自在。而这正是他坐到这一桌要达到的意图，给你们制造一点小小的不愉快，他心中暗暗报复地想。我刘迈克到哪儿也是刘迈克，今后领教你们！

当天下午，工程连的马车赶到公路口，有人在路边拦住了车——是刘迈克，身旁放着一只旧木箱，箱子上是行李。他将箱子和行李放到马车上，自己坐在马车最后边，不跟他今后的连长指导员说一句话，更没有理睬曹铁强，呆滞地望着团部渐渐离远……

马车进入连队，首先停在大宿舍门口。指导员对曹铁强说："小曹，你

刘迈克扛着箱子，提着行李，一脚踹开宿舍门，猝然而入。

负责在大宿舍给他安排个铺位。”

“不必劳驾。”刘迈克扛着箱子，提着行李，一脚踹开宿舍门，猝然而入。

像从外面闯进来一个强盗，宿舍里的人看见他，立刻停止正做着的事，将目光投射到他身上。他们先是愕然，继而漠然，继而悻悻然、陶陶然。他分明是被“革职发配”，落魄到此。他们看出来了。他们觉得生活的安排真好玩。这令他们满意极了。

刘迈克谁也不看，如入无人之境。他那双蛮性未泯的眼睛，从北炕炕头扫到炕尾，又缓慢地转向南炕，从南炕炕尾扫到炕头。身子，未动一动。

只有南炕，还空二尺宽的位置，在炕头。那是小瓦匠的铺位。小瓦匠挪到炕尾挤了个能铺下半条褥子的地方。

刘迈克先放下箱子，接着把行李放在箱子上。走到那个空铺位前，摸了一下炕面，热得像炭火上的平底锅。炕席，蛛网似的，只剩几条席筋残连。

他犹豫着。

曹铁强走进来，他们默默对视。

“那地方好，预先给你空出来的。”谁冷冷地说这么一句。

刘迈克下了决心，将行李提起，放在炕上，慢慢解行李绳。曹铁强看他一会儿，转身走出去了。

刘迈克刚铺下褥子，曹铁强又走进来，扛着三块木板。

“把木板垫上。”他低声说。

是小瓦匠单书文在褥子底下垫过的三块杨木板。

刘迈克有点茫然地凝视着曹铁强……

工程连的男知青们，并不像他们的排长那样宽厚地对待“公敌”。晚上，一盆洗脚水从门顶扣下来，扣在刘迈克头上。

“昨晚是谁干的那件事？”第二天出早操，曹铁强向全排战士追究。

大家列队在他面前，没人承认。

“鬼干的？！”他目光咄咄地扫视着他们。

一个个都像聋哑人。

刘迈克从队列中站了出来。

“我，没必要挨冻吧？”他不卑不亢地说。

“你可以回宿舍。”曹铁强平静地回答。

望着刘迈克不慌不忙地朝大宿舍走去，曹铁强皱起了眉头。

“没有人承认，我就不解散你们！”把脸转向他们时，他又说。

谁都从他的语气听出来，排长的犟劲儿发作了。

半个小时过去，有人开始搓手、跺脚、捂耳朵。

“立正！”排长高喊一声口令。

大家顿时肃立不动。“排长……”小瓦匠怯怯地从队列跨出一步。

“你？”

“我……”

“行啊！你也从被人欺负学会欺负人了？”

“我……”

“归队！”

小瓦匠忐忐忑忑地退回到队列中。

“全排听口令，向右转，目标——宿舍，齐步——走！”

人人疑惑，不知排长会怎样惩罚小瓦匠，暗暗替他担心。

全排进入宿舍，南北两列，站立炕前。

刘迈克坐在两列之间火炉前的一块劈柴上，烤破毡袜，毡袜散发出了一股难闻的怪味，他连眼皮都不撩一下。

炉盖上放只脸盆，哪个懒汉洗完脸没倒水，一截烟蒂绕着盆边作圆周运行。显然水在由凉渐热。

曹铁强将宿舍门敞开一半，从炉盖上端起那盆水，很悬乎地架在门框上。

刘迈克没抬头，目光从眼角瞥视着曹铁强，仍一动未动。

“你，去开门。”曹铁强盯着小瓦匠说。

小瓦匠朝架在门框顶上的脸盆瞅了一眼，怔怔地瞧着排长。排长神色无情。小瓦匠一步一步向门走去，走到门前，站住，缓缓地扭回头，眼中流露出哀求。

曹铁强表情凛然不变。小瓦匠慢慢伸出一只手推门。

“住手！”曹铁强厉喝一声。

小瓦匠伸出的那只手没立刻收回，他像木偶似的僵立。

“把脸盆端下来！”排长又对他吼了一句。

小瓦匠一声不响地搬个木墩踏着，小心翼翼，双手把脸盆从门框顶上端下来。

“放回原处！”

小瓦匠端着脸盆一步一步走到炉前，轻轻将脸盆放在炉盖上。

“入列！”

小瓦匠看了排长一眼，站到队列中去。

所有的人都舒了口气。

“大家听着，再发生类似的事，我就以其人之道，还治其人之身！”停顿片刻，排长接着说，“我们不是被流放到北大荒的乌合之众，我们是兵团战士！以后，绝不允许谁敌视谁，绝不允许谁欺负谁，绝不允许谁坑害谁！我们应该学会自己管理自己。我们谁的父母不为我们操心？让父母和亲人少为我们操点心吧！解散！”

“哎呀，什么东西烤着了！”几个人同时叫起来。

刘迈克用木棍掀开炉盖，将烤着了的毡袜塞进炉膛……

挨饿……

兵团战士挨饿了。

一评小镰刀战胜机械化。

二评小镰刀战胜机械化。

三评小镰刀战胜机械化。

四评——小镰刀就是能战胜机械化。

第二年麦收时节，正值报纸发表社论：《发扬延安精神》，团麦收指挥部提出响亮口号——靠小镰刀夺丰收！

“靠小镰刀，可以兼收并得，既获粮食丰收，同时也获思想丰收。南泥湾时期有机械化吗？没有。解放区军民靠什么丰衣足食？靠镰刀！南泥湾精神今天过时了吗？没过时！我们就是要发扬光大南泥湾精神，通过劳动，体力劳动，而非机械化，改造我们的世界观！小镰刀和机械化相比，我们每一个兵团战士要付出更多汗水的！流汗是大好事，种种非无产阶级思想，都会和汗水一起从我们体内排出。也许有人认为，这是自讨苦吃。但这种自讨苦吃的精神，是光荣的精神，革命的精神，应该千秋万代永远继承的精神！自讨苦吃的精神万岁！……”

在麦收誓师大会上，马团长的动员报告气吞山河。广播线将他充满革命激情革命信心的高昂而雄浑的声音，传送到各个连队。据说，又是政委孙国泰为首的几名党委委员，坚决反对。因此才产生了“四评”。又据说，文章是团长的秘书起草，团长亲自动笔修改才定稿的。每天天刚亮，《东方红》乐曲结束之后，团部女广播员甜美的声音便开始广播：“全团指战员注意，全团指战员注意，下面广播重要文章，一评……”

从“一评”至“四评”，每天一评。政委孙国泰为首的反对派，就这样被彻底评倒了。小米加步枪，不是战胜了飞机加大炮吗？小镰刀究竟能不能战胜机械化问题上存在的种种“糊涂思想”，就这样被评得人人明白了。机械收割，以手操纵拖拉机，成了很不体面的事。

《小镰刀万岁！》

团宣传队配合麦收下连演出，场场少不了这样一个赶排出来的节目。五男五女，十个宣传队员，手握镰刀，左翻右舞，伴以歌唱：

小镰刀，就是好，就是好，
思想革命化，谁也离不了，

发扬好传统，
它是一个宝，一、个、宝……

麦收战役，在《小镰刀万岁》的歌舞中揭开了序幕。

喜看稻菽千重浪，
遍地英雄下夕烟……

汗，为播种洒下的汗水、为丰收洒下的汗水、兵团战士的汗水、廉价的汗水，渗透进北大荒的土地里。

这片土地，曾是荒凉的土地。

这片土地，也是肥沃的土地。

这片土地，吸收劳动者的汗如海绵吸水。

这片土地，报答劳动者的汗慷慨无限。

那是怎样的丰收在望的壮丽画卷啊！麦海泛金，一望无边，波翻浪涌，接天铺地。清晨，红日从麦海中跃出。傍晚，夕阳在麦海中沉落。

那是多么喜人的麦子啊！饱满的完全成熟的麦粒，整齐地排列在茁壮的麦秆上。连麦芒，也向收割者们显示出诱惑力。

那是怎样的收割啊！一人一把镰，一人一条“收割带”，用丈量尺划分。宽——一米，长——一百米？一千米？一里？一公里？两公里？……五公里，十里，最大的地块。一个连队的百十号人，分散在这样的麦地里，一到中午，赤日炎炎，前后左右，不见人影，但见麦海无边！谁也接应不了谁。手臂机械地挥运着镰刀，腰，弯酸了，疼了，麻木了。然而，谁也不敢直起腰或者躺下歇一会儿。

都怕“打浪”——成为落在最后的一个。

一旦落在最后，那你就会面对丰收，产生绝望，甚至产生恐惧。你会觉得被麦海所吞。尽管你不停地割、割、割，尽管一片又一片的麦子在你眼前倒下、倒下、倒下，但麦海仍然是无边无际的，你别指望有人接应你，谁也顾不了你，谁都在拼命地机械地割。即使有人只超你十米，你也休想赶上！劳动在每个人的心理上只造成一种体验——刑罚。劳动只剩下了单一的目的——摆脱这种劳动！你始终在割，你始终在追赶别人，你无论如何追赶不上，你永远是最后一个。你哭也罢，你喊也罢，你怒也罢，你骂娘也罢，你在地上打滚也罢，随你怎么样！分给你的那条“收割带”，你是必须收割完的。它那么长，那么长，你望不到头！仿佛你在不停地割，它在不断地延长！于是你会感到人的渺小、可悲、可叹、可怜，你会诅咒大丰收！你被这种惩罚式的劳动彻底异化了！

小镰刀，它像孩子抻牛皮筋一样，抻扯着人的意志，意志失去了弹性。

工程连也被拉到了麦收第一线，他们第一次参加麦收。他们握惯了锹、镐、钢钎和大锤的手，拿起小镰刀，眺望着无边无际的麦海，简直不知所措。他们割了半个月，连一块麦地的地头还没啃下来！这样的麦地划分给他们四块！

小瓦匠可悲地成为全连“打浪”的一个。第二天早晨，全连队都来到麦地边，一个个瘫软地坐在或者躺在麦捆子上，谁也不想第一个走入麦海。

不知哪连机务排的十几个人走过来，其中一个对他们说：“小镰刀不是能打败我们的机械化吗？这会儿熊了吧？”小瓦匠跳起来，破口大骂：“放你妈的狗臭屁！是我们提出来小镰刀打败机械化的？”他是在发泄。

而他们，拖拉机手和收割机手们，何尝不更想找个时机发泄一下？他们也是和别人一样手握小镰刀战麦海的呀！他们认为他们更有理由发泄。

“这小子骂人，教训他！”他们围住小瓦匠，七手八脚将他抬起，抛向空中。小瓦匠落在几捆麦堆上，他们又将他抬起，又一次将他抛向空中。

小瓦匠爬起来，紧闭两眼，挥舞镰刀，朝他们乱砍乱劈！他们哄笑着逃走了。

小瓦匠继续发泄，从地上拖起一个个麦捆，东甩西扔，却没人制止他，大家都用呆滞的目光瞧着他。

曹铁强实在看不过眼，喝了一句：“你疯了！”

小瓦匠一屁股坐在麦捆上，呼呼地喘粗气。

有几个姑娘哼唱起来：

昏暗的油灯下，
我们想念着爸和妈，
迎着太阳出，
顶着月儿归，
劳累得像牛马，
谁来可怜我们这些城市娃？
爸爸和妈妈呀，
后悔当初不听你们的阻留，
到如今只有沉重地修理地球，
命运像苦酒，没有欢乐只有愁，
何日是个头？
何日是个头……

这支歌，当年曾在北大荒知识青年中怎样地流行过啊！它是知识青年自己谱写的。后来被批判为“反动歌曲”，便没人敢唱了。

所有的姑娘们都肆无忌惮地跟着哼唱起来。

只有裴晓芸没跟着唱，但她的嘴唇也分明在动。

一个男知青扯着嗓子仰天怪叫：“啊！呀！呀！呀……”

“哈哈哈哈！哈哈哈哈！哈哈……”几个男知青搂抱在一起，狂笑着，在地上打滚，扑滚散了一捆捆麦子。

小瓦匠突然用镰刀往自己手上砍！边砍边发狠地嘟哝：“叫你割！叫你

割！叫你割！……”

曹铁强倏地跳起，一把夺下小瓦匠的镰刀。

鲜血从小瓦匠手上涌出！

“我受不了啦呀！……”小瓦匠嘶哑地喊出一句，号啕大哭，像孩子般跺着两脚。

“卫生员！卫生员！……”曹铁强寻找着卫生员。

卫生员没来。他“自己解放自己”了。

曹铁强立刻从衬衣上撕下一条布，包扎小瓦匠的手。

他鼻子一阵发酸，眼泪唰地淌下来！

这时，姑娘们慌乱起来。郑亚茹呕吐一阵之后，昏倒了。

她这几天正是“例假”期……

全团耕地面积上的小麦，刚有百分之几收获到各个连队的麦场上，连绵的雨季开始了。实践证明了一条荒谬的“真理”，小镰刀打败了机械化，彻底打败了机械化。几台企图发挥作用的拖拉机，一开进麦地边，就陷入了。像被剁掉了四条腿的蛤蟆，寸步难移。手持镰刀的收割者们，在每一步都深陷到膝盖的麦地里，艰难地跋涉着，抢收着。麦地一片汪洋！割下的泡湿了的麦子，只好用毯子、褥单兜回连队，摊在各家各户和大宿舍的火炕上。

收割者们眼睁睁地看着小麦在麦秆上发芽！

金色的麦海违反季节地变成了绿色的麦海！

放弃小麦！抢收大豆！麦收指挥部不得不改变原定的麦收方案，采纳了政委孙国泰的措施。

就在当天夜里，下雪了。

第二天，全团几百垧大豆被盖在雪被下，白茫茫一片大地好干净……

工程连，从麦收第一线撤下来了。知识青年们，一个个都折腾垮了，从精神到肉体。休息了两天，他们又接受了修筑战备公路的任务。繁重的体力劳动继续考验着他们的意志。抵御零下三十几度严寒的体内热量，靠的是每天三个馒头勉强供应着。面粉，是发了芽的潮湿的麦子，在团部加工厂连壳磨的。蒸出的馒头，是黑绿色的。生时揉不成形，熟了拿不成个，而且像切糕一样粘手。掉在泥土中，是不太容易寻找到的。

慰问信从各个兄弟团寄到三团党委，需要援助吗？精白面粉会无偿地从各条公路上运到三团来的。

不。不需要援助。

“我们绝不吃亏心粮！我们不能够靠兄弟团养活！我们要勒紧皮带。”

三团党委，代表它的指战员们，用如此有志气而豪迈的词句回答兄弟团的慰问。

马团长带头勒紧了自己的皮带，他每天都节约一顿饭。他明显地消瘦了，但是，他那革命乐观主义的精神，并没有稍减。

每天清晨，他都准时地来到团部广播室，亲口对着广播器朗读同一条语录：“我们的同志，在困难的时候，要看到成绩，要看到光明，要提高我们的勇气。”接着，播放这首语录歌。怨言，每个人都发过的，骂娘的人也不少。但同甘共苦，这种精神上和心理上的特效稳定剂，抵消掉了人们的抱怨情绪，阻碍了人们大脑的正常思考。

一天，兵团副司令员来到工程连施工工地视察。视察之后，将全连战士集合在一起，作了一次简短讲话。

副司令员说：“同志们，你们修筑的是一条很重要的公路。我亲眼看到，你们的劳动是很繁重很艰苦的。也亲眼看到了，你们吃的是什么。我，钦佩你们。我向你们致以军人的崇高敬意！”白发苍苍的副司令员，庄严地举起右手，向大家长久地敬军礼。

大家被深深地感动了。在那一时刻，大家忽然觉得，他们所受的一切苦和累，都是不值一提的了。

副司令员问：“哪位是刘迈克同志？”

刘迈克局促地站了起来。“谢谢你，谢谢你向兵团总部反映了情况。”

副司令员又向刘迈克敬军礼……

第二天起，各个连队的大喇叭里就不再听得到马团长朗读“最高指示”了。生活中忽然缺少了这种声音，人们也似乎并不觉得怎样寂寞。

第三天，一辆兄弟团的卡车开上山，车上满载一袋袋面粉和蔬菜。

公路中段，半山腰，要开凿出一个山洞，做战备油库。炸药代替了镐头。两人一组，轮番爆炸。不知曹铁强是不是有意的，将刘迈克和小瓦匠分在一组。排长这样分了，小瓦匠只好服从，不过心里挺别扭。

下班前最后一次爆炸，点了七炮，响了六炮。两人在山洞外等了许久，第七炮还没响。“我去看看。”刘迈克钻进了山洞。山洞里，烟雾刚消散出去，但还弥漫着火药味。刘迈克找到第七个炮眼的位置，见炮眼被炸下的乱石埋住了。

小瓦匠也跟进了山洞，冒冒失失地搬起一块埋住炮眼的大石头。已经燃烧掉一截的导火索，被乱石之间锐利的棱角切压住了，但并没完全熄灭。小瓦匠刚搬起那块石头，它又哧地冒烟了。

“危险！”刘迈克大叫一声。

小瓦匠扔下石头，拔腿就朝洞外跑，被另一块石头绊倒。他发蒙了，不立刻爬起，反而闭上眼睛，双手捂着耳朵，身子贴地不动。

小瓦匠不知自己在地上趴了多久，却没听到爆炸声。他睁开双目，见刘迈克扑在炮眼上，口中咬着导火索。

小瓦匠赶紧跳起来，小心地抠出雷管，拔下了导火索。

刘迈克额头上沁出一层冷汗，他浑身瘫软，再也没有一点力量站起来了。他脸色苍白，头，一下子抵在乱石堆上。

小瓦匠也一屁股坐在地上，怔怔地看着刘迈克。过了许久，他才慢慢站起，去扶刘迈克。

刘迈克从口中吐掉导火索，看了小瓦匠一眼，说：“这件事你告诉任何一个人，我就揍你！”

一出山洞，刘迈克的双唇和半边脸肿了起来。小瓦匠扶着他回到帐篷，大家见状围住了他们，七言八语地询问。刘迈克不理睬众人，一步步走到自己的铺位前，将身子沉重地仰面躺倒，扯下枕巾盖上了自己的脸。

小瓦匠呆立了一会儿，转身跑出帐篷去找卫生员。

卫生员跟在小瓦匠身后赶来，从刘迈克脸上掀开枕巾，倒吸了一口冷气。

“被火药烧的？……”卫生员的脸转向了小瓦匠，“怎么搞的？怎么……会烧到嘴？……”

“我……”小瓦匠不知如何回答是好。

刘迈克瞪着小瓦匠，他脸上冷汗淋漓，眉头拧在一起。

曹铁强走进帐篷，走到刘迈克铺位前，俯下身看着刘迈克。

刘迈克在他的注视下，又用枕巾盖上了自己的脸。

曹铁强抓住小瓦匠的一只手，扯着小瓦匠走到帐篷外。

“说！”

小瓦匠哇的一声哭了。

他心中是多么羞惭啊！扑在炮眼上的应该是他，受伤的应该是他，掩护别人的应该是他，应该是他小瓦匠！他不是对自己那么自信过，在危险的时候，自己肯定会表现得像个英雄人物吗？他不是曾经希望过生活为自己创造一次这样的时刻，让自己有机会表现出英雄的行为吗？他不是曾经对自己说过许多不怕死的话吗？这类豪言壮语不是都工整地写在自己的日记上了吗？他不是曾经那么神往地想象过，假如某一天自己英勇壮烈地牺牲了，他小瓦匠的日记，也会像张勇、金训华等烈士的日记一样，被千百万知识青年满怀敬意地去读吗？这种想象曾给他带来过多少不被人知的安慰！

小瓦匠啊小瓦匠，这个常常受到别人揶揄和奚落的弱者，这个在现实中常常对自身的价值产生悲哀的心灵苦闷孤寂的人儿，仅仅是靠着这样一种对英雄人物和英雄行为的想象，才能够在心理上获得一点点和别人平等的自我意识啊！

可是今天，连这一点点稳定自己心理天平的虚幻而又真实的东西，他都丧失了。

他的整个心理天平倾斜了。

他对自己彻底绝望了。

在危险的时刻，他成了一个可耻的逃生者，作出英雄行为的时机被别人占有了。

他简直觉得无地自容！

他哭得那么悲哀！

那是一种对自己悔恨到极点的大的悲哀。

可是排长并不能理解他的心情。

“别哭！”排长吼了一句。

小瓦匠猛然跑进帐篷，跑到刘迈克跟前，扑在他身上，边哭边说：“迈克，迈克，我一辈子也不会忘记，是你救了我的命！从今往后，你，就是我的亲哥哥。我，就是你的亲弟弟。我们俩这一辈子都是亲兄弟，我要是做一件对不起你的事，天打五雷轰！……”

刘迈克的双臂，一下子紧紧搂抱住了小瓦匠。

盖在刘迈克脸上的枕巾微动着，他也哭了……

半个月后，刘迈克嘴角带着永不消失的伤疤，从团部医院回到了筑路工地。

小瓦匠对他说的第一句话就是：“我把咱俩的铺位连在一起了。”他会心地笑了。

来到工程连之后，他第一次露出这样的笑容。

曹铁强走进来之后，大家仿佛意识到了什么，纷纷退出帐篷。帐篷里只剩下曹铁强和刘迈克两个人，他们面对面站着，默默地、长久地注视着对方。

谁也不清楚，是自己脸上的表情首先发生微妙的变化，感染了对方，还是被对方所感染。

他们同时很难为情地笑了。

生活，有时像一位父亲，有时像一位母亲，有时严厉，有时慈祥，有时不免粗暴，有时感情细腻，但它总是不忘自己的责任，开导着它年轻的孩子们。

……

马团长并没有彻底遗忘掉刘迈克。两年前，团里曾调过刘迈克一次，要他当团部招待所所长。他没有离开工程连，他已经和一个老农场职工的女儿组成了工程连的第一个知识青年家庭……

今天晚上，他怀了孕的妻子秀梅，安闲地靠墙坐在火炕上，一针一线地缝做小衣小裤。他自己，在给未出世的孩子做木马，他的木工手艺很不错呢。

一阵很重的敲门声将这个小家庭的宁静气氛破坏了。刘迈克放下手中的工具，开了门。

在他的小院里，站着全连的男女知识青年。他从他们脸上的表情判断不出发生了什么事情，一时并没有开口问话，而是等待着他们说明情况。

“事务长，连长和指导员都在团里开会，你是唯一的一个知识青年连队干部，因此，我们来告诉你，我们现在就要到团里去，都去。我们觉得……不告诉你不对。”

瞅着说话的人，他仍闹不明白到底发生了什么事，问：“为什么都要到团里去？”

小瓦匠回答他：“迈克，我们大家都正在被蒙骗啊！”

“蒙骗？谁蒙骗我们？”

“团里。再过三天，就停止办理知识青年返城手续了。可是团里要封锁这个消息，不让全团的知识青年知道。连长和指导员在团里开的就是这个会。对我们大家，只有明后两天的时间了！”

刘迈克不禁“哦”了一声，他想了想，又问：“团里不太可能这样做吧？”

“迈克……你，这都什么时候了，你还不信！……已经有好几个连队给咱们连的知识青年打了电话。今晚，每一个连队的知识青年都会到团部去的，这是一次统一行动。我，今天晚上要代表咱们连队每一个知识青年的意志……”

“你？……”刘迈克看着小瓦匠，一时不知自己对这样一件事该表示什么样的态度。

“是的。”小瓦匠点了一下头，“迈克，你知道，我是……非常懦弱的。但团里这样做，对我们知识青年太不公正了。你难道想象不到这意味着什么吗？会有多少像我这样的知识青年，他们家里正有像我的母亲一样的老母亲，或者老父亲，正在眼巴巴地盼望着他们回到母亲身边，给予父母一些照顾啊！今天，我要代表大家的意志，并非是因为受了大家的怂恿。不，完全不是，我是自愿的。迈克，你能理解我此刻的心情吗？能吗？……”小瓦匠很有感情地说出了这番话，他显得有些激动。

“我……理解……”刘迈克的目光，从小瓦匠脸上移开，逐一地注视着站在小瓦匠身后的每一个知识青年的脸。他们脸上，也都流露出希望得到他理解的表情。

“你们……需要我怎样做呢？”他终于找到了一句适当的话。

“好迈克，大家预先就猜到了你会说这句话的，我们什么都不需要你做，我们只不过来告诉你，因为你是事务长。而我自己，是希望得到你的理解。你理解我，我……谢谢你！”小瓦匠说完，立刻低下头，转过身，对大家说：“现在咱们走吧！”

他第一个走出了刘迈克家的小院，走得很快，头也不回。好像他怕一回头，就会被刘迈克叫住，加以阻拦似的。

“事务长，我们走了。”

“事务长，天挺冷的，你快进屋去吧！”

“事务长，不管我们到团里去的结果如何，回连队后，我们一定再上山给你家砍一车柴。”

他们一齐走出了他家的小院。

刘迈克呆呆地站在小院里，望着他们走远。

他推开家门，见妻子只穿着袜子站在门旁。

“你下地干什么？你这样子会着凉的！”

妻子退到炕沿前，缓缓地坐下了。目光，却胶着在他脸上，一刻也不离开。

他拿起刨子，又放下了，呆呆地看着没有做成的木马。

“他们，都要走吗？”妻子小声问。

他抬头看了一眼妻子，似乎不明白她的话，反问：“什么走不走的？”

“我全听到了。”妻的声音更细小了。

他没有回答，将木匠工具一件件归拢起来，塞到桌子底下去了。然后，他走到窗前，出神地朝外面望去。

“我刚才问你话呢，你聋了？”

他仍然一声不响。

妻不再问什么，默默地拿起炕上的小衣小裤，接着做。但只缝了一针，便放下了，轻轻地叹了口气，不安地瞅着他。

他忽然转过身来，从炕上拿起棉衣，匆匆地穿上，衣扣也没扣好，帽子也没戴，就大步往外走。

“你……上哪儿去！”

“你都听到了还问什么？我要到团里去！”他的语气中流露出内心的烦乱。

妻从墙钉上摘下他的帽子，递给他。

他走回到妻身边，无言地接过帽子。妻，又默默地替他将衣扣扣好。

他想说什么，但张了张嘴，却什么话也没说出来。

他戴上帽子，走出了家门。

工程连的知识青年们，刚走出连队不远，刘迈克开着二八型拖拉机挂斗车从后面赶了上来。

“糟糕，事务长要来截我们回去了！”一个男青年对小瓦匠说。

“咱们等他一下，也许他还有什么话。”小瓦匠第一个站住了。

大家也都站住了，众人对他的话这样服从，很出他的意外。消息是他第一个知道的，也是他告诉大家的。因此他才无形中成了众人这次行动的组织者。十年来，他第一次体验到，能够代表许多人的意志，每一句话都能够被众人服从，这种感受是多么不一般！

然而，这是一次怎样的带头行动啊！内心充满自信的同时，又是那么空泛，甚至有点苍凉，有点苦涩。

迈克果真会是来阻拦我们的吗？倘若他很坚决地阻拦，我将如何对待他呢？

他这样想，自信动摇，内心开始矛盾着。

挂斗车开到他们身旁，停住了。坐在驾驶座上的刘迈克对他们说：“都上车吧，我开车送你们！”

小瓦匠一挥手，大家都爬上了车。刘迈克将车开出一段路，忽然在野地里兜了个圈子，掉转车头，朝连里开。

“事务长，你开大家的玩笑吗？”车斗里有人嚷起来。

“迈克，你……”和刘迈克并坐在驾驶座上的小瓦匠，也不免吃惊。

刘迈克一边开车，一边大声说：“我得回家一次，跟秀梅说句话。”

“什么话，那么要紧？”小瓦匠很难相信。

“非常要紧的话！”刘迈克将变速杆推到了快挡的位置上。挂斗车开进连队，直开到刘迈克家的小院外。他跳下驾驶座，几大步就跨进了家门。

妻仍像他临出家门时那样子坐在炕沿上，显然都不曾动过一动，低垂着头，黯然神伤，独自落泪。

“秀梅……”他轻轻叫了妻一声。

妻倏地抬起头，有些意外，赶紧侧转身，掩饰地拭去泪水。

“秀梅，我回来对你说句话。”他走到了妻身边。

“你，你别说了……我知道你要说什么，求求你，别说了。我不怪你就是了，真的。我绝不埋怨你抛弃了我，更不会记恨你的。我不是那样的女人……

知识青年都走了，你留下也会感到孤单的……只是，只是，只是你要……给咱们的孩子起个名……”喃喃的话语变成了伤心的呜咽，妻向墙壁转过身去。

刘迈克用双手扳住了妻的肩头，将妻的身子扳正了过来，盯着妻的眼睛，说：“我不走。”

“别骗我。”泪水模糊了妻的眼睛。

刘迈克大声说：“我不骗你，我不走。我骗过你一次吗？我就是回来告诉你这句话的，即使所有的知识青年都走了，我也不走。”

泪水从妻的眼中溢了出来，然而那对眸子，还凝聚着疑惑。

“我不能不和他们一块儿到团里去，我不放心。我是事务长，连长和指导员不在连队的情况之下，我对他们每一个人都负有责任啊！可是，我又无权阻拦他们……”

妻终于相信了他的话，含着泪微笑了。

“去吧，快去吧，别让他们等急了。”妻低声说，轻推着他。

他双手捧着妻的脸，俯下头，在妻挂着一滴泪珠的唇上狠狠地亲起来……

曹铁强来到桥头，见“二八”已经过了桥面，挂斗却脱了钩，栽在公路旁。他的战士们，或蹲或站，围聚一起。

他走上前，分开众人——刘迈克紧闭双眼坐在雪地上。小瓦匠和另一个战士，扳着刘迈克的一条腿。活动着刘迈克的膝关节。活动一下，刘迈克皱一次眉头，吸一口冷气。

“怎么回事？”他尽量用平静的语气问。众人都不吭声。

小瓦匠抬头看连长一眼，嘟哝：“事务长摔伤了。”

刘迈克睁开眼睛，低声骂了句什么话，被小瓦匠扶着站了起来。发现曹铁强，他顿时停止呻吟，默默地瞅着连长，仿佛有意等待对方首先开口。他已不再是多年前的刘迈克了。生活已经把他磨砺成熟了。他今天夜晚格外理智，心机格外慎细。他觉得连长此刻出现在大家前面，对连长是很不利的。倘若自己说出一句不适当的话，都可能无意之中将连长推到极被动的地位上。

不料曹铁强如此问道："是你开车把大家拉来的？"

他点了一下头。

曹铁强紧接着说了一句欠思索的话："你也来凑这份热闹！"语气中不无恼怒。

刘迈克默然良久，才低声回答："我能不来吗？"

从他的表情，从他的语调，曹铁强立刻领悟到，他在违心地扮演着一个多么不轻松的角色！

他惭愧了，于是又低声问："你……伤得重不重？"

刘迈克摇了摇头。

"连长，你……你们……果然开的是那样一个会吗？"

黑暗中，不知是谁大声问了一句。

曹铁强转过身，一一扫视着他的战士们，似乎想寻找出那个问话的人。但他实际上，是在心中暗暗点了一次名。全连三十二名知识青年，此刻站在周围的是三十一个人，只有一人没来。虽然，月色朦胧，辨不清这三十一人的脸面，但他知道，没来的那个人一定是她——裴晓芸。他抬起手腕，仔细看了一下表——她该下岗了。可是这沉默的一分钟，就等于他对刚才的问话作了回答。而这种形式的回答，当然不令大家满意。

有人愤怒地大声说："我们还在这儿浪费时间干什么？去砸了军务股，各人拿走各人的档案！"

"对！一不做，二不休！"

"走呀！"

"谁打退堂鼓，就他妈的是知识青年叛徒！"

在互相怂恿和互相鼓动下，大家一哄而走。

"站住！"曹铁强猛然喝了一声。

大家，都站住了。一个个，缓慢地回转过身。一双双眼睛，在月辉下闪烁着不驯的，甚至是敌意的目光。这一双双咄咄地盯着自己的目光，使曹铁强意识到，今天夜晚，他，和他们——自己朝夕相处的战士们之间的关系，是异乎寻常的。他们随时都可能将他——他们每一个人平时都很信任很敬重的连长，视为共同的敌人。正是由于清醒地意识到了这一点，他瞬息间觉得，内心产生了一种奇异的自信力。他仿佛觉得，自己的身体倏然高大了许多，高大得完全有足够的力量担负今夜可能面临的无论多么严峻的事件。

“这里是生产建设兵团的团部，不是夹皮沟，你们，也不是土匪。我更不是土匪头子，而是你们的连长，我绝不允许你们每一个人胡作非为。”这番话他说得很镇定，镇定中显示出凛然的刚勇，语势中暗示出明显的潜台词——今夜我是怎样说就要怎样做的！

“今夜不服从连长命令的人，绝没有好下场！”刘迈克冷冷地说出了这句话。

曹铁强向刘迈克投去感激的一瞥，接着改换一种缓和了的语气说：“也许，今天夜晚，就是兵团历史上的最后一页。兵团的历史，就是我们兵团战士的历史。我们每一个人，都应该尊重这段历史。不论今后社会将要对生产建设兵团的历史作出怎样的评价，但我们兵团战士这个称号，是附加着功绩的，是不应受到侮辱的！……”

他不能准确地判断自己的话是否打动了他的战士们，但没有人反驳。这便使他对自己的话增强了自信。他受到这种自信心的鼓舞，大声说：“听我的口令，整队集合！”

大家在犹豫状态之下迟缓地排成了并不整齐的队形。

他走到队形前，面对面地望着他们，问：“你们每一个人，是不是都已经作出了决定，要离开北大荒？”

“连长，这还用问吗？”是小瓦匠说出了这句话。大家用沉默表示，这句话代表他们作了回答。

“既然如此，你们到团部来，就只有一个目的，办理返城手续。我相信，团里是会作出正确的决定的。现在，全体向右转，齐步走。”

工程连的战士们，在其他各个连队的混乱人群和车辆之间，列队向团部机关区走去。

曹铁强走在大家后面，刘迈克一拐一拐地紧随在他身旁。许久，两人之间没说一句话。只听无数双脚踩着积雪，发出沙沙的响声。

刘迈克首先打破沉默："团里怎么能够召开这样的会呢？"

曹铁强没有回答。刘迈克又问："连长，你……也要走的吧？"

曹铁强这才回答："留下来就真的那么可怕？"

刘迈克理解了连长的话，他感到慰藉地说："连长，咱俩今后就是伴儿了。"

这句话，使曹铁强的心感到异常温暖。他情不自禁地伸出一只手，轻轻搀扶着刘迈克。

一辆马车从他们身旁飞奔过去……

全团八百余名知识青年，从各个连队来到了团部。远的，几十里；近的，十几里。他们围聚在团部会议室外面，数百支火把，将团部机关区映照得如同白昼。没有叫嚷声，没有示威声，他们默默地静立在凛冽的严寒中。

团长马崇汉披着军大衣出现在八百余名知识青年面前。

"知识青年同志们！……"他用作报告时那种洪亮的嗓音说，但却不知道接下去该说什么，于是又重复了一遍，"知识青年同志们，我保证……"却同样不知道自己应该保证什么。

"滚你妈的！"

一个声音从八百余名知识青年中突然地迸发出来。

"我们不听！我们不受你的骗了！"数百人几乎是异口同声地说。

马团长愣怔了一秒钟，仅仅一秒钟，便低下头，转身走进了会议室。在这一秒钟里，他意识到，自己被知识青年们视为团长的历史，过去了。永远。他心中产生了一种悲哀，一种大悲大哀。但仅仅是悲哀，绝不是悔悟。悔悟是反思的结果。任何虔诚的反思，都是在一秒钟内不会萌发的。

从会议室外走入会议室内，几步路，他却觉得脚下无根，步步艰难。他感到自己仿佛像一棵大树，骤然被雷电击倒了。

他若有所失地走到政委孙国泰面前，第一次用真正恳切的语调说：“孙国泰同志，我……请求你……以一个共产党员的……”他无法用语言明确地将自己的意思表达清楚。

政委孙国泰伸出一只手，像是要把对方轻轻推开去。他用这样的手势告诉对方，他完全理解了对方的话。请求他站出来扭转眼前的局面，对方要说的无非就是这句话。请求？他感到这个词对他带有一种侮辱性，尽管他相信对方是恳切的。难道不用这样的词，他会袖手旁观，幸灾乐祸吗？那他还算是一个老共产党员吗？不，连一个北大荒人都算不上了。至于能否扭转这种局面，怎样扭转，他并无把握，更缺少自信。不错，在知识青年当中，他深知自己有着比团长马崇汉牢固的根基。十年来，他的足迹遍布全团二十几个连队。他熟悉他们，爱护他们，关心他们，甚至，还很有些同情他们。他骂过他们，也挨过他们的骂。他的耳膜曾被他们的牢骚怪话几度磨起茧子，他也时时将自己胸中的郁闷烦愁借机朝他们发泄过。这种正常而又畸形的沟通，在他和他们之间架起了理解和谅解的桥梁。可是今天夜晚……

他犹豫片刻，稳步走出了会议室，目光深沉地望着知识青年们，良久，终于开口说出三个字：“孩子们……”

他是情不自禁地说出这三个字的。

没有用“知识青年们”，没有用“同志们”或“兵团战士们”这样的称谓，而对他们说“孩子们……”，使他们被深深地感动了。他们极安静地望着老政委。

“孩子们，”老政委说，“你们，在北大荒度过了整整十年，你们是当之无愧的一代北大荒人。我，以一个老北大荒人的资格对你们说，我感谢你们！因为，你们将青春贡献给了北大荒！……”停了一刻，他接着说，“如果来得及，我要为你们开隆重的欢送会，欢送你们……离开北大荒……你们相信我的话吗？”

经久的鸦雀无声之后，有人大声说："政委，我们相信你，但我们不相信团党委！"

"对，我们不相信！"

"我们相信你又有什么用？"

……

老政委被震撼了！相信一个共产党员，但不相信党的一级组织！这是多么可悲的现实，这是怎样的错误啊！他略加思索，转身走入会议室内，对团长马崇汉和各连的连长指导员们说："我要求给我代表团党委的权力！"

连长指导员们的目光，都集中在马崇汉身上。

马崇汉的腮帮子抽动了一下，用记录速度的缓慢语调说："一切都听政委的……"

老政委第二次走出会议室，对知识青年们大声说："现在，我代表团党委宣布，为了尽快办理每一个人的返城手续，各连队选派两名代表，组成一个临时小组，我任组长……"

这时，暴风雪开始从荒原上向团部区域猛烈袭击了……

五

像台风在海洋上掀起狂涛巨浪一般，荒原上的暴风雪的来势是惊心动魄的。人们最先只能听到它可怕的喘息，从荒原黑暗的遥远处传来。那不是吼声，是尖厉的呼啸，类似疯女人发出的嘶喊。在惨淡的月光下，潮头般的雪的高墙，从荒原上疾速地推移过来，碾压过来。狂风像一双无形的巨手，将厚厚的雪被粗暴地从荒原上掀了起来，搓成雪粉，扬撒到空中。仿佛有千万把扫帚，在天地间狂挥乱舞。大地上的树木，在暴风雪迫近之前，就都预先妥协地尽量弯下了腰。不甘妥协的，便被暴风雪的无形巨手折断。暴风雪无情地嘲弄着人们对大地母亲的崇拜，而大地，则在暴风雪的淫威之下，变得那么乖驯，那么怯懦……

八百余名知识青年被突如其来的暴风雪震慑住了。许多人从连队匆匆出发，穿戴得并不暖和。一路上，差不多已经冻透了。而现在，暴风雪的无形的触手只从他们身上一抚而过，就带走了他们身体内的最后一丁点热量。火把，顿时熄灭了半数。

人群骚乱起来。

“别让火把都灭了啊！”

“快将没灭的火把扔到一起！”

“点火堆！”

……

几条具有号召力的粗犷嗓门疾呼大喊。

火把，一支，两支，三支……纷纷投聚到一起。

篝火，一堆，两堆，三堆……熊熊燃烧起来了。

有人不知从哪儿拎来一桶柴油，浇在火堆上。光焰升腾着，蹿跃着，在暴风雪中“垂死”挣扎着。

人群分散开，围向十几堆篝火旁。

一阵折裂声，一棵大树扑通倒下。又一棵，又一棵……有人在锯团部大道两旁的杨树——也许就是他们当年亲手栽下的杨树。

劈砍声。砰……砰……砰……听声音，不像是用的利斧，而像是用的大锤。也许根本不是大锤，而是别的什么铁器。一节节树杈连带枝丫被拖向火堆。

篝火旺烈起来。小瓦匠见大家围在火堆旁，一个个也还是寒冷得瑟瑟发抖，忽然说：“跳舞吧！”

“跳舞？哪有这份闲情逸致！”

“大家跳吧！跳什么舞都行，比如，‘忠字舞’……”

小瓦匠在火堆旁跳起了“忠字舞”，跳得极其认真，像是在台上“献忠心”。

也许是受到他的蛊惑，也许是由于抵抗不住寒冷了，大家先后跟着小瓦匠跳起舞来。起先跳的还算是“忠字舞”，后来跳的便什么舞都谈不上了。

围在其他火堆旁的人们，也跳起来。

所有火堆旁的人们，都跳起来。在这个暴风雪夜，在严寒和篝火的环形夹缝之间，动作古怪地跳动着八百余名被冻得半僵的躯体。生产建设兵团团部笼罩着一种中世纪非洲土人部落的野蛮、原始而神秘的气氛。

“他妈的！这些代表们，怎么还没研究出个结果来？”有人开始咒骂。

“关系到八百余名知识青年命运的大事，总得给他们点时间啊！跳吧！不要停下来……”小瓦匠像一个消防队员，谁刚刚冒出点怒火，他就立刻说一句息事宁人的话。

哐……哗啦！

是玻璃破碎的脆响。接着，是一阵门窗的木框被劈砍的声音。

“听！……”小瓦匠停止了“跳舞”。

大家都伫立住了。

又是一阵玻璃破碎的脆响。

“有人在砸机关食堂的门框和窗框。”一个男知识青年判断地说。

“准是为了往火堆里烧！”一个女青年说，“这也太过分了！”

“我们去看看！”小瓦匠朝机关食堂跑去。

“这是什么时候，还管闲事！”一个小伙子嘟哝了一句，却第一个跟在小瓦匠身后，也朝机关食堂跑去。

“他俩别吃亏啊！”到底是一个连队的，有人担心了。

“男的都去，女的留下，继续跳你们的舞吧！”

于是工程连的男知识青年们，都离开火堆，朝机关食堂跑去。

机关食堂的门被撬开了。知识青年们在食堂里翻找吃的东西。有人掀开蒸笼，叫起来：“包子！”大家同时围了上去。几十双手在黑暗中抢夺着。

“生的！”

“呸！呸！呸！……”

“点火！蒸熟它！”

“别费那事，连蒸笼一块儿抬到火堆去，吃烤包子！”

“好主意，抬！”几个人将蒸笼抬出了食堂。

“咸菜要不要？”

“要！凡是能吃的，都要！”

于是有人捧起咸菜坛子往外走，被门槛绊倒，坛子掉在地上，碎了，咸菜疙瘩滚了一地。

后来的几个人，什么吃的都没翻找到，狠狠地骂：“这伙自私的强盗，扫荡了个一干二净。”

“嘿！发面缸里还有发的面！”

“有发面也不错，火堆上烤酸面包吃！”

他们把发面团也用衣襟兜走了。

小瓦匠跑到食堂，果然看见有几个人在砸食堂的门窗。

小瓦匠跑到他们跟前，大喊一声：“住手！”

他们中的一个，身材高大魁梧，半截黑塔似的，不屑地扫了小瓦匠一眼，高高举起手中的大斧，继续劈砍窗框。

“你们这是搞破坏！土匪！”小瓦匠扑了过去。

对方一拳，就将他打得倒退数步，一屁股坐在雪地上。

小瓦匠呼地跳起，骂道：“你妈妈的！这机关食堂是我们工程连一砖一瓦盖起来的，老子今天就是不许你们破坏！”他被激怒了，又毫不畏惧地朝对方扑了过去。

他胸前又挨了狠狠一拳，又跌倒了。

“这小子找不自在，揍他！”他们团团围住了他。

工程连的男知识青年们赶到，一见小瓦匠果然吃亏了，纷纷动起手来。

正打得难解难分，老政委孙国泰走到了这里，喝止住了他们。

两伙知识青年虽然不再厮打，却虎视眈眈。老政委横身在他们之间，厉声问：“怎么回事？”

小瓦匠一指机关食堂的窗子，狠狠地说：“你问他们。”

老政委这才发现被砸毁的门窗，心中立刻明白了，问那几个破坏者：“你们是哪个连队的？”

“我们，我们……”为首那个剽悍魁梧的，嘴里讷讷着，一转身想跑。

其余的几个也想跟着跑。

“都给我站住！”老政委猛喝一声。

都乖乖地站定了。

“说！哪个连队的？”

“木材加工厂的。”声音低得勉强能听见。

老政委从地上捡起一截被砸散的窗框木，盯着为首的那个破坏者，问：“要投进火堆？”

对方畏怯地点了一下头。

“这不是你们木材加工厂做的吗？”

“是……”

“亲手破坏自己的劳动成果？要离开北大荒了，就一点值得北大荒人怀念的都不留下？”

“……”

“我本有权将你们一个个当作破坏分子逮起来……可是我不想这样做。拿去吧，烧吧，烧你们自己的劳动成果吧！当它燃烧的时候，你们好好想想你们的行为吧……”

“……”

“拿去，拿去烧吧！今天夜晚别让我再看见你们可耻的几个，滚！”他们一个个默默地转过身，渐渐地走开。

“站住！”

他们站住了。

“把它拿走！”

他们犹犹豫豫地互相望着，终于有一个人扛起了那扇砸毁的窗架子。

他们走远了，消失在黑夜之中了。老政委将注视着他们的目光收回，望着身旁的这一伙知识青年，问：“你们是哪个连队的？”

小瓦匠回答：“我们是工程连的。”

老政委“哦”了一声，又问：“你叫什么名字？”

“我……单书文……”

“小瓦匠？……我知道你！想不到我们会在这样的一天认识……”他伸出一只手。

小瓦匠迟疑了一下，握住了老政委那只大手，他感到了那只手的劲力和厚厚的茧子。

“让我说一句俗话吧，后会有期！”

老政委苦笑了一下，放开了小瓦匠的手，对其他人点点头，说：“多谢了！”大步走开。

暴风雪以更加猛烈的来势扫荡着团部区域，几堆篝火一下子就熄灭了。受到严寒威胁的人们立刻分散开，围聚到仍在燃烧的火堆旁。他们像羊群似的，互相紧紧靠拢着。与其说火堆的存在才不致使他们冻僵，莫如说他们是用身体组成围墙，守护着火堆不被暴风雪扑灭。而暴风雪是那么嚣张！它嘶叫着，想将八百余名知识青年们从大地上扫荡起来，扬到空中！

聚在篝火旁的人的围墙渐渐缩小着，缩小着。

最里层的人喊：“别挤了！要把我们挤倒在火堆上了！”

“我的衣服烧着了！让我挤出去！让我挤出去！”

最外层的人，却呻吟着，蜷缩着，蹲下去了，卧倒下去了。

又一堆篝火熄灭了，引起一片恐惧的骚乱。

“有人昏倒了！”

“快！快背到火堆旁来！”

昏倒的是个女知识青年。

“她都快被冻僵了！得把她背到谁家里去！”

于是有人背起她朝附近的一幢房子跑去。

砸门声，狗叫声，呼喊声……

团军务股长就是当年工程连的老指导员，他和老连长调到团部后，曹铁强和郑亚茹才被任命为工程连的连长和指导员。他家住在靠山坡的最后一排干部宿舍。

他没有睡，站在家中窗前，一支接一支地吸着卷烟。卷了一支，吸上几口，就扔在地上，踏灭，再卷一支。他出神地望着外面一堆堆篝火的光焰。

他老婆也没睡，坐在炕沿上，陪伴着他。

“你，睡吧！”他说，并没有对女人转过身。

女人被烟呛得咳了起来，边咳边说：“我看，你……今晚还是找个地方躲躲吧！……”

军务股长一动也不动。“你不听我的，要是有个三长两短，叫我和孩子们……”女人抽泣起来。

“别来这个！”股长不耐烦地吼了一声，仍不转身。

女人止住了抽泣。她从墙上摘下股长的手枪，走到股长身边，轻轻推了股长一下：“要不你身上带着这个……”

股长这才看了女人一眼，见她递给他的是枪，顿时火了，一掌将女人推了开去：“你叫我拿枪对付知识青年？！”

“你……他们来找你的时候，你也好吓唬吓唬他们呀……”

“胡说！你给我把枪挂到墙上！”

“别的团里，知识青年不是割掉过一个军务股长的两只耳朵吗？”

“谣言！”

“你亲口对我讲过的！”女人也火了。

“我……我……我揍你！”股长凶狠地对女人挥起了拳头。

“你，你打吧！给你打！用枪打！打死我！……”女人委屈地哭起来，往股长跟前凑，将手枪塞在股长怀中。

股长不得不接住了枪。

“你开枪呀！你先打死我呀！别让我亲眼看见你叫知识青年们……”女人的声音越来越高。

啪！股长打了女人一记耳光。

女人哇地放声大哭。

炕上的孩子被惊醒了，也“爸爸”“妈妈”地喊叫着哭起来。

就在这时，门开了。刘迈克首先一步跨进屋来，后面跟着两名知青，三人肩上都背着步枪。

他们出现得这么突然！而且连门也不敲一下。

女人马上不哭了，从炕上拖过孩子，紧紧搂抱在怀里，目瞪口呆，神色惊恐地瞅着三个不速之客。

股长也愣了一下，随即镇定，若无其事地将枪挂到墙上，之后，从容而端正地坐在一把椅子上。

“股长，对不起，我们没敲门就……”刘迈克开口道歉。

股长看着他，问：“什么事？”

“请你立刻就去打开档案柜，为知识青年办理返城手续。”

“是你们请我？”

“不，是政委。”

“政委？他为什么不亲自来？”

“这……我有政委亲笔写给你的命令。”刘迈克从兜里掏出折叠着的纸条，递给股长。

股长接过纸条，看了一眼，慢慢从椅子上站了起来。刚站起，又坐下去，问：“你们是靠枪从政委那里得来的这张纸条吗？”

刘迈克赶紧解释："股长，枪，是政委同意发给我们十几个人的。今天夜晚情况特殊，我们十几个人组成了一支纠察小队。"

股长摇摇头："刘迈克，我不相信你。"

刘迈克急了："股长，你……你这是跟政委过不去呀！你不跟我们走，我们可要……"

"要怎么样？"股长瞪起了眼睛，"要用枪逼着我跟你们走？"

广播喇叭忽然响了。

"全团机关工作人员注意，我是政委孙国泰，我现在代表党委讲话，我命令你们，将知识青年接到你们各家各户去。机关食堂、礼堂、招待所，所有办公室，今夜都要容纳他们。我同时命令你们，立即担负起各自的职责，作好明晨七点开始办理知识青年返城手续的种种准备，不得有误。全团机关工作人员注意，我是政委孙国泰，我现在代表党委……"

股长注意聆听着政委的每一句话，从政委的声音里，没有听出违心或被胁迫的屈服语调，他暗暗嘘了口气。

"我们走吧？"股长第二次从椅子上站起，披上大衣之后，想了想，从墙上摘下手枪，对刘迈克说，"我也算你们那十几个人中的一个。"

股长跟着刘迈克他们出了门，股长女人抱着孩子跟到门外，不安地目送他们。

四人从宿舍区往机关区大步匆匆地走。刘迈克走在最后，和股长三个人相隔十几步远。他的左腿开始疼痛了。从挂斗车上摔下来时受的伤并不轻，流了不少血，棉裤和伤处被血粘在一起，每迈一步，都撕扯着伤处，他都吸一口冷气。

他忽然想到了秀梅，她准是还没睡，在等待着他，从团部回去。也想到了自己还未出世的孩子，别人都说她怀的是个男孩，他也希望是个男孩。男孩才似乎更对得起"北大荒人"这四个字。他，一个城市知识青年，将要在北大荒的土地上扎下自己生活的根，并且为北大荒增添了一个小北大荒人，这不是一件寻常的事情。他这么认为，不管别人对这件事如何看法。别人都离开了，他要留下来。他在城市里的所有亲友都会替他惋惜，甚至责骂他。随他们去吧！反正他不能将妻和孩子抛弃在北大荒，只身回到城市去。他刘迈克生来就不是这样的人，做不出这样的事。

何况她对他那么好，婚后两人还没有红过一次脸呢！他不能想象，没有了她，生活还有幸福可言。他留恋北大荒，他崇拜北大荒，崇拜它的荒凉和广袤，崇拜它的严峻和粗犷，崇拜它春天的朴素，夏天的烂漫，秋天的实惠，冬天的气魄。而她，就像是整个北大荒的化身，当他拥抱她的时候，亲吻她的时候，心中也会肃然起敬，对她产生崇拜之情。她并不漂亮，但她健壮，充满了青春气息，充满了生命力，充满了对他和对生活的爱情。她又是那么温柔，那么善于体贴人，那么能吃苦，能劳动……

他，一个矿工的儿子，能够找到这样一位妻子，还有什么不称心如意的呢？

而更主要的是，在他最孤独的时候，在他被许多人视为"公敌"的时候，她是第一个同他接近的人。她，用北大荒姑娘淳朴而富有同情感的心，融化了他对工程连每个人都怀有的敌意。她重新设计了他。她像给小孩子洗脸一样，洗去了他个性上的种种劣质，使他懂得了如何尊重自己和尊重别人，使他获得了人们的信任……

不但是爱情，而且是恩情啊！

这样的妻子怎能遗弃？怎能舍得遗弃？

当！……当！……当！

物资仓库方向，突然响起急促的钟声。

刘迈克抬头望去，见库房升腾起一股浓烟和火焰。股长三人，已经迈开大步朝那里跑去了。他追在他们后边跑了几步，左腿的伤处一阵剧烈疼痛，使他不由得站住了。他跪下右腿，双手紧紧按住左腿膝盖，想借此减轻一点疼痛。被血痂粘住的棉裤里子和伤处扯开了，他感觉到血又涌了出来，顺着小腿往下淌。

“妈的！”他咬紧牙关，站了起来。

忽然，他发现一幢房子里有光亮在漆黑的窗上一掠，分明是手电筒的光亮。

那幢房子是团部银行，他警觉起来。他顿时忘记了疼痛，朝银行走去。走到门前，轻轻推了一下门，门虚掩着，被无声地推开了。

他一步跨进屋去，大声喝问：“谁在这里？”

他头上猛然挨了重重的一击！但他并没立刻倒下去，他的身子摇晃了一下，靠在墙上。同时，他的一只手下意识地抓住了步枪枪带。他没来得及从肩上取下步枪，匕首的寒光在他眼前一晃，刺进了他的胸膛。接着，又刺进了他的腹部。

他缓缓地贴着墙滑倒下去了。

然而，意识并没有从他头脑中消失，他心中十分清楚，自己遇到了什么事情。他看见了一个人影从自己身上跨过，窜出门去。他双手扶着墙壁，从地上跪了起来。又拄着枪，挣扎着站了起来。一步，两步，三步，他艰难地走到了门外。月光下，银白的雪地上，一个人影慌慌张张向后山跑，拎着一只大手提包。

“妈的，跑不掉你！”他靠着门框，举起了步枪。步枪变得很沉重，手臂颤抖着，瞄不准。他遗憾地放下步枪，托枪的那只手，在衣服上擦了一下，擦到了一种温热的黏糊糊的东西。他知道，那是自己的血。

血，自己的血，令他愤怒了。怒使他倏然产生了一种力量。他第二次举起步枪，手臂不再颤抖了。人影被步枪的准星牢牢地咬住了。

他很有把握地勾了一下扳机。

砰！枪声很脆。

那家伙一跟头栽倒了，手提包落在雪地上。

一丝冷冷的微笑，浮现在他嘴角上。

他瞄的是后脑勺。

“妈的……老子打发你……”他嘟哝着，拄着步枪，像老人拄着拐杖一样，每一步都很吃力地朝那个倒在雪地上的家伙走去。

走近被击毙者身边，他首先看到的，是一双眼睛，一双瞪大的眼睛，目光已经凝滞，但全部地摄录了一颗灵魂的最后欲念——贪婪。

月光反射在这双眼睛里，使它们发出幽冷的光。接着，他看清了一张和自己差不多年龄的脸，咧着嘴，仿佛在临死前要喊叫出什么。

羊剪绒的棉帽子，拆洗过的黄棉袄，崭新的大头鞋……

他不禁倒退一步。

他打死了一名知识青年。

拄在手中的步枪，失落在雪地上。

他愣了片刻，转过身去寻找手提包。手提包离他仅有几步远，但他已走不过去了。他扑倒在雪地上，一寸寸地爬了过去，张开双臂，紧紧搂抱住了手提包。他曾听人说过，临死前抱住不放的东西，死后也不会放开。

“抱紧，抱紧，抱紧……我要抱得紧紧的……”对自己的生命下达了最后一次命令，他的头，蓦然地垂了下去，垂在手提包上……

六

暴风雪最初的淫威发作过了，天地间从混沌状态澄清下来，四野暂时恢复了寂静。严寒，则愈加肆虐地折磨着大地上的生命。

站在哨位上的裴晓芸被冻僵了。她感觉不出身体仍是属于自己的，只有大脑还能按照神经信号进行思想。

此刻，她想到了那著名的童话——《卖火柴的小女孩》。她真希望衣兜里装着一盒火柴，不，哪怕仅仅是一根火柴！她明知这是自己的幻觉，但意志受这种幻觉的诱惑，迫使她那戴手套的被冻得硬邦邦的手，在衣兜外面碰了一下。衣兜里什么也没有。她苦笑了。她以为自己苦笑了，其实并没有任

刘迈克扑倒在雪地上，一寸寸地爬了过去……

何一丝表情呈现在她脸上。

严寒“凝结”了这张脸。

要进行思考，不论想什么都可以，但一定要进行思考。要保持住意识的清醒，千万千万不要让意志也被严寒所“催眠”！这是此刻她整个人的唯一生命火种了。她一遍遍地这样警告和命令着自己。

为什么还没有人来换岗呵！……她想转过身朝团部的方向望一眼，但她的双脚像被和大地焊住了一样，无法转动。

火，团部那里有火。有熊熊的篝火。到团部去，到篝火旁去，或者，回到连队去，回到大宿舍去……有一个人的声音，像是她自己的声音，又像是别的什么人的声音，在她耳畔催促着，劝说着。

不，不能够。我是哨兵。我站在边境哨位上。今夜是我第一次站岗。

她冷酷无情地答复了自己生命的求存的呼叫。

“今夜是你第一次站岗，你会感到害怕吗？”

“不，不怕。我很兴奋。”

“等你下岗，我来接你，在白桦林旁……”

“不……你不是要到团里去开会吗？”

“我从团部来。我有话对你说……”

“什么话呢？现在不能对我说？”

“好多话，现在……来不及了……”

她回想着上岗之前曹铁强和她的对话。

她知道他要对自己说什么。他要说的话早该对她说了。可他却非等到今夜来接她的时候才说。为什么当时不对她说呢？好多话？不，不，她只要听一句话就够了。

他要说的话，不是应该在两年前就对她说的吗？不是应该在驼峰山上那顶帐篷里就对她说的么？

她真恨他！

哦，那是一个多么美好的夜晚啊！那烧得彤红的大火炉！棉帐篷里，只有他和她。整个驼峰山上，只有他和她。整个世界……仿佛也只有他，和她。

那条战备公路上，洒下了工程连队的多少劳动汗水啊！

为他掌钎，那是她最愉快的劳动。他抡着十八磅的大锤，一下接一下砸在钢钎上，声音那么有力，那么有节奏。在她听来，那简直是一种音乐。虎口都被震裂了，手都被震麻木了，手指从早到晚紧握钢钎，放下钢钎，都伸不直了。吃饭的时候，都端不住碗，拿不住筷子了。然而劳动中的心情是多么欢畅啊！她真希望那条公路无止境地向前伸延，他天天抡大锤，她天天为他掌钎。双手磨起了多少血泡？一点水也不敢沾。洗脸的时候，只能叫别人替拧一把湿毛巾，胡乱地擦擦脸了事。可是她和他一块儿采下了多少路石啊？十几吨？几十吨？上百吨？从秋季一直到第二年夏季，绝不会比女娲补天的石头少！虽然没有计算过。

那一次她是多么……神经过敏啊！

当他拄着锤柄，撩起肮脏的衣襟擦汗时，她放下了钢钎，抬头望着他。一块巨石就悬在他头顶上，瞬间就要塌落下来。她尖叫一声，朝他猛扑过去，一下子将他扑倒，搂抱住他，在刚刚铺好石头的路面上滚出十几米远。大家都被她这一迅猛的举动惊得目瞪口呆！当她和他从地上爬起，巨石并没有塌落下来。这时她才看清，巨石是不会塌落下来的，它连着半面山壁，除非用十公斤以上的炸药炸。险情不过是她的幻觉。人们哄然大笑。她尴尬极了，狼狈极了。

他哭笑不得地对她说了一句："神经过敏！"

"我……"在周围的哄然大笑中，她觉得自己像是一只要了什么可笑把戏的猴子。她一扭身跑开了。一直盲目地跑到山背后，蹲下身，双手捂脸，哭了。

她觉得自己心底里对他的最隐秘的情感，滑稽地暴露给众人了。

而这正是她最最不愿被人所知的啊！

他竟也不能够理解她！

大家的哄笑对她是多么不公平啊!

姑娘的心受到了多么严重的羞辱啊!

虽然大家的笑声里并没有恶意，也没有嘲弄的成分，不过是劳动休息时一种驱除疲累的无谓的大笑而已……

公路一直修到第二年冬季才竣工。

最后一天，大家都从山上撤回连队去了。只剩下了一顶帐篷，没吃完的粮食、蔬菜，没用光的炸药、工具。

她没有和大家一块儿下山，主动要求留下来看守东西。她内心里有一个小小的个人打算，她要一个人留在山上，将帐篷烧得暖暖的，痛痛快快地洗一个澡。她预先就物色好了一个大油桶，用雪刷干净，在里面是可以洗得很舒服的。从第一年秋季到第二年冬季，全连哪一个人也没有洗过澡。山中有一口小泉眼，但那是炊事班做饭用水的“井”。洗脸水是按供给制限量的，每人每天一盆。在炎热的夏季也不放宽供给。冬季，大家都是用雪来擦脸的。

她，却已经整整七年都没有洗过一次澡了。知识青年返城探家，最大的享受是什么？——洗澡。谁也不会放过多在城市的浴塘里洗一次澡的机会。到家的第一天，往往最迫切要实现的愿望，便是洗澡。离开城市的那一天，最愿意再获得一次享受的，也是洗澡。

她七年内没有探过一次家……

可是，在她那一天晚上将帐篷里的温度烧暖了，并将那只大铁桶费尽气力从外面挪进帐篷，认真仔细地刷干净，和大铁炉并靠在一起后，他却回到山上来了。

那天，他清早就搭一辆顺路的汽车到团里去汇报筑路工程。她以为他会住在团里一天，或者直接赶回连队去的。所以当他走进帐篷，出现在她面前，她意外得有些沮丧。

“你……怎么又回到山上来了？”

“我以为大家不会都回连队的呢，怎么就你一个人留下来？”

“我……看守东西。”

“山上又不会有贼，真是多此一举。”

“排长……排长说……需要留下一个人。”

他在大铁炉旁坐下了，看她一眼，然后摘下棉手套，一边烘烤，一边问：“于是她就指定你留下来？”

她从他的语调中分明听出对排长郑亚茹的某种积压已久的不满，赶紧解释：“不，不是，是我自己主动要求留下的。”

他沉默了。一会儿，朝她的铺位瞅了一眼，用商量的口气问：“可不可以……把你褥子底下的草分一半给我？”

“当然，当然可以……”她走到铺位前，掀起了褥子。

“我自己来吧。”他立刻站起，走到她身边，抱起一抱麦秸草，似乎觉得抱得过多了，又放下一些，说：“足够了，这就足够了。”

他抱着草转过身，目光在整个帐篷里扫视一遍，走到帐篷口旁堆放劈柴的一个角落，将草铺在地上，满意地点点头，扭头对她问道：“我就睡这儿，不……妨碍你吧？”

她没有立刻回答，也从自己的铺位上抱起一大抱草，铺在离火炉不远的地方，然后说：“你该睡在这儿，帐篷口很冷。”

“不，我就睡这儿。”他在自己铺好的草上坐了下去，身子靠着柴堆，摆出一副舒适的样子。

“随你的便。”她一转身走到自己的铺位前，放下褥子，背朝着他坐在褥子上，从枕头下摸出笔记本和钢笔，开始写什么。

“你还写日记吗？”听见他问，她抬起头来，侧转过身，发现他已将帐篷口那抱草抱到了火炉旁铺下，正坐在上面吸烟。

“我从来不写日记，没事儿在纸上随便画……你别乱扔烟头，烧了帐篷我可要负责任的。”她合上了笔记本，重又压在枕头下。

她和他差不多是面对面地坐着，之间距离不到三步远。她却一时找不到什么话对他说，连自己也感觉得出，自己的一举一动都极不自然。

“有什么吃的没有？”他终于又问了一句。

“有……”她从枕头旁拿起书包，从书包里掏出两个馒头，接着从兜里掏出小刀，将馒头细心地切成片，走到火炉前，放在炉盖上烤。

他显然是没吃晚饭，已经饿极了，几片馒头被他狼吞虎咽了下去。吃罢，脱了棉袄，往草上侧身一躺，将棉袄蒙头往身上一盖，似乎就要这么睡了。

忽然，他猛地掀掉棉袄，坐了起来对她问道：“有毯子吗？”

她一声不响地从自己的褥子底下抽出毯子，递给他。他站起来，将毯子展开，搭在毛巾绳上。

毯子成为一道“墙”，将他和她分隔开了。

她站在“墙”这边，问：“有这种必要吗？”他站在“墙”那边，回答：“这样不是对你……方便些吗？”

她将毯子拉下来，抛给他：“你盖在身上不是更好吗？”

他似乎想说什么，但只张了张嘴，并没有说出一个字。他又躺下了，将毯子盖在身上。

她，将马灯的光亮拧暗，退回自己的铺位，缓缓地坐下，从枕头底下再次摸出笔记本，可是并没有打开，拿在手中一会儿，又塞在枕头底下了。她深长地叹了口气，双手捧着腮，郁郁的目光呆滞地凝视着炉膛内闪烁的火亮，脸上呈现出淡淡的忧情苦绪。

他朝她看了一眼，欠起身，盯着她的脸，低声问：“你想什么呢？”

“我……真想洗次澡啊！”她回答，声音同样很低微。这句话是情不自禁地说出来的，话一脱口，她觉得自己的脸倏地火热起来。什么话呀！她追悔莫及。

他又缓缓地坐起来了。

她窘迫地避开他的目光，垂下了头。

他随即站起身，走到炉前，拨弄炉火，将炉火拨得又红又旺。他又走到柴堆前，抱了一抱劈柴，轻放在火炉旁，一块接一块地往炉膛里塞。塞满炉膛之后，他拿起脸盆，一声不响地走出了帐篷。一会儿，他从外面端进来一盆雪，倒进她刷干净了的那个大铁桶里。

“你……这是做什么？”她明知故问。

“雪很快就会化。”他这样回答，拿着脸盆又走出了帐篷。

他第二次从外面端进一盆雪倒进铁桶里时，她又问：“为我？……”

他点点头。

“我不会……”她本想说，“我不会当着你的面跳进桶里去的。”但出口的话却是：“我不过随便说了那么一句，你别当真。”

“你不洗，我自己洗。”他大步走了出去。他一次又一次出出进进终于将铁桶里倒满了雪。

雪在桶内渐渐融化着。

他们都保持着沉默，仿佛各自想着心事，谁也不愿主动开口似的，目光也都尽量不去注意对方。

不知过了多久，桶内发出了水热时的响声。终于，热雾弥漫，帐篷里的空气由干燥而潮湿了。他走到大铁桶跟前，一只手伸进桶内，试了一下水温，弯腰从铺地草上拎起棉袄，转身向帐篷外走。

她倏地站起来，抢先几步走到帐篷口，回转身，面对面地拦住他，说：“既然是你自己想洗，那么应该出去的是我。”

他不回答，默默地盯住她的脸，分明用目光对她说：“你心里是知道的，我并不是为自己，而是为你。别这样对待我真诚的好意吧！”

在他这种目光的注视下，她不忍再与他僵持了，从帐篷口闪开了身子。

于是他脸上浮现出一种战胜者颇得意的表情，一步跨到帐篷外面去了。

她呆呆地站立着，心中忽然竟有些生他的气。他在强迫我。他！分明是的。我为什么要对他妥协呢？我这傻瓜！

然而要痛痛快快地洗一次热水澡的欲念竟那么强烈！她简直无法抗拒桶

内冒着蒸气的热水的诱惑。她情不自禁地走到桶前去，一个手指伸进水里泡了一会儿。水，热度正好。她挽起衣袖，整只手都伸进热水里去了。泡了一会儿，她感到自己的那只手，似乎溶解在水中了似的。

她忽然从桶内收回手，走到铺位前，开始急迫地脱衣服。衣服一件一件地从身上脱下来，外衣、绒衣、内衣……胡乱地扔在褥子上。

当她光着双脚，全身赤裸地站在地上之后，她一时间对自己产生了一种莫名的惊惧。马灯的昏黄的光亮，将她的身体涂上了一层枯黄色。她那线条优美的裸体的身影，被清晰地投射在帐篷的帆布墙上。看到自己的身影，她仿佛看到了可怕的魔怪，几乎失声惊叫，下意识地从褥子上扯起一件衣服，围罩在身上。同时，她那恐惧的目光，迅速朝帐篷口一瞥。

只有清冷的月光从外面洒进帐篷。

仿佛只在这时她才发觉，周围的世界是多么宁静，一种神秘的宁静。帐篷里是多么暖和！炉火烘烤着她的身体，像夏日的阳光照耀着她。

围罩着身体的衣服无声地落在地上了，像跳舞似的，她用脚尖走到铁桶前……

呵！……

在这个夜晚，在这座山林中，在这顶棉帐篷里，在一只铁桶内，颗粒状的陈雪融化、加热的水，浸泡了她七年没有洗过一次澡的身体。

她瘫软在水中了。

水没过她的肩部，头枕在桶边上，下面垫着毛巾——一次真正的“盆浴”！

她娴静地闭着眼睛，微微张开着嘴唇，双手交替地，动作极轻缓地搓洗着身体。好像生怕将水搅浑，生怕将一滴水溅到桶外似的。她从容地，不断地朝肩上、脸上、头上撩拨着水。

她真实地体验到人的一种似乎是极端快乐的享受。

她快乐得想唱歌，想欢叫。

“啊！……”

裴晓芸瘫软在水中了。

但是从她口中只发出了一种类似叹息，类似轻微的呻吟般的声音。

她突然深吸了一口气，两臂抱着双膝，将头也沉没到水中了。她在水中潜了足有半分钟才冒出头来。身体贴着桶壁喘息了一阵，开始漂洗自己的黑发……

她洗了好久好久才恋恋不舍地出水。穿好衣服，在火炉边烤干头发，往褥子上仰面一躺，展放开四肢，她就一动也不想动了。她产生了一种奇特的感觉，好像自己的身体失去了重量，在空中飘浮着，比一根羽毛还轻……

她竟那样渐渐地睡着了。

她睡了将近一个小时，身体感到冷了，才猛然醒来。

哦！天啊！他……

她一下子跳了起来，跑到帐篷外。月光之下，她看见他站在离帐篷挺远的地方，没有戴帽子，双手捂着耳朵，不停地跺踏着两脚。

她呆住了。

两人一同走进帐篷后，他首先走到炉前，将落架了的炭火拨旺，塞进炉膛几块劈柴，这才站起身，瞧着她的脸，问：“洗得还好吗？”

她很难为情地回答：“好极了！”

他，微笑了。

那是非常亲近的微笑。

他第一次对她流露出这样的微笑。

她感激地望着他，说：“如果今天夜里这件事，让连里其他任何一个人知道，不知会对我……和你，作何想法？”

他那双也在瞧着她的眼睛里，有某种奇特的亮光闪过。

他用平静的语调说：“如果有第三个人知道，那么一定是你自己告诉这个人的。”停顿片刻，他又说，“生活中有些事情，还是永远只有两个人知道的好。”

他这句话使她的脸红了。

他走到马灯前，要拨亮灯芯。

“别……就这样，挺好。”她轻声制止他。说完这句话，她觉得脸上更加火热了。心，也无缘无故地急跳起来。她掩饰地拿起脸盆，走到铁桶边去了。

“还是我来吧！”他走到她身旁，从她手中轻轻夺下了脸盆，说：“你刚洗完澡，冷风一吹，会感冒的。”

“不，不，这……太过分了！”她要把脸盆从他手中夺回来。

他伸出一只胳膊挡住了她的手。

“难道都不给我一次报答你的机会吗？你曾救过我的命。”

她知道他提起的是哪件事，低下了头，讷讷地说：“可是，那一次……并没有危险……”

“难道那块石头果然塌落下来，我才应该对你说感激的话吗？”

“……”

“有些事情，只有过后思考，才会理解究竟意味着什么。”

她慢慢抬起头，可一接触到他的目光，又立刻将头低下了，许久没有勇气再抬起头正视他一眼。

他的眼睛那一个夜晚好明亮！

他不再和她说什么，开始一盆接一盆地往外倒水。当她坐在自己的铺位，他坐在草上，默默相对时，炉火旺起来了。

她毫无困意。他分明躺下也是睡不着。

外面起风了，帐篷帘被吹得啪啪响。

“我们谈点什么不好吗？”他终于主动开口说，语调中带着恳求，仿佛此时此刻的沉默对他是一种难以忍受的折磨。

她用勉强能令他听到的细小声音问：“谈……什么呢？”

“你觉得，你们排长是个怎样的人？”

“这……你应该比我更了解她。”

“你为什么会这样认为呢？”

“大家……都是这样认为的。”

“大家？……”

“我们女排的姑娘们……”

他忽然生起气来，大声说：“可是我并不了解她。我曾想努力去了解她，却很难做得到。如果她是你，我相信自己早就了解她了……”

她抬起头，吃惊地瞪着他：“你……”

他不容她打断自己的话，继续说：“我是一个烈士的儿子，我父亲是在这块土地上牺牲的，我在生活中处处受到另眼相看，就是犯了错误也会得到庇护，即便做了蠢事也会得到原谅，但我厌烦这个！我是我自己，我要走我自己的生活道路。我不是烈士，我不过是烈士的儿子。可是她却经常对我说这样的话：‘你太不会利用你的政治资本了。你是一个政治上的浪费者！’而且摆出一副苦口婆心，谆谆教诲的样子，我不能忍受这种教诲！……”

她突然叫起来：“你不要再说下去了！”

他顿时哑然了。

“求求你，不要说了，不要对我说这些话，不要对我说到她，我不想听，我今天什么也没有听到……”她忽然双手捂住脸，侧转身，低声哭了起来。

他不能理解自己说的这些话为什么伤害了她，他怔怔地注视了她一会儿，站起来，慢慢走到她身边，握住她的双手，将她的双手从脸上移开。

她不肯仰起脸来，满怀苦衷地摇着头。

他不放开她的双手，将她拉了起来。

“不，不……”她仍在摇着头，想从他手中抽出自己的双手，但他将她的双手握得那么紧，那么紧。

“我……我……我……”他的呼吸那么急促。她甚至清楚地听到了他的心在胸膛内怦怦地跳。

“放开……我……”她呻吟般喃喃地说。她全身都失去了力量，她几乎要昏倒了。

他终于放开了她的手，扶住她，使她慢慢坐下去。

“我……我……也许，我是不该对你说……这些话……”他的语调中带有几分歉疚。

她将头垂得很低很低，交换地轻轻地抚摸着自己的手背。双手被他握得很疼，手背上留下了他的浅浅的指印。一滴眼泪落在她的手上，接着，又是一滴……自己的泪。

她感到内心里委屈极了。虽然他并没有伤害她。她紧咬着嘴唇，控制住自己没有放声哭出来。

“我并没欺负你呀！”他的话显出急躁来。

“别理我。我也不知道自己这是怎么了，过一会儿就好了。”她轻声说，抬起头看了他一眼，凄婉地一笑。

他一动不动地在她面前站了片刻，猛然转身走开了，并随手拧灭了马灯。

帐篷内黑暗了。黑暗中，她听到他在草上躺下去的声音。

一声粗重的叹息之后，黑暗邀请来了寂静。

她，也轻轻地躺下了。然而，她无法入睡。

一阵窸窣之声告诉她，他又爬了起来。炉中闪耀的火光，映照出了他的身影。他在拨火、加柴。他站起身，他呆立了一会儿。他向她走来，在她的铺位前站定了。他，小心翼翼地替她盖上了被子，大概以为她睡着了。他……双膝跪了下去。她立刻闭上了眼睛，一动不动。凭直觉，她判断他正在俯视着自己。她的脸上感到了他的呼吸，男性的缓重的呼吸。这呼吸扑到她脸上，使她心慌意乱。然而她屏息静气，仍然一动也不动。她的双唇，却微微张开了，本能地要求承受某种接触……

竟什么事情也没有发生。她感觉到他慢慢地站起来了，轻轻地离开了她。又是一阵他重新躺在草上的窸窣声……

当她从沉睡中睁开眼睛，天已经亮了。炉火还在燃烧着，帐篷里依旧很暖和。她的毯子，盖在她的被子上面。

他已经不在帐篷内了。

她匆匆地穿好衣服，走出帐篷。昨夜下了一场大雪，松软的雪地上，留下了一行朝山下而去的脚印……

排长郑亚茹和另外两个女知识青年跟车到山上来拉载最后一批物品。

排长见了她的面，没跟她打招呼。她和她们共同往车上搬东西。她并非由于过分敏感才觉察到，排长异常的目光不止一次地在她身上扫来扫去。

“你昨天夜晚一个人留在山上怕不怕？”

“睡得踏实吗？”

另外两个姑娘在排长不注意她的时候，一人一句，几乎是同时问她。

问过之后，似乎并不想得到她的回答，相互交换着含意玄妙的微笑。

她什么话都没有回答她们，只是默默地一件接一件地往卡车上搬装东西。

装完车，两个姑娘钻进了驾驶室，她爬上了卡车车厢。

“排长，你坐驾驶室吧？我坐车厢。”一个姑娘见郑亚茹还站在车下，打开驾驶室的门，对排长讨好，但又空卖人情，并未跳下来。

“不，我要坐在车厢上。”郑亚茹说着，爬上了车厢，坐在她对面的一捆麻绳上。

汽车开动了。她和排长虽然面对面地坐着，却谁也不瞧谁一眼。

当汽车在下坡的山路上减慢了速度，排长忽然开口问：“他昨天夜晚，和你一块儿在山上？”犀利的目光冷冷地盯在她脸上。

不待她回答，排长又说：“雪地上留下了他的脚印。”和这句话同时说出的潜台词是：“你无法否认的。”

她以同样的目光迎视着排长，只简短地回答了两个字：“是的。”也附带着一句潜台词：“那又怎样？”

“他……和你……睡一顶帐篷里？”完全是逼问的口气，但吞吞吐吐。

“山上不就剩一顶帐篷了吗？”她故意用反问的语气回答，并为自己作出这样的回答感到满意。

“这一夜……你们是……怎么度过的？”

“审讯吗？”

“回答我，我有权利问你！你知道我和他是怎样的关系！虽然现在不像我们刚到北大荒的头几年那样……约束严格了，但对道德败坏的事连里还是要追查的！”排长羞恼了，语势中含着威胁。

“无耻！”她冷冷地吐出了两个字。

“你！……”排长那张好看的脸扭歪了。

她也被自己的胆量所震慑了，立刻将目光从排长脸上移开，茫然地瞭望着冬天的荒野和远山的银色轮廓。

她内心里却感到一种从来没有过的畅快。

汽车在公路上飞快地疾驰，她们时时被颠起来，碰撞在一起，彼此却再没说一句话……

回到连队，他几次迎面碰到她，都侧脸而过，不理睬她，严重地伤了她的心。

一天，全连都在大食堂看电影，只有他一个人坐在连部守着电话机，记录电话会议。

她突然闯进了连部。

他手里拿着电话机，吃惊地瞪着她。

“我……我有话和你说。”

“我在记录。”他生硬地回答。

她扑到他跟前，一下子从他手中夺下电话听筒，使劲摔在桌上，大声嚷：“你……我恨你！”

“岂有此理！”他霍地站了起来。

她呆呆地站在他面前，胸脯剧烈地起伏着，嘴唇抖动着，目光盯着他，两只眼睛里渐渐盈满了泪水。

那是从心底的感情之泉涌出的泪水。

他不知如何是好了，张了几次嘴，才低低叫出她的名字：“晓芸……”

他第一次在称呼她的时候将她的姓省略了。

她猛地扑在他怀里，像一个受尽了委屈的孩子，放声大哭。“别，别这样……”

他拥抱着她，抚摸着她。她却止不住自己的哭声。

他冲动地双手捧住她的脸，疯狂般地吻她。吻她的嘴唇，吻她的眼睛，吻她的额头……

他的双唇封住了她心中的泪泉。

桌上的电话铃嘟嘟地响着。

他冷静下来了，朝电话机看一眼，替她拭干眼泪，轻轻将她推开。

她，也理智了，难为情地背转过身。

“喂，是我。我守着电话机呢！刚才……一个家属，和丈夫吵架了，对，两口子吵架。我已经把他们劝走了……”他已经坐在椅子上，又拿起了听筒。

她转过身来看了他一眼，扑哧笑了。

他对她眨了眨眼睛。

她凝视了他一刻，悄悄地退出了连部。

……

第三天，他带着一队人到师部参加水利大会战去了。她，则留在了连队。一次长久的分离——两年半。通信是保持的，但仅仅几封，几封很短的信，他告知她水利会战的工程情况，她在信上对他讲述连队发生的种种事情……

再后来呢？再后来，再后来，再后来……

站在哨位上的裴晓芸，什么也不能够再回忆起来了。

水……

多热的水啊！

炉火……

熊熊的炉火！

她觉得自己此刻身在两年前大山林中那顶帐篷里，泡在那只大铁桶里，又潜没到雪化的热水中去了……

突然，她的两只眼睛异常明亮起来，她清清楚楚地看见他站在面前。不是别人，正是他！她的他！

啊！他到哨位来接她了。

她向他扑过去，紧紧地搂抱住了他。

“啊！亲爱的，亲爱的，亲爱的……水太热了，真烫啊！不，冷……我真寒冷啊！我眼看就要冻僵了！抱紧我，抚摸我，吻我……我觉得我的双唇好像两块冰一样冻在一起了，用你的嘴唇融化了它吧！吻我，吻我，吻……”

其实，她一个单音也没有发出来。

然而她感觉到了他的拥抱，他的抚摸，他的亲吻……听到了他的声音，像就是在她的耳畔喃喃絮语，又像是从相当遥远处，从太空对她呼唤：“晓芸，亲爱的姑娘！……”

她挺立在哨位上，像“六号坐标”一样。月光将她的黑色身影，投映在边疆大地银白色的底片上。

她面对黑龙江，大睁双眼，枪上的刺刀闪耀着寒光……

她脸上浮现着微笑……

“黑豹”像跑马场上进入亢奋状态的一匹赛马，以疯狂的速度跑回了连队，直奔知识青年大宿舍。它如猛兽般，撞开男宿舍的门，冲了进去。空无一人……它呆立了一刻，腾跃起来，在空中反身，又窜了出去，扑进女宿舍。女宿舍也空无一人……它在男女宿舍间窜来窜去，往返数次，发出呜呜的低吠。它彻底失望了，焦急地摇动着尾巴，站在大宿舍的过道走廊里，怒吼了两声。它发现了团部方向的火光，一动也不动了。突然，它箭一般向团部奔去……

在团部，在八百余名知识青年中，在十几堆篝火间，在物资库的救火现场，在每一处有人群的地方，这只狗横冲直撞，寻找着工程连的知识青年。

“嘿！这狗真肥，捉住它，捉住它！烤狗肉吃。”围聚在一堆篝火旁的几个男知识青年，四面围住了它。有的握着刀子，有的持着木棍，有的拿着石头。他们要结果它的性命，要剥下它的皮，要肢解它肌腱发达的身体，放在火上烤熟，吃掉。

他们是又冷又饿。

不知哪一个首先朝它扔出了石头，击在它头上。它嗷地叫了一声，向后退，而后胯上又挨了狠狠一棍。它摇摆了一下身子，栽倒了。他们立刻围上去，一个绳套套住了它的脖子，勒紧了，把它拖拽到一棵树下，吊了起来。求生的本能和兽性在这只驯良的狗身上勃发了。它侧头一口咬住了绳子，用锐利的牙齿将绳子咬断，从半空掉在雪地上。

他们又朝它围上去。它像一头真正的豹子一般跃起，扑向离它最近的一个人，它扑倒了他，朝他的脖子咬下去。他用手一挡，咬住了他的手。一声惨叫，它觉得自己从那只手上咬下了什么。它口中含着咬下的东西，龇着白森森的利牙，呜呜低吠，竖起了脖颈上的长毛，伺机再扑。

他们惧怕了，退缩了。

两根手指从它嘴里吐在雪地上。

它突破包围，向救火现场奔去。

在那里，它在纷乱的救火人群中，第一个发现的是它的主人。他扛着一箱手榴弹从火海中冲出来，刚刚放在安全的地方，它立刻窜过去咬住了他的裤角不肯松口。他低头看见是它，骂了一声：“滚开！”用另一只脚将它踢得翻了个身。

“工程连，跟我来，赶快扛手榴弹箱！”他大喊着，又冲进了火海。

十几条人影跟随在他身后，也冲进了火海。

“黑豹”又发现了小瓦匠，窜上去咬住了小瓦匠的裤角。

小瓦匠蹲下身，拍着它的头说：“‘黑豹’，你到这里来干什么？你帮不了一点忙，去吧，去吧，回连队去吧！”

它迷惑地松了一下口，小瓦匠挣脱裤角，也冲进火海去了。

“工程连的，组成人墙！”

火海中，它辨听出了主人的大喊声。

一道人墙隔立在火海之中。他们手挽着手，靠得那样紧密，火舌舔着他们的后背。更多的人在他们的掩护下去扛手榴弹箱。

“黑豹”也想冲进火海去，但大火的烈焰令它害怕。它在大火外围来来回回地奔跑着，奔跑之中俯下头啃了几口雪。

它突然又朝驼峰山上的哨位奔去……

刘迈克怀孕的妻子在家中期待着他。她安静地坐在炕上，一针接一针给未出世的孩子缝做小衣服。

孩子不会见不着父亲了。这将在北大荒出生的小生命，在她腹中轻轻地动弹呢！她为孩子而庆幸，也为自己感到了幸福。她那颗将要做母亲的心，此刻踏实极了。她内心充满了对生活的信赖和深情，也充满了感激。

听到狗叫声和狗爪子的扒门声，她愣了一下，放下手中的小衣服，下地开了门。门刚打开一条缝，“黑豹”就挤了进来，口中叼着一只棉手套。

“‘黑豹’？……”她从它口中取下手套，立刻认出，是裴晓芸的。在全连的女知识青年中，她和裴晓芸最要好。她是连队后勤班班长，裴晓芸曾是后勤班的唯一一个知识青年。缺少友谊的上海姑娘，把她当姐姐一样看待。

裴晓芸上岗之前，还背着枪来到她家里，笑盈盈地问她：“秀梅姐，你看我像一个哨兵吗？”

这只手套破了个洞，是她当时给补好的。

“黑豹”围着她转，咬住她的衣服，将她向外面扯拽。

一种不祥的预感立刻遍布她的全身。

她慌忙地穿上大衣，扎上围巾，跟着“黑豹”走出家门。

她跑到马房，拉出一匹马，跨上马背，还没坐稳，就喝马朝驼峰山飞驰。

来到哨位上，她跳下马，见裴晓芸朝她伸着双手，似乎在迎接她。

她几步跨到裴晓芸身前，握住了她的双手，但立刻又缩回了自己的手。裴晓芸那只失去手套的手，像岩石一般硬！

裴晓芸那只失去手套的手，像岩石一般硬！

她呆住了。

“晓芸，晓芸，晓芸……”她喃喃着。

微笑依然呈现在裴晓芸脸上。

“裴晓芸！……”她嘶声大喊。

泪水顿时蒙住了她的两只眼睛。

她又向裴晓芸扑过去。

可是……女哨兵颓然地、僵直地朝后倒了下去，倒在铺雪的大地上，恋恋地瞪视着夜空。

“裴晓芸……”她扑在女友身上，泣不成声地呼唤着。

“黑豹”发出一声悲怆的哀吠……

七

黎明的曙色从驼峰山顶显现出来了。隔夜间，驼峰山耀眼的银铠甲不知被暴风雪卷到这世界的哪一个角落去了，裸露出灰色的岩质的嶙峋峰体。北面半山坡，暴风雪推到一起的积雪，顺坡呈现着波浪般的层次明显的叠状，像一位巨人缠在腰间的衣裾。“六号坐标”仍然竖立得那么笔直，这大地的立体指南，被无数次的暴风雪和暴风雨挥发尽了体内代表生命的水分，由一棵树成为一根枯干。荒原上，鬼使神差地出现了一堆堆的雪堆，小则如坟，大则如丘。太阳也从驼峰山后面庄严而矜持地升起来了，在驼峰山巅滞停了片刻，仿佛有弹性似的，轻轻一跃，便悬在半空中了。灿烂的霞光普照大地，白雪闪耀着宝石一样的红色的柔和的光芒。

团部区域，一堆堆篝火已熄灭，但仍冒着袅袅的青烟。冬晨清新而充满冷意的空气中，飘漫着燃烧后松脂产生的特殊气味。十几辆马车、挂斗车、拖拉机，随心所欲地停在各处。昨夜没有卸套的马，身上披着霜，像古战场上的银甲马，舔着雪，猪一样地拱食着雪下的枯草。

在一片平坦的雪地上，苫布蒙盖着从火中抢搬出来的物资。桶、扁担、锹、镐，分类整齐地堆放着。

知识青年们，此刻都聚集在干部股、组织股、财物股……有纪律地办理返城手续。只有会议室空无一人，门敞开着，对流风横穿室内，将烟灰、烟头、烟盒、报纸刮落满地。小公务员在独自打扫着。他在履行自己最后的职务，他办理完了返城手续。

礼堂里，舞台上，并放着两张桌子，一摞摞的档案，将要在这里改变它们过去十年中的人格化的价值。今后它们记载些什么，那要由知识青年返城后的命运所决定了。

军务股长，郑重地坐在一张桌子后面。知识青年们在此办理最后一道返城手续——领取各自的档案。他要在他们的密封的档案袋上和准迁卡上盖章，这是他最后一次为他们履行职务。

他见人到得不少了，站起来，大声说："现在，我开始办公，首先，你们必须按照我的要求，分成两排。"说罢，他从侧梯上走下来，走到他们之中，指点着他们说："你，站到左边。你，站到右边。你，左边。你，左边。你……也左边去。你，右边。左边，左边，右边……"

他们很快被他分成两排，一排人多，一排人少。

他环视着两排人，说："左排优先办理。"他把"优先"两字说得很重。说罢，一转身大步朝台上走去。

"你这是什么意思？有没有个先来后到了？我早就在这里等候你办公了。"右排中，有谁嚷叫起来。

"对！说清楚。"

"别以为公章在你手里握着，就可以独断专行！"

……

右排的人附和着，抗议着，甚至威胁着。

军务股长在舞台侧梯上站住了，缓缓地转过身，目光盯向右排，用冷峻的语气说:“你们睁大眼睛,看看左排的每一个人,然后再互相看看你们自己！”

右排的人，将狐疑的愤愤不平的目光投向左排——他们的脸，一个个都是黑的，肮脏的。还有带着伤痕的。他们的裤筒、鞋上，挂着水湿后冻结的冰。他们的衣服上，这里那里尽是烧破的洞……他们的样子都是那么狼狈不堪。

右排的人，一个个显得比左排的人更加狼狈起来，他们互相一看就明白，他们昨夜没有救火。

这是一种对比明显的排列组合。弟兄、姐妹、好朋友、同班同排同连队的，彼此有着各种关系的知识青年，被这种排列组合分隔开了。右排的人不得站到左排去，左排的人绝不会愿意站到右排去，他们只能面对面地望着。

在这种默默的持续的对望中，股长站在台上又大声说：“我要求你们保持肃静。如果有谁大叫大嚷，我提议你们，就将他轰出去！”

他在办公位置坐下了，拿起一张卡，一字一字地念道：“一连……李庆丰……”

右排的人，谁都无法经受等待的寂寞和左排的注视，他们先后退出了礼堂。退出时，每个人都低垂着头，脸上不无惭愧。

左排的人，他们保持着一种持久的，近似庄严的肃静。连咳嗽声，都是控制着的，没人交谈。熟悉的也罢，陌生的也罢，他们用目光彼此表达着淡微的敬意和……庆幸。此时此刻，他们昨夜自发的救火行动，受到这种特殊形式的重视，他们怎能不感到莫大的欣慰？一有人走入礼堂，他们便纷纷将目光投射到那个人身上。如果他或她身上，和他们有相似之处，他们便点头致意，打手势叫他或她排到队列中来。如果他或她的脸不是黑的，衣服是完好无损的，他们的目光，便是他或她怯于正视，难以承受的。那种目光是极其复杂的，内含着质询、谴责、惋叹，甚至包含着同情。

他或她如果不是反应迟滞的，就会意识到什么，愧然退出。

站在队列中的小瓦匠，瞧着那些领到准迁卡和档案的人欢天喜地的样子，心中产生了一种淡淡的忧郁和不满。他认为他们不应是这种样子离开，应是怎样呢？……他自己也不知道。

他觉得需要和别人交谈一下，随便交谈些什么，心情才会轻松点。于是，他问身旁的一个小伙子：“你是哪个连的？”

“三连的。”对方好像也和他有同样的需要。

“你们连……也都走光了？”

对方肯定地点点头：“文书、会计、卫生员、小学教员……三十几名知识青年，一锅端。”

“哪年来的？”

“我？六八年。六月十八日，正是‘六一八’指示那一天到的北大荒。我们问带队的，毛主席对兵团的指示才传达下来，你们怎么会提前一个多月在对我们宣传动员时，就打出了兵团的旗号呢？带队的回答：‘宣传是为了目的嘛！’他居然不怕落个编造主席指示的罪名！”

“那你是第一批到北大荒的了？”

“当然。我们那一批是北大荒的知识青年元老！我们都是自愿报名的。我报名后一直瞒着父母，到临走的前一天才告诉他们。母亲哭闹得天昏地暗，可我还是走了……我是独生子。后来想返城也回不去了。你呢？哪一年？”

“七一年。”

“‘一片红’那一年？”

“是的，当时我母亲正瘫痪在床上，街道上山下乡动员组的人，有天敲锣打鼓将光荣花送到我们家。我和弟弟说：‘我们没报名呀！’他们说：‘没报名也批准了！’”

“‘一片红’‘一片红’，从城市走的干净，也从北大荒走的干净……四十多万啊！不知道留下来的会有多少？”

“想不到，我们会是这么离开的。别的都不讲，就拿我们团来说，全团百分之九十的农机具手都是知识青年，都走了，怕是今年开春连小麦大豆都播种不下去……仔细想想也真有点觉得对不起北大荒！”

“是啊，政委还说要给我们开欢送会呢，我看还是不要开的好。”

小瓦匠忽然看见弟弟走进了礼堂，弟弟身穿一件军大衣，军大衣过肥过长，弟弟穿着太不合适。脸，弟弟的脸——是清洁的。为什么是清洁的？！为什么不是肮脏的？！

他自己，他们所有这些脸上肮脏的人的目光，都投射到弟弟身上。

小瓦匠心中替弟弟难受极了！他将身子转过去了。

可是弟弟已经发现了他。弟弟不理会投射到身上的那些目光。弟弟向他走过来，走到他身边站住，轻轻叫了声：“哥……”

大家默默地注视着他们兄弟二人。

小瓦匠猛地转过身，吼道：“别叫我哥！”

弟弟吃惊地不解地瞪着他。

“你……你不是我的弟弟，你给我滚出去！”

“我……”

“我揍你！”小瓦匠猛地抓住了穿在弟弟身上的军大衣的领口。刚才和他交谈的那个小伙子，用胳膊架住了他挥起的拳头。他使劲一推，弟弟跌倒在地上。

那小伙子上前扶起了弟弟，看了当哥哥的一眼，对弟弟说：“现在办理手续的，都是昨天夜里救过火的。你……过会儿再来吧。”

弟弟的眼睛呆望着哥哥，一只手，一颗一颗地解开了军大衣的衣扣。肥大的军大衣，从弟弟瘦而窄的肩头落到地上。弟弟完全变成了另一副样子，棉袄面和棉花差不多烧光了，穿在身上的不过是破棉袄里子。裤子，膝盖以上烧得和棉袄一样，一条包皮电线穿着裤里，勉强将棉裤吊挂在皮带上……

小瓦匠怔住了。

所有的人都怔住了。

弟弟那双瞪着哥哥的眼睛，渐渐充满了委屈的泪水。

军务股长不知何时停止办公，从台上走下来，走到了弟弟身边。他捡起军大衣，拍去灰土，轻轻披在弟弟肩上，说："这是马团长的大衣吧？"

弟弟点了一下头，嘟哝："他命令我穿的。"

"快穿好，别冻着。"军务股长的手搭在弟弟肩上，目光却责备地看着当哥哥的。

小瓦匠走到弟弟跟前，像给小孩子穿衣服一样，将军大衣穿好在弟弟身上，替弟弟扣上了纽扣。

"跟我来，我现在就给你办理手续。"股长拉住弟弟的一只手，和弟弟一块走上了舞台……

党委办公室里，政委孙国泰背对着曹铁强和郑亚茹，用极低极沉重的语调说："你们可以走了……"

隔夜之间，他苍老了那么多！两眼网满了血丝，脸上的每一条皱纹都加深了。

悲痛像一双无形的大手，挤压着他那颗在战争年代、在艰苦的农垦创业时期，锻炼得非常刚强的退伍老战士的心。

有不少人为开发和建设北大荒献出了生命。这些人的名字有的他还铭记着，有的他已经忘却了。将身躯埋葬在北大荒土地上的知识青年，也绝不止两个。但昨夜两个知识青年的死，在他心灵中造成的却是一种混合着负罪感的悲痛。

他们死了。一个上海姑娘和一个哈尔滨市的小伙子。一个三十一岁。一个二十五岁。一个，还没有结婚，没有来得及成为妻子，甚至也许——还没有来得及爱过。他这样猜想。另一个，撇下了年轻的妻子，和妻子腹中还没有出世的儿子，也许是女儿。一个，刚被连队团支部讨论通过为共青团员不久。但不知为什么，团里还没有正式批准下来。这些共青团团委的干部们！在他们看来，批准一个共青团员，似乎比批准一位中央委员还要严格！而另一个，迫切要求加入党组织而生前并没有成为一名中国共产党党员，却仅仅是由于他自己随口说出的一句话：“对于像刘迈克这样的知识青年的入党问题，审查要严，考验要久。”一句话使工程连党支部三次呈送到团里的发展党员的报告，都被团组织股长长久地压了下来……对于当年的团警卫排长，他的成见是那么深！在今天以前是那么难于改变……

对于他们的死，谁来承担责任呢？是暴风雪？还是昨夜的混乱？是团长马崇汉？还是他们的连长和指导员？或者是……他自己。作为政委，他觉得自己有推卸不掉的责任。责任……即使每一个活着的人都愿意承担什么责任，甚至处罚，他们……也还是丧失了生命。

一个死得……悲惨，一个死得……庄严。一个死得……英烈，一个死得……神圣。一个的死，换得了可见的代价。一个的死，升华了兵团战士的称号……

曹铁强和郑亚茹一齐走进党委办公室，便一言未发。刘迈克和裴晓芸的死，使他的心由悲痛而麻木了。是郑亚茹回答了政委提出的一切问题。政委问一句，她回答一句。

郑亚茹见政委不再问什么，缓慢地站起身，朝外面走。她走到门口，站住了，忽然扑在门框上，哇的一声大哭起来。老政委走到她身边，低声说：“坚强些。”

郑亚茹突然扑到曹铁强跟前，双膝跪地，痛哭着说：“我有罪啊！会议的内容是我泄露的，混乱是我造成的。刘迈克的死，是我造成的。裴晓芸的死，也是我造成的！我……我没有指定人换她的岗……我……”

她突然跳起来，疯了一般冲出党委办公室。

曹铁强一下子伏在桌上，额头抵着桌面，双拳不停地狠狠地擂着桌子。不久，一声呻吟才伴随着他的哭声爆发出来。

“我……我为什么不早一天明明确确地告诉她……我……是爱她的……”

这句话像是从他破裂了的心灵迸发出来的，带着心灵伤口的血。

老政委这才真正理解，知识青年连长的悲痛，远比自己预想的要巨大得多！可是，他却找不出一句话来安慰这年轻人。

让这年轻人痛痛快快地大哭一场吧！

他走出了党委办公室，站立在门外。泪水这时才从他眼中淌出来，溢满了脸上深深的皱纹中。见两名团委的干部远远朝他走来，他掏出手绢擦了擦眼睛。

“政委，你派人找过我们？”他们走到他跟前，低声问，表示出他们以往对他的尊敬并未丧失的样子。

他问：“你们的返城手续办理完了？”

“办完了！”他们仍然低声回答，就像他所问的是某件工作。

他眯起眼睛，注视了他们一会儿，极平静地说：“既然你们的返城手续办完了，那么，我现在就有理由宣布，解除你们共青团组织者的一切职务。”

他们互相看了一眼，以为政委派人把他们找来，就是为了当面向他们宣布这一点。他们缓缓转过身，各自怀着复杂的心情要离去。

“等一下。”政委叫住他们。

老政委又说：“我以团党委的名义命令你们，在正式移交共青团组织工作之前，批准工程连上海知识青年裴晓芸为中国共产主义青年团团员。”

两位共青团的干部又互相看了一眼，同时点点头。

“我的话还没完。”当他们第二次要离去时，老政委又把他们叫住了，接着说，“所有本连队团支部已经通过的知识青年的入团志愿书，我都要求你们在移交工作之前，全部批准，并代他们办理好组织关系，交给他们本人，不许有任何差错！”

……

办理完了最后一道返城手续的知识青年们，有些一拿到档案和准迁卡，就迫不及待地赶回连队去了。他们需要筹划种种返城的准备。更多的人没有回到连队去，仍留在团部，他们要等待开欢送会，因为这是老政委说过的。他们并不希望为他们召开多么隆重多么有场面的欢送会，他们只是希望在离开北大荒之前，有人能够代表北大荒对他们说些什么。他们每个人都很想通过一种仪式，哪怕是最简单的仪式，集体向北大荒告别。有没有这样的仪式，对他们来说，并不是无所谓的。

此时此刻，他们对北大荒是怀着一种由衷的留恋之情的。或者换一种说法，他们是对他们的青春，对他们当年的热情，对他们付出的汗水和劳动，对他们已经永远逝去的一段最可宝贵的生命，怀着由衷的留恋之情。

留恋，但却要离开。

多么矛盾啊！

但这是时代的矛盾在一代人身上、思想上和心理上的折射。

谁不能客观分析我们过去了的那个时代的矛盾，不能得出正确的结论，便无法理解他们将要离开北大荒时的复杂心情，无法理解他们对北大荒那种眷眷的留恋。

除了工程连的少数几个人之外，他们都还不知道，就在昨天夜里，有两个知识青年长眠了……

九点整，团部的广播喇叭传出了集合号声。各个连队，在礼堂外的广场上排好了队列。

礼堂的门，从里面缓缓打开了。

他们一进入礼堂，都惊诧得呆住了。首先映入他们眼中的，是一条横幅挽幛——

知识青年刘迈克、裴晓芸千古

老政委臂戴黑纱，肃穆地站立在舞台上。他望着大家，用流溢着感情的目光望着大家，许久才开口说道："兵团战士们，这是我最后一次这样称呼你们了！我相信，今后，在许多年内，在许多场合，这个称呼，将被你们自己，也被别人，多次提到。这是值得你们感到自豪的称呼，也是值得和你们没有共同经历的同代人、下几代人充满敬意的称呼。虽然，你们就要离开北大荒了，生产建设兵团的历史，结束了，但开发和建设边疆的业绩并没有结束，也是不会结束的！我代表北大荒，要大声对你们说，感谢你们——兵团战士们！因为你们，在北大荒的土地上，留下了垦荒者的足迹！因为你们，十年内打下过何止千百万吨的粮食！因为你们，今天是要回到城市去，而不是，要跑到黑龙江的那一边去！我相信，今后在全国各个大城市，当社会评论到你们这一代人中最优秀的青年时，会说到这样一句话：‘他们曾在北大荒生活过！’……”

无数双眼睛，一眨不眨地注视着老政委。

老政委那般激动！

他接着说：“我昨天答应你们，要为你们开欢送会。我真心实意地想到，要像你们当年被欢迎来北大荒一样，敲锣打鼓地欢送你们离开北大荒。你们是有功绩的，虽然，这功绩不见得会被书写在历史上，但它是会被历史所公正地承认的！十年中，有不少知识青年，为北大荒献出了生命。就在昨天夜里，你们之中的两位知识青年，你们的两位兵团战友……你们要永远铭记他们的名字！他们叫……刘迈克……裴晓芸……北大荒将永远怀念他们……”

老政委垂下了白发苍苍的头。

所有的人，都垂下了头。

广播喇叭传出了哀乐声。

曹铁强、小瓦匠和工程连的两名战士，抬着用白布罩起的自己兵团战友的遗体，从外面缓缓地走入礼堂，走上舞台，将战友的遗体，轻轻地平放在桌子上。放得那么轻，像怕惊醒了他们的睡眠。

“大家，向烈士告别吧！”

老政委的话音刚落，立刻有人失声哭了起来。哭声响成一片！

这些知识青年们，在近几年中，为领袖，为敬爱的周总理，为朱委员长，为许许多多老一辈革命家的逝世，如此痛哭过。今天，为两个知识青年，为两位兵团战友，他们又一次痛哭了……

数百人组成的送葬队伍，没有戴黑纱，没有戴白花，连一只花圈也没有抬着，从礼堂出发，沿着团部大道，缓慢地走向驼峰山。

镐头刨开了冰冻得铁一般硬的土层，一把铁锨，在数百人手中传递着。北大荒的土，掩埋了两个知识青年。北大荒的土地上，又堆起了，也遗留下了，两个知识青年的新坟。

排枪响了三次。

这是工程连的战士们，遵照连长曹铁强的话做的安葬仪式。裴晓芸这个刚刚被批准为战备分队战士的上海姑娘，生前还没有机会放过一枪。排枪声震动了穹空，三次回音在驼峰山谷之间回鸣，绕着山峰，长久不断地延续。

一支黑色的箭从半山腰的哨位上朝这里射来——是“黑豹”……

郑亚茹没参加安葬，她没有勇气。她独自一人来到石锦河边，坐在一棵树干曲扭的大柳树下。她的头脑很乱。准迁卡和档案袋放在书包里，书包背在身上。但回到城市去，还是留下在北大荒，她内心充满了矛盾，犹豫不决。而容许她进行选择的时间，竟是那么短，那么紧迫。

这里静悄悄。每次到团里来开会或参加干部集训学习班，她一有空就喜欢独自到这里来，消磨一点余暇，无论冬夏春秋。老柳树昨夜之前缀满树挂，像一株巨大的银珊瑚。冰冻的河在暴风雪前如镜子一般光洁。这里曾令人流连忘返。然而暴风雪一夜间将这里的美好彻底破坏了。老柳树的枝条光秃得像丑怪的豪猪，河面被苍凉的厚雪所覆盖。望着驼峰山蜕了一层皮似的山峰，她对自己今后要走的人生道路那么茫然。

她明白，自己站在一个十字路口。

在昨夜之前，她对自己的生活之途充满信心。她是全团仅有的三个女知识青年提拔起来的正连职干部的一个，是唯一的一个知识青年团党委委员。在全团培养团一级青年干部的名单中，她是名列第一的。虽然，她也同许多知识青年一样，对城市，对城市生活，时时产生情不自禁的眷恋。但更多的时候，她是压制着这种眷恋，不像别人那样随时随地流露出来。她不，她从没如此过，她不允许自己那样。在对种种离开兵团的途径和去向都思考过，对比过，暗中尝试过之后，她曾放弃了返城的念头。只要默默耕种，总会有收获，她相信这一点。谁知再过十年之后，她不会成为生产建设兵团的女团政委，甚至女师政委呢？那时，她也不过才人到中年。那么再过十年呢？她五十岁的时候呢？生产建设兵团总部的领导们，是部长级，是大军区级。一切都非梦想，一切都不是不可能。一切都只有留在兵团，留在北大荒才会实现。在任何一座城市里，都不会为一个二十九岁的女青年创造这样的条件，提供这样的机遇。可是突然她和所有知识青年一样，被推到了走与留的十字路口。她根本没有来得及思考，就作了后一种选择，甚至可以说，不能算是一种选择，而只是一种身不由己的盲目的附随。后悔了吗？也许是的，的确是的。返回城市之后，她和全团八百余名知识青年，和几千、几万、几十万、几百万、全国几千万知识青年的命运，还会有什么不同？城市会像久别的情人一样张开双臂拥抱她吗？待业、临时工……她能够心平气和地忍受这些吗？不错，父母会尽快为她安排一个较理想的职业，在这一点上，她可能会比别的知识青年幸运些。以后呢？结婚，生孩子，贤妻良母加先进生产者。在北大荒的种种荣誉和资本，都将是过了时的记录。一切都得从新的起跑线上再次开始。对于这种人生途程上的竞赛，她已经感到疲倦了。她已经竞赛了整整十年啊！……何况，她已经二十九岁了，一个老姑娘。城市对于一个二十九岁的返城的姑娘，绝不会是含情脉脉的。她不由得想到了曹铁强，想到了十年来她和他之间的关系。她是爱他的，现在仍爱，可以对天盟誓！可是，他究竟为什么不爱她呢？她至今不明白。他一度曾想把爱情双手奉献给她，在这一点上他并没有欺骗她。她自己也不是一个容易感情迷乱，容易被装虚作假的人所欺骗的姑娘。不，不，他不是一个玩弄姑娘感情的人！尽管她已永远不可能获得他的爱情了，她却不能够允许自己诋毁他，不能够允许自己诽谤她和他之间过去的，那种似爱情然而又被什么东西与爱情所分割的关系。

爱情曾经环绕在她身边，她却没有捕捉住。她那么希望和企图获得，但终于还是失去了。

他把爱情给予了别人，给予了一个在自己看来完全没有可能得到的姑娘，却真实地甚至可以说慷慨地给予了！

是生活本身犯了错误？是他错了？还是她自己错了呢？错在哪里呢？

大前年探家的时候，她就开始意识到，她和他的关系中出现了最严重的一次“危机”。可是，他们并没有发生争吵啊！应该说，那一次探家还是很有收获的。她温柔地哄劝他，恳求他，甚至耍了一些小小的计谋，编造了种种借口，领着他一家又一家地登门拜访自己父亲的老战友、老领导、老下级，从省军区司令员到某某副市长，从某某局长到某某区长。不错，都是纯礼节性的拜访。但这种纯礼节性的拜访，难道不是可以积累成亲近的感情吗？难道与这些人物之间缔结下的感情韧带，可以被愚蠢地认为是没有必要，没有意义，没有价值的吗？白痴才会那么认为。不论任何一个人，要生活得比别人更充满自信，要实现比别人更大的作为，要在同代人中出类拔萃，都必须在生活中借助别人的力量。谁的生活能摆脱得了在社会上的傍依性？谁？即使非凡的人物。何况，她仅仅只是为了她自己吗？难道不也是为了他吗？不是为了她和他共同的将来吗？

如果是在这一点上他不理解她，轻蔑她，鄙视她，他是公正的吗？将来总有一天她要寻找机会质问他的，她要和他辩论明白的。他可以不爱她，但她有权要求回答。她不能既失去了，又糊涂着啊！

她又想到了团部卫生院的主治医生匡富春，收到他从哈尔滨医科大学寄给她的第一封回信，她当时多么惶然！从那封信的字里行间，她看得出来，他被她深深地感动了，他对她充满由衷的感激之情。感激一个不相识的姑娘对他的经济资助和真诚勉励。而她给他写信，寄给他拾元钱，不过是出于和曹铁强赌气！而且，过后她就把这件事忘了。既然收到了回信，就不能不认真对待了。那太卑劣了！几经犹豫和思考，下个月她又给他寄出了一封信和拾元钱。当然，她又收到了回信。复信，寄钱，复信，寄钱……感激之词和

"希望你刻苦学习"一类话语在来往书信中渐渐被剔除了。她觉得寻找到了一个可能向对方倾吐自己内心许多忧烦苦闷的人。她也体验到了被别人信任，由信任而得到一种友情，同时给予别人信任，给予别人友情是生活中一件多么美好的事！他在信中表示，盼望和她早日相见一面了。

在又一次探家期间，他们相见了。

假期结束，他送她上火车时，郑重地交给她一封信，他向她求爱了。

那正是她和曹铁强之间的关系令她最苦恼最绝望的一段时期。

她站在列车两节车厢的过道，背着陌生的人们哭了一场。

一返回连队，她就给匡富春写信。在信中告诉他，他上医科大学的机会，当初差点是被她所断送。告诉他，她曾热烈地爱过另一个小伙子……

她是怎样地盼望着他的回信啊！不久便收到了回信。信纸上只写了一行字：因为你是一个如此坦率的姑娘，所以你便值得我爱。

……

今天，她不禁向自己发问：我爱他吗？究竟爱他到什么程度呢？他是卫生院受人普遍尊敬的医生，长得也不错。和曹铁强比较，一个英俊，一个文秀。他爱自己的职业不亚于爱她。他比曹铁强能够理解她，虽然不见得事事赞同她。

只有他，才能医治曹铁强在她心灵上造成的爱情伤痕。只有他，才能在她心目中和曹铁强并列。也只有能够和曹铁强并列的人，才能在她心目中取代曹铁强，才能最后占据她的整个心！她心目中是有一种被别人整个占据的愿望的啊！

我为什么要想到爱情？在这里，在这个时候？

她又抬起头向驼峰山看去。那里，在进行安葬，而我坐在这里……多么可鄙啊！

"留下，还是离开？我必须在半个小时内作出最后的决定。"

她看了一眼手表，从雪地上抓起一把雪。雪的冰冷的刺激，使她打了个寒战，也使她的心绪稳定了些。

“在半小时内，如果我手中的雪还没有融化，我将离开……如果融化了，我将留下……”

一滴雪水顺着她的指缝慢慢淌着，终于滴落在雪地上，在雪壳表面冻结成一颗小珍珠。

不到十分钟，她手中的雪便融化尽了。

手，太热了。

留下？……八百余名都走了，四十几万都走了，自己留下来？选择和大多数人背道而驰的生活之路，别人的经验告诉她，那是太冒险了！一个孤独的女知识青年，难道还要在北大荒经历无数次像昨夜那么猛烈的暴风雪？！不，不，不！那太可怕了。何况，此后她的双脚踏在这块土地上，心灵会感到时时不安宁的。因为，这里埋下了刘迈克和裴晓芸，在今天。

一想到这一点，她的心像是被放在炭火上烧烤着。

她同时想到了不久前的一件事：连里有天突然收到了兵团总部的公函，上面用打字机打着十几行字——所谓裴晓芸的母亲是外国特务的疑案，纯属“四人帮”对爱国归侨的政治迫害。她父亲的政治问题，也获得彻底的平反昭雪。她在国外的姨父母，要求批准她到国外去继承遗产。如本人同意出国，连队要举行欢送会。欢送会作为一项政治任务，必须举行……

当把公函给裴晓芸看时，裴晓芸哭了。

“我在国内一个亲近的人都没有了，我需要亲人！……”

凭裴晓芸的这句话，郑亚茹主持召开了欢送会。

她是这样说开场白的：“今天，我们为裴晓芸女士，召开出国欢送会。我们希望，裴晓芸女士到了国外，能够做一个红色资本家。这就算我代表全连对裴女士的临别赠言……”

这开场白是用笔起过草，背过的。为什么要用“女士”这样的称呼？话中有没有讥刺和嘲讽？她无法否认这一点。

她讲完话之后，裴晓芸站起来说：“我需要亲人，需要关心我爱我的人，但我不愿离开祖国，不愿离开北大荒！我相信在北大荒我会寻找到关心我爱我的人……”说完，便离开了会场。

欢送会没开成，人们纷纷散去，最后只剩下了她和曹铁强。曹铁强瞧着她，想说什么，却什么话都没说，只是摇了摇头，也撇下她走了。就是从那一天，她意识到，不但失去了爱情，同时，也失去了友情。他对她责备的话都不愿说了。

想到这件事，郑亚茹站了起来，匆匆朝团部走去。她要去找匡富春。

她下了走的决心。

“没有十字路口，”她在心里对自己说，“对于我，只剩一种选择，离开北大荒。”她明白，曹铁强是不会离开北大荒的了。在昨夜以前，她和他既是领导着一个连队的两个合作者，又是生活道路上的两个竞争者。就像运动场上的两个竞走运动员，比的是在北大荒坚持下去的耐力和毅力。只有爱情才能改变他们之间这种关系，而爱情早已在他们之间死亡了。剩下的，只是怨恨，也许更甚，是仇恨。难道有谁可以原谅导致他所爱的姑娘死亡的人吗？即使他亲口对她说出原谅的话，她也不能相信。即使她相信了他，她也不能饶恕自己。

离开，离开……绝不留下……要和匡富春一同离开，和匡富春一同。走在半路，她忽然放慢了脚步。她终于……站住了。她终于……转变了方向，她朝驼峰山走去。

她来到了埋葬刘迈克和裴晓芸的地方。她久久地站立在两堆新坟前。她在雪地上跪了下去。她用双手扒开积雪的硬壳，扒得露出了地面，十指在地面上使劲抠着。扒开的雪接收到阳光，化了。坚硬的地面潮湿了一点儿。她终于抠起了极小的一捧土。指甲裂了，十指鲜血淋淋，她却并不觉得疼。她双手捧起这一小捧土，缓缓地站了起来，虔诚地将土分撒在两座坟头上。

她在心中乞求：“刘迈克，裴晓芸，你们饶恕我……”

团部紧急会议的内容，是她透露的。会前，马团长找她单独谈了一次话，

郑亚茹来到了埋葬刘迈克和裴晓芸的地方。她久久地站立在两堆新坟前。

指示她开会时要首先发言，表明态度，并答应她，如果想离开北大荒，全部手续包在他身上。趁团长出去了一会儿，她急忙抓起电话，将关系到知识青年命运的这一重要情况，告诉了在水利连当文书的表姐，敦促对方赶紧采取对策……

当她转过身准备离开时，发现曹铁强站在几步远处，正望着她。

两人默默地对峙了片刻，她迎视着他的目光，向他一步步走去，走到他面前，说："你惩罚我吧，我请求你……"

他摇摇头："不，我的拳头从来也没有落在悔过的人身上……"

"打我吧，打吧，打呀！我求你……"泪水从她眼中流了出来。

"不，我不能够……我知道，你是要离开的了。希望你，今后在回想起，在同任何人谈起我们兵团战士在北大荒的十年历史时，不要抱怨，不要诅咒，不要自嘲和嘲笑，更不要……诋毁……我们付出和丧失了许多许多，可我们得到的，还是要比失去的多，比失去的有分量。这也是我对你的……请求……"他说完这番话，注视了她良久，一转身大步走了。

她望着他的背影，又回头望着两堆新坟，双手缓慢地抬起来，捂住了脸……

老北大荒人的女儿躺在团部卫生院的病床上，面如白纸。昨夜，她骑马驮着裴晓芸狂奔到团部，半途便在鞍上流产了。马到卫生院门前，她便昏了过去，滚落地上……

她在流泪，为失去了没出生的孩子和女友而流泪。在情感和心理方面，她都已具有了细微悱恻的母性的特征。而此种从未承受过的悲痛，像轰击宇宙的大雷电，猛烈地横扫着她的内心世界。

工程连的知识青年们来到了卫生院里。他们在走廊里被医生匡富春拦住，不许他们进入病房。

"我只能允许两个人进入病房。"他双手插在白大褂的衣兜里，用没有商量余地的口吻说，"其他的人，都请自觉到外面去。"仿佛他是一位国王，而这里是他的宫殿。

“连站在病房门外看看也不行吗？”有谁嘟哝了一句。

他没有回答，朝贴在墙上的“病房秩序”翘翘下巴。

小瓦匠大声说：“这是什么时候，还来这一套？”

他看了小瓦匠一眼，回答：“现在正是我值班的时候，我是医生，我在尽着我的责任履行我的职权。”

大家都无可奈何地望着曹铁强。

曹铁强说：“那么请允许我进入病房。”

匡富春上下打量着曹铁强，认出了他。

小瓦匠赶紧从旁说：“他是我们连长。”又对曹铁强说：“连长我和你一块儿进去吧？”

曹铁强点了一下头。

匡富春闪开了，对两人说：“十分钟。我看着表。提醒你们，不要谈到那个对她很不幸的事件。”

“大家，就都……这么走了吗？”当曹铁强和小瓦匠走入病房，走到秀梅的病床前，她这样问，含泪的两眼望着他们。

“不，不是都走。我留下，我不走。”曹铁强说，“大家都要来看你，被医生拦住了。”

“连长，我谢谢你。迈克有个知识青年做伴了。”秀梅说，又问，“他为什么不来看我？他在哪里？我多么需要他来看看我……”

曹铁强情不自禁地握住她的一只手：“他在做着很重要的事情……他要我对你说，别因此生他的气。”

秀梅微微地笑了一下，将脸转向小瓦匠，友好地说：“小瓦匠，回到城市里，别忘了给我和事务长写信，要经常写信，不然他一定会对我骂你的。他对你像对亲弟弟一样……”

小瓦匠紧紧地咬住嘴唇，点了点头。

……

卫生院的值班室里，郑亚茹和匡富春之间，也在进行着一场谈话。

他问："你的返城手续全办好了？"

她点了一下头，反问："你呢？"

他摇摇头。

"为什么？为什么还不去办理？"

"我……当初的决定，在今天，也还是没有改变。"

"你？……别跟我开这样的玩笑，我怕，我怕从你口中听到这样的话！"她望着他的那双眼睛瞪大了，眸子里闪现出恐惧。

他摇着头："不，不是玩笑。"

"你……你怎么仍不改变你当初的决定？你不能这样，这太轻率了，你将后悔一辈子的！"她扑到他跟前，双手死死地揪住了他白大褂的衣襟。

他理智地分开她的手，退后一步，抚平白大褂，说："也许会的，但那肯定是将来的事。可现在我还没有后悔，所以我还不能动摇我的决定。是兵团送我上了医科大学，是兵团为我创造了从事医生这一职业的条件。毕业的时候，我本来有可能留在大学。只因为我想到了这一点，我才回到北大荒。回来之后，我多么希望在我所生活的北大荒的这一片土地上，会盖起一所很像样子的医院。现在，这样一所医院盖起来了，我对这里的条件感到满意。我时常因为意识到自己是这所医院里很重要的一名医生而感到自豪。更重要的是，我对这所医院里的一切都产生了感情……"

"不，不，我不听！我不听这些！……"她绝望地叫起来，双手捂上了耳朵。

看了她一眼，他接着说："你不要捂上耳朵，你应该听，否则，你无法理解我……昨天夜里到今天上午，我一直在值班。当我巡视病房的时候，我从病人们的眼中看出，他们都希望用那种默默的目光挽留住我，我被他们感动了。我忽然问自己，我究竟为什么要离开这里，离开我的病人们回到城市去？一个医生不是应该在最需要医生的地方起作用吗？难道北大荒不是全中国最需要医生的地方之一吗？在我向自己提出这样的问题之后，我决心永远留在北大荒了。你刚到北大荒的时候，难道没有听说过女人因为一般性难产，男人因为患阑尾炎就发生死亡的事吗？……我不能承认我的决定是轻率的……”

她慢慢地放下了捂住耳朵的双手。她怔怔地望着他，一动不动，完全呆住了，像雕塑一般。她的双眸顿时变得异常灰暗了。

“我知道，我这样决定，会令你非常难过的。我……很内疚，觉得对不起你。我希望，能够得到你的原谅……”她那副样子，使他心里很难受。他向她跨近一步，握住她的双手，直视着她的眼睛，低声但充满感情地说：“原谅我吧！”

她忽然紧紧抱住了他，仰起脸，怀着最后一线希望哀求道：“别让我伤心，别叫我绝望！我需要你和我一起离开北大荒！我不能失去你，我爱你！我不能什么都遗失在北大荒啊！我在北大荒付出了那么多，失去了那么多，我一定要带着什么离开这里！我要带着你，我要带着爱情回到城市！……”她的声音颤抖不已，她的话说得那么急切，她眼睛里那种哀求的目光令他不忍迎视。

但他还是轻轻推开了她，摇摇头，说：“你们连队的人都在外面……”他忽然想起了什么，看了一眼手表，又说，“你等我一会儿，我就回来。”说罢便撇下她走了出去。

他从秀梅的病房有礼貌地“请”走了曹铁强和小瓦匠，立即匆匆回到值班室。

她，却已经不在了。

他在门口呆立了一刻，慢慢地走到桌子前，慢慢地坐了下去，慢慢地用一只手撑住了额头……他极轻微而又极痛苦地说出了两个字：“亚茹！”

中午，一辆小吉普车从团部开出，开向公路。车内坐的是团长马崇汉、他的爱人和两个女儿。车开到公路口，司机首先看见政委孙国泰站在公路边上，减慢了速度，扭回头问：“团长，要跟政委告别一声吗？”

马团长像没有听见司机的话，阴郁的脸上毫无反应。

司机也不再说什么，加快车速，吉普车从政委身旁驰过。

马团长忽然在司机肩上拍了一下：“停……”

吉普车偏向路边，停住了。马团长打开车门，跳下车，朝政委大步走去。

老政委刚刚送走一批团部直属连队的知识青年，他们是乘长途公共汽车走的，有的连铺盖和箱子都丢弃不要了。行程长达九个小时，当今夜的定更星出现之后，他们便会从此脱离了北大荒的土地。

他心中涌起了一种对他们无限依恋的眷情，和一种……失落感。

北大荒毕竟是多么需要他们啊！

马团长走到他身旁，叫了一声：“老孙……”

他转过身，见是团长，有些意外。团长那身崭新的草绿色军装上，也留下了昨夜救火时被烧的处处破绽。

马团长向他伸出一只手：“我也决定要走了。已经向师部发出了转业申请报告，要求回地方老家……今天先送家属走。”

老政委没有说什么，默默地握住了他的手。

马团长苦笑了一下，又说：“我的错误，我不会推卸给别人的。我接受组织给我的任何处分……我的检查已经写好了，放在我的办公桌上……”

老政委还是没有说话。

“老孙，十年来，我们之间在工作上配合得很不好……反思许多往事，我很惭愧。我……有些事情，积十年的教训，往往还不能一下子使人认识到自己的错误。但一次严峻的事态发生之后，便会使人猛省。昨夜的混乱没有到不堪设想的地步，我……感谢你！”他将政委的手使劲握了一下，放开后，转身就走。

老政委完全相信，对方的这番话，是由衷的，是诚恳的。可是他却不知道自己在此时此刻应该向对方说些什么。当团长走回到吉普车前，他才叫了一声：“老马！”大步赶过去。

“老马，我有句话对你说，并且希望你能够记住。”他走到团长身边，用深沉的目光注视着对方。“无论在总结经验方面，还是在总结教训方面，我们都不能把个人的作用估计得太重，结合时代的错误来认识我们个人的错误，这也许才更客观一些。”

马团长沉重地叹了口气。

老政委又说：“知识青年的返城浪潮，绝不是我们个人的意愿所能遏止的。无论我们的意愿是良好的……还是……你，我，每一个兵团干部的最后义务和责任，不应该是想方设法阻拦知识青年返城，而应该是，认真总结各方面各种因素的经验和教训，把它记载到边疆的农垦发展史上。”他沉默了一会儿，似乎觉得还应该说几句道别的话，但又觉得最重要的话已经说了，道别的话在此刻反而会显得很不相宜，便缄口不语了。

马团长掏出烟盒，取出一支烟，递到老政委面前。

老政委本不想接，他口中仿佛刚嚼过苦艾，苦涩得很，但见对方脸上是一种“临别敬赠”的庄重表情，意识到了这支烟在此刻有非同寻常的价值，便接在手中。

马团长自己也叼上了一支，随后掏出打火机，首先给老政委点燃了烟。不知为什么，团长自己却不想吸了，取下叼在嘴上的烟，放进了烟盒。他那沉思着的缓慢的动作，使老政委觉得，似乎他这一次合上烟盒，有可能永远不再打开了。

口唇不但苦涩，而且干燥。老政委只吸了两口烟，便将烟掐灭了。

老政委替团长打开车门，马团长的目光在老政委脸上最后凝视了一秒钟，高大魁梧的身材很不灵便地钻进了小吉普车。

老政委发现，坐在车内的女人和两个女孩的脸上，流露着微微的不安。他对女人笑了笑，在小女孩的头上抚摸了一下。见小女孩没戴头巾，摘下自己的围巾，围在了小女孩颈上。

老政委轻轻地替这一家人关上了车门。他久久地站在公路边上望着小吉普车疾驰而去，拐弯后消失在驼峰山脚下……

他转过身，面对团部的方向，从这里直通往团部区域的大道上，留下了混乱后的残迹：雪地上纷杂的脚印和交叉的各种车辙、道旁被砍倒并劈烂的杨树，显然是从车上甩下或丢弃不要的知识青年们的种种用物……

他顿觉心中那么惆怅，那么空荡！

老政委回到团部，刚走进办公室，军务股长也走了进来，双手捧着一摞档案。

军务股长说："政委，这是三十九份档案，他们从我手中领走，又交回到我手中……"见政委一时没有明白他的话，又说，"三十九名知识青年表示要留在北大荒。"

老政委双手接过这三十九份档案袋，像双手接过一锭世界上最大的金块，觉得此刻无论有一杆什么样的秤，都无法称出这三十九份档案袋的宝贵的重量。

他，落泪了。

他说："不是三十九名，是四十一名，是四十一名知识青年，留在了北大荒的这一片土地上。我要重新盖起我们农场的场史馆，那两份知识青年的档案，要放在场史馆，和为了开发北大荒而献身的烈士们的遗物摆放在一起。"沉默了一刻，他继续说："我还要建议，为两名知识青年修建一座碑，碑上要饰有石雕的象征，交叉的麦穗和枪，托举着一台拖拉机。这是四十余万知识青年希望实现而始终没能实现的兵团战士服的帽徽设计，也是当初兵团曾向四十余万知识青年许下的诺言。过去的十年中，曾有许多向知识青年们许下的诺言成为空话，我要为两名知识青年，实现其中的一个诺言。"

军务股长说："政委，我第一个赞同你的建议。"

"你，替我深深地感谢这三十九名知识青年。"

"他们，也要我转告你，他们感谢你，感谢你给予他们的评价……"

这时，电话铃响了。

"是我，我是政委孙国泰。我？……是，我服从组织决定……"

老政委缓慢地放下电话听筒，转过身，注视着军务股长。

“哪儿打来的电话？”

“兵团总部。”

“什么事？”

“调我到三师去任师长职务，他们的师长……回部队了。”

“那……那么我们团……”

“现在不同平常，我任命你为代理团长兼政委。”

“我……”

“现在不是推辞的时候。从今天起，你就接替我和马团长的工作吧！不久，兵团就要恢复到农场的体制了。你，大概和我一样，是要把骨头埋在北大荒的吧？”

股长默默地点了一下头。

两位北大荒的第一代创业者，彼此用目光说出了要向对方说的许多话……

工程连的“二八”型拖拉机挂斗车，最后才离开团部。离开之前，他们将团部区域的混乱残迹清除得干干净净。

小瓦匠的弟弟找到了他，问他何时动身返城。

他回答：“为什么要跟我一起走？你不能自己先走吗？你又不是三岁的小孩子，路上需要我照顾你。”

当弟弟的，无法理解哥哥为什么发火。

曹铁强将小瓦匠的弟弟拉到一旁，说：“我请求你一件事，我的养父现在病情很严重，正住在市立第一医院，我妹妹看护着他老人家。他们虽然不是我的亲父亲、亲妹妹，但他们非常爱我，我也非常爱他们。你一下火车，先不要回自己家，先要赶到医院去，告诉他老人家，就说我请求他老人家，千万要坚持住，几天内我就会回到他老人家身边。可是我现在不能离开连队，我是连长……”

“需要我告诉他们，你决定留在北大荒吗？”

他摇了摇头：“不，只有我自己告诉他们，他们才会理解。”

……

“二八”型拖拉机挂斗车行驶在荒原上，像一艘驳船行驶在夜的海面上。

每一个人，都无语地沉思着。

不知是谁问了一句：“咦，咱们指导员呢？”

没有人回答。

郑亚茹，这时坐在长途汽车上。她不要铺在连队大宿舍里的被褥和那只伴随她十年的木箱子了。她临登上长途汽车，从北大荒的土地上装了一牙具缸雪。雪，已经化成了水，可她双手仍捧着牙具缸。

哦，北大荒的雪呀，这表现在北大荒版画上是那么美那么迷人的雪，但一离开北大荒的土地，竟是这么迅速地融化了！汽车里的温度不是和外面一样寒冷吗？她不明白，是她的手温将雪融化了。

难道我连一捧雪都带不走吗？既然带不走，就归还给北大荒的土地吧！让这雪水再冻结成冰，让这冰在春天再融化，渗进北大荒的土地吧！

她轻轻摇下一半车窗，将那半牙具缸雪水洒到了窗外，连同她落进雪水中的几滴泪水……

“驳船”仍在夜的荒原上行驶。北大荒的荒原啊！如果你也有思想，也有语言，你将对十年和两个不平静的夜晚，作怎样的评说呢？

荒原的夜“海”是那么沉寂！

坐在车上的小瓦匠，从兜里掏出什么，背着人悄悄撕碎了。

几片白色的纸片从他手中飘落在雪地上。

驼峰上，又传来一声苍凉的狗吠——那是“黑豹”的声音。

荒原是那么沉寂，那么沉寂，那么沉寂……

黑帆

你在遥望什么？你？

你看到月亮已经出现了么？像锡纸剪的一个扁圆裱在半天空，又像慵倦而苍白的少女的脸。

你看到那血红的落日了么？它仍依恋着地平线上的一座孤丘。日轮和丘廓若即若离的亲吻是何等深情！

你感受到了么？

你看那又是什么？那上下盘旋于落日和孤丘周围的？那是一只苍鹰。这孤傲的猛禽，它似乎永远不需要伴侣。

你也是孤独的。你需要一个伴侣么？你？

难道你不是在遥望？而是在幻想？

你又要幻想什么呢？幻想爱情？爱神的弓矢绝不会再瞄准你。这是你的命。你知道。

荒原上只有你一个人。这么广袤的荒原！这么孤傲的你！还有那只孤独的苍鹰。你的孤独在地下，它的孤独在天上。

陪伴你的只有那台二百五十马力的、从美国引进的大型拖拉机，可它不施舍温情。虽然它也有一颗心，但那是钢铁的；虽然它也有不沉默的时候，但它的语言，是发动机震耳欲聋的轰响。它的语言无法安慰你的灵魂。

在天空由明入暗的这个朦胧的过渡时期，荒原又是多么寂寥！

你的内心也是一个寂寥的世界？

你注意到了么？天空的瞑昧，是怎样在渐渐地互相渗透着，形成无边无际的氤氲，逼向那苍穹的绝顶？你内心里的瞑昧却是无处不渗透的。不能升向天空，也不能溢向大地。

荒原上只有你一个人。

你究竟在想什么？你究竟在遥望什么？

夕阳终于沉没到孤丘后面去了。这宇宙之子啊，仿佛无声地爆炸了，熊熊地燃烧了。它用它全部的余晖，温存地笼罩着宁静的孤丘。半边天空也被它殉情的光焰辐射得通红！几朵絮状的瓦灰色的云，极有层次地镀上了环环灿烂的流苏。爱的牺牲，在大自然中也是美的，也是。

夕阳的余晖透过拖拉机驾驶室的玻璃，也照耀在你脸上。

难道你这么久久凝视的，是你自己的脸？你的脸映在玻璃上，很模糊，但你却并不像看得更清楚的，是么？

长久凝视自己烧伤过的脸，是需要勇气的。

玻璃上，你那乌黑的头发和驼色的绒衣领口之间，你的脸像被蚀的浮雕，像绣损的铁面具。八横占领了你的脸，却没有改变你这张脸的轮廓。你的五官仍然线条分明，呈现着粗糙的英气。美与丑那么鲜明那么对立地凝固在你脸上。在一百个脸被严重烧伤的人中，也许只能有一个人的脸还会遗留下美的痕迹。

这是你的不幸，也是你的幸运。

你凝视着自己，心中就是在想这一点么？

不，不能，你想的不是这一点。当一个人想到幸与不幸时，眼睛里必定会流露出茫然的目光。幸与不幸，这是人类为自己的命运创造的语汇。人想到与命运有关的一切，茫然就会弥漫整个内心。

而你的眸子里此时此刻却闪耀着多么奇特的光彩！你心灵深处究竟产生了什么样的幻想呢？你在神往，你在憧憬，正是这样！

难道你面对广袤的荒原，在这黄昏与暗夜交替的宇宙最神秘的时刻，孤独地体验着大自然静谧而无限的诗意么?

孤独是诗。你也是诗。

你，你这荒原的孤独的守夜者，你是一首长诗中的一个短句，你甚至只是一句诗中的一个符号。

你那干燥的双唇微动一下，从你口中吐出了一个字："帆……"

你为什么要想到这个字呢?

帆——一个充满诗意的字。

只有你自己知道，这个字也是一首长诗。从童年到少年到你现在——三十五岁的年龄，从会说这个字，到会写这个字，到你此时此刻情不自禁说出这个字，你的岁月中贯穿着以这个字为注脚的诗韵。如同蚌含着一颗珠。

你从小就向往大海，如今你的命运之舟搁浅在荒原上。你读过凡尔纳的小说《格兰特船长的女儿》之后，曾多么幻想在现代的世纪驾驶古代的帆船独自航行于大海，可是你如今坐在一台二百五十马力的拖拉机驾驶室里。

那"船长"将你抛弃了。

"他"是你的命。

这台拖拉机却无疑是世界上最先进的，第一流的。

可你却仍然没有忘掉那个字——帆。

杨帆——多么豪迈的名字。你的名字。

全连一百二十七名知识青年都返城了，只有一份知识青年的档案留在场部档案室。这份档案上写着你的名字。

如今人们谈到你的名字，也就是谈到了他们。那一百二十七个，那四十余万。你的名字成了历史一章的"序"。

土地承包了。农机具也承包。

兵团战士——你的历史。

农场职工——你的昨天。

承包户——你的今天。

你也是一户。一个人一户。

你今后将是这片荒原的主人。你今后将是这台拖拉机的主人。你可以选择一片被开垦了的土地。你没有。既然有选择的权利，你就不愿在别人开垦了的土地上播种和收获。你更希望拥有自己的土地。既然所有的中国人都被推到一个历史直角的顶点，你认为你也该充满自信地大声说：从这里开始吧，让我的生活，让我的一切！

几年前那场火灾烧毁了你的面容，却没烧尽你的自信。自信在心里。心在胸膛里。你的胸膛也曾像你的面容一样被烧伤。你的自信也曾被火焰烤焦，变得萎缩，但是如今，它又像生命力最强的细胞一样，复生了。因为在你的动脉和静脉里，流动着的是一个人最强壮的生命时期的血液！三十五岁的人的血液。能够医治一切。

你的血液养育你的心，

你的心滋润你的自信，

你的血型——AB。

你的性格非常执拗。这也是你的命。

“跟哪一户合包吧！”好心的人们这么劝你。

你回答：“不。”

于是你的命运就和这一片荒原和这一台拖拉机从此紧紧连在了一起。

……

黑暗彻底笼罩了大地。

月亮呢？那锡纸剪的扁圆呢？那慵倦而苍白的少女的脸呢？

夜空上悬着一个明洁的银盘。在高远的墨蓝色天幕的衬托之下，月亮才是动人的、妩媚的。太阳和月亮，各有各的早晨。好比蓝天如果有自己的语言，定会对大地说：“你是我的蓝天！”

你却对大地说：“帆……”

荒野是死一般的宁寂。从远处村子里传来一阵狗叫。你就住在那个村子里，住在当年的机务队长王宝坤家。他是四川人，十万官兵中的一个，北大荒的第二代开发者。如今他已不是机务队长，是承包户户主。和你一样，在历史直角的顶点。他为人忠厚，富有同情心。他比别人更加关心你这个知青大返城浪潮后遗留下来的孤岛。你尊重他，所以你才住到了他家里。

他老婆也是四川人。四川女人都那么不怕吃苦，那么能劳作。像水牛那么温良，也像水牛那么禁得起生活的鞭子的驱使。难怪人们都说："北大荒三件宝，人参貂皮乌拉草，抵不上一个四川老婆好。"

你想到过自己也应该找一个四川女人做老婆么?

人总得有个伴啊!

村子里又传来一阵狗叫。狗叫声过后，荒野显得愈加宁寂。就连狗的叫声，听来也使人体会到一种动物的孤独。

狗叫声是谁从村里走过引起的呢?

这个夜晚，这个时刻，正是小伙子偷偷将姑娘诱惑到麦草垛后面或粮囤后面的时候，正是丈夫们喝过几口解乏酒后躺在被窝里搂着妻子欲睡未睡的时候。虽然不少人家都有了电视机，却根本收不到中央台和北京台的节目，连哈尔滨台的节目也收不到，只能收到苏联的电视节目。人们听不懂叽里咕噜的俄语，就索性将音量拧小到听不见，像看无声的苏联影片。最初还能引起点特殊的兴趣，后来就看腻了。在北大荒的这一最偏远的地域，一个男人是不能没有自己的女人的。女人不但是他们的伴侣，也是他们的精神世界。对于他们来说，一个所爱的女人，是比一台二百五十马力乃至更大马力的拖拉机还重要的。

如果你也有一个所爱的姑娘，你绝不会将她引到麦草垛后面或粮囤后面。你会将她带到这里，你会对她说："看，我们的土地……"

可你驾驶你的拖拉机来到这里，分明不是为了在这里孤独地思考关于女人的问题。

那你在思考什么呢?

你在思考二百五十马力究竟等于多大的功率么?

一马力等于每秒钟将七十五公斤重的物体提高一米所做的功。

二百五十马力等于……你已经计算出来了么?

只要你的手轻轻一推离合器，这台拖拉机就会一往无前地冲向荒原，用闪亮的犁头劈开荒原的胸膛：一个人驾驶着这样一台巨大马力的拖拉机，肯定会感到自己是荒原的主宰，肯定不会相信世界上有人所征服不了的荒原。

“你打算种什么？”队长曾这么关心地问过你。

“还没想好。”

到今天，也没想好。

这需要很好地想一想。任何有利和不利的情况都要充分估计到。一切与这片土地的播种和收获有关的问题，也都是直接与你个人的命运有关的问题。一个人如果将自己的命运和一片土地联系在一起了，这片土地就会变得异常严峻。从这片土地划归给你那一天起，你就意识到了这种严峻性。在你和它之间，存在着两种可能：征服或被征服的可能，成功或失败的可能。你将和这片属于你的土地，进行一番艰苦的较量。

你的自信中蛰伏着一种迷茫和不愿向任何人流露的对自己的怀疑。你能不承认么?

人有时会惧怕已经属于自己的东西。

它太广大。从东长安街到西长安街，那么长，那么宽。它是北大荒土地的微小的一部分。对于一个人来说，它却是太广大了。你为拥有如此广大的土地而自豪，同时又感到那么茫然。

所以你想到并低声说出了那个字——帆……

它将是我的帆——当你说出这个字时，你心里一定就是这样想的。如果我愿意，我能够将它耙成一片如沙的细粉——你心里一定就是这样想的。

二百五十马力，会使我成为一个荒原的征服者——你心里一定就是这样想的。

我的土地，我的黑帆，我要将你高高扬起，让我的勇气作为飓风，将我向自己命运挑战的宣言写在这黑色的帆上——你心里一定就是这样想的。

你竟被自己的思考激动！你的眸子在燃烧。

你跳下了拖拉机。

要烧荒。草木灰能使这片属于你的土地更加肥沃。要翻耕。今年冬天的雪，来春融化时，能使属于你的这片土地水分充足。

你拔了几把荒草，搓成一根草绳，点燃了。草绳一扔下去，荒原便烧了起来。火，也许是这片土地上的第一次火，是我亲手在我的土地上点燃的。你这么想。你注视着火，火光映照着你的脸。起初，每一束火焰，都像一面小旗；在黑暗中随意招摇。而那更细微更细微的火的触角，则像一条条赤红的小蛇，从低处昂起头，顺着一棵棵蒿草的茎梗迅速向上爬。或者从这一棵蒿草的叶尖上攀缘到另一棵蒿草的叶尖上，然后朝四面游去。顷刻，火势扩大了。那一条条赤红的小蛇，转眼变成了千百万火的精灵，在这片土地上跳起了圆舞。没有风，也不需要风。不需要风的扇动。火的情绪是激烈的。这是一场荒原上的自由之火。那些火的精灵啊，它们已不是在跳圆舞，而是在跳迪斯科。瞧它们的红裙子，舞动得多么热情！旋转得多么迅速！多么壮丽的场面啊！千百万，真是千百万火的精灵，在这开阔无边的荒原上被卷入了无音乐的迪斯科的疯狂旋律！它们如醉如痴，它们相互吸引着、迷诱着、席卷着。一会儿拥抱在一起，聚集在一起，一会儿又分散开来，跳跃着、旋转着、扭摆着，向四面八方扩展。火的精灵呀，它们的激情是人的激情所无法比拟的！它们的激情在这片属于你的土地上空汇集成热流。这热流溢向荒野的深远处，逼退了秋末夜晚的凉意，将夜空映得无比辉煌。

你笑了。

你被火的激情所鼓动，真想跃进这“舞场”的中心，与火的精灵拥抱在一起，旋转在一起，如醉如痴在一起！

突然你双手捂住了眼睛，不，捂住了整个面容，连连向后退去。

你的脸感到了被火焰所烤的轻微的灼痛。

你那种惧怕火的心理又产生了。六年了，整整六年了，你时时处处被“火”这个字惊扰，你听不得人们谈到这个字，你见不得与火相近的光和色。甚至别人吸烟时划着的一根火柴，也会造成你心灵的一阵悸颤……

你耳边仿佛又听到了令人紧张的呼喊：

“救火啊！……”

“救人啊！……”

“女宿舍着火了！……”

还有钟声：当！当！当……

为了救别人，包括你所深深爱着的姑娘，你奋不顾身地冲入了火海……

为此，你付出了你曾使许多姑娘钟情的美好容貌。

你成了舍己救人的英雄。

你失去了爱情，连同追求爱情的起码资本……

她，那个你深深爱着的姑娘，在你出院的那一天，手捧着一束五彩缤纷的野花前去迎接你。

她一见到你，就骇然惊叫一声，晕倒了。

她不敢再见到你一次。

你也不敢再见到她一次。

她那一声惊叫，在你心灵中留下了难以消失的回音。这声音从此开始折磨你的灵魂：

你终于离开了你的老连队，要求调到了现在这个偏远的地方。为了不使你心爱的姑娘害怕会再一次见到你。也许，还为了你自己灵魂的安宁。

你没有向任何人告别。你孤独地走了。在冬季的一个清晨，搭的是团部的卡车。

只有连长和指导员知道你那一天将离开连队，他们早早地起来送你。

连长对你说："小杨，既然你已经成了一个英雄，就得像英雄那样活下去，是不是？"

指导员对你说："你就这么走了，全连的人都会因此而哭骂我的！按道理，应该给你开个送别会……"

你什么也没回答。

你知道，你只是在某些人的心目中成了"英雄"，你的名字只在《农垦报》上成了一个英雄的名字。和从前的你所不同的，只不过是你的面容变得那么丑那么可怕了。在从前的你和一座哪怕是金子铸成的英雄纪念碑之间任你选择，你会毫不犹豫地选择前者。恢复那个高傲的，目中无人的，爱出风头的，太喜欢衣着整洁的，太喜欢参与各种无意义而又无休止的争论的你。

这些话，你能对连长和指导员说么?

英雄也有不回答的权利。

你就那么一句话也没说地走了，在冬季里的那个清晨，天空纷纷扬扬地飘着鹅毛般的雪花……

你并不怨恨她。因为你在最初的几个月中，也像她一样害怕见到自己的面容。

你第一次见到自己被烧伤了的脸，虽然没有晕过去，可是你的心被一种从未体验过的恐惧窒息了。面容是一个人的灵魂的说明书。一个人照镜子的时候，其实也是在照自己的灵魂。谁也不害怕自己，乃是因为他或她对自己太习惯了。人一旦发现脸不是自己习惯了的脸，即使一个脸满皱纹的老太婆变成了如花似玉的少女，即使一个面貌丑陋的老头子变成了一个美少年，这个人也一定会骇然之极的。反过来，那恐惧强大于对鬼怪的恐惧。

"医生，请给我一面镜子……"去掉了脸上的纱布那一天，你这样请求医生。

医生望着你，摇摇头，说："你现在不能照镜子。"

"我的脸……变得很可怕么？"你的声音低得几乎只有你自己能听到。

医生沉默片刻，回答你："以后会比现在好一些。"说完，马上转身走开了。

你如同被一个无法破译的密码所蛊惑，希望立刻看到自己的脸究竟变成了什么样子。

一个人的正常想象，是无法将自己的面容勾勒到多么具体多么可怕的程度的。

吃饭的时候，你借助钢精勺达到了你的想象所不能达到的目的。从那小小的锃亮的金属凹镜中，你发现了那对你来说非常可怕的谜底。

一个人在照镜子时从镜中看到了骷髅，内心所感到的恐怖也无非就像你当时所感到的那样。

只有一双眼睛还是你所熟悉的，你自己的……

钢精勺从你手中当的一声掉在地上。

"还不如被烧死好……"你想。

你的心就在产生这一想法后，窒息了足有半分钟。

当医生第二天又巡视到你病床前，你一把拽住医生的手，用发抖的声音问："医生，你还能给予我一些帮助吗？我已经知道了……我的脸如今是什么样子……"

医生盯着你的眼睛说："你要开始学会如何忍受你自己，如何忍受生活。你若能忍受自己，便能忍受一切。记住我这句话，这是我对你的最大帮助。"

你慢慢放开了医生的手，慢慢拉上被子，蒙住了你的脸。

是谁将你的被子从脸上拉下来？是同病房的一个老头，他的床位在你的床位对面，你一定还记得他的。

他对你说："孩子，别哭了，哭也没用，医生的话是对的。一个人只有一条命。你没烧死，够幸运的了。你总还得活下去……"

全病房的人都围到了你身旁，同情地瞧着你。你这才意识到，你在哭，哭得那么绝望，哭得使他们感到不安……

你至今铭记着那位五十多岁的、身材瘦小的秃顶的医生说的话。医生曾提出建议，送你到北京或上海整容，但场部党委经过严肃的讨论，否定了这一建议。

理由很简单——你是英雄。

他们认为，一个英雄如果失去了一条手臂，可以为他安假臂；如果失去了一条腿，可以为他安假腿；而如果失去的不过是面容，那是没有必要花国家许多钱的。钱当然还在其次，更主要的是，那会使英雄的事迹本身失去宣传的意义和光辉。

总之，他们认为，脸，对一个人来说，毕竟不如手臂、不如腿那么重要。脸不过是脸，何况不算“失去”。

但你却宁愿失去的是一条手臂或一条腿，而不是你年轻的、英俊的脸。

你没有返城。你永远打消了返城的念头。你宁肯死，也不愿让你的老父亲和老母亲看到你烧伤后的脸。

你像无桨无帆的小船，在大返城的浪潮过后，搁浅荒原……

“上山下乡”的历史，一代人的历史，它的最后的一页，就是你的脸。

你当年爱过的那个姑娘，她重返北大荒看过你。这是不久前的事。她已经成了一个小有名气的女作家。不是一“个”，是一“位”，谈到作家的时候，应用尊敬的字眼。对不?

“我从来也没有忘记过你。”你们一见面，她便对你这么说。

她与当年相比，面容没有什么明显的变化。她还是那么漂亮，脸色更白皙，皮肤更细嫩了。城市里目前各种润肤霜畅销不滞，电视和报刊大登特登这类广告。她变得更年轻是符合时代趋势的。

“我相信。”你平静地回答。

你已经能够平静地面对她了。以前你却不能。

你们并肩走在白桦林中，黄昏的阳光，在每一片桦树叶子上闪耀。

你们从白桦林中默默无言地走到小河旁。小河慌慌张张地朝远处流去，仿佛追赶着什么，也仿佛被什么追赶着。

你想到了那句格言——一个人不能够第二次涉过同一条河流。因为当人第二次涉过这条河流时，第一次碰疼了脚的那河底的卵石也许还在，而第一次湿人腿足的河水，早已流向远方去了，它是无法追上的。

“你知道我为什么重返北大荒么？”

“不知道。”

“是为了你。”

“这很蠢。”

“你还爱我么？”

“……”

你还爱她。因为你只爱过她。更准确地说，你内心里还渴望着获得爱情。因为你爱过。即使受到上帝严厉惩罚的夏娃，如果有机会，也还会再偷一次禁果的。

但你却对她摇了摇头。

“不，你撒谎！”她哭了，“你恨我，对不？你爱过我，你为救我烧伤了脸，可是在你伤好出院后，我却像躲避瘟神一样躲避你，在大返城的浪潮中，我走了，和所有你熟悉的人一块走了，将你抛弃在这里……可当时，我太害怕见到你……”

你抬头望望天空，说：“好像要下雨，我们往回走吧……”

往回走，却并不是想追上流走的河水。

与其说她是来寻找你的，毋宁说她是来寻找某种解脱的。你体谅她。虽然她哭了，但你使她满足了。因为你对她摇了头，而没有点头。如果说这两年你学会了忍受生活，那么你也同时学会了体谅别人。理解就意味着在某些时候，将心灵获得解脱的“救生圈”给别人。

第二天，你交给她一封信，你自己上山采木耳去了。

你在信里写道：“我不能成为女作家的好丈夫；你也不能成为我的好妻子。人的感情是需要培育在现实的土壤中的。农场就要实行承包了——这就是我面对的现实。我需要的是一个能和我一块儿征服土地的妻子，而你需要的是一个能给你灵感的丈夫……请求你今后不要再来打扰我，别破坏我心灵的安宁。它安宁下来，花费了整整六年的时间……”

你纯粹是为了她的心灵从此获得安宁才这么写的。

因为你“请求”了，她便能够忘掉你了。

你站在山顶上，俯瞰着村子，望见她坐在一辆马车上离开了村子。直至那辆马车在公路上变成了一只小甲虫。

“愿你幸福……”你心中默默地祝愿她，木耳从小篮子里撒到了绿草中……

火，又一片火，在你的土地的那一头燃烧起来了。

火光中，一个纤小的身影东奔西跑。

你点燃的火，已将近处的荒草烧光，露出了黑色的土地。它像一条巨蟒，朝那纤小的身影缠绕过去。空气中弥漫着草木灰味。

那纤小的身影还在东奔西跑，手中拿着带火的树枝，继续四处点燃起一片片荒火。好像一个漫不经心的玩火的孩子。这身影一会儿被火焰吞食，一会儿被火焰吐出。你认出了这纤小的身影是谁，她仿佛在对火的精灵进行挑逗。

她会被烧死的！你想。

你朝她冲去，穿过一片荒火，完全不顾火焰舔着了你的衣服，烧疼了你的脸和手，烧焦了你的头发。

你跑到她跟前，觉得你和她四周全是火。火将你和她包围了。

于是你紧紧搂住她，将她的头保护在你的双臂之中，使她的脸贴着你的胸膛，使她在你怀中一动也不能动。

绝不让火烧伤她的脸，即使我被烧死，你在心里对自己说。

她就那么一动不动地被你搂在怀里。过了多久？是几分钟？还是十几分钟？也许更长的时间？你忽然意识到。火根本烧不着你们。

你和她原来是站在被火烧过的地方，站在一小片绝对安全的沃土上。

你轻轻推开了她。

“你到这里来干什么？”你生气地问。

“我从村里望见了火光，知道一准是你在这里烧荒，就跑来了。我最爱烧荒了……好玩……”她说完缓缓低下了头。

“好玩……”简直是孩子的话！如果别人对你说这种话，你会气得咬牙切齿。但她是个孩子，你原谅了她。

她在你眼中是个孩子。

你第一次见到她，也在深夜。那是去年的事，还没有实行承包呢。

你开着一台拖拉机秋翻，两束灯光中突然出现了她纤小的身影。

你停住拖拉机，从驾驶室探出头，对她吼：“不要命啦？”

她却大声问你:“你知道我爸爸在哪台拖拉机上吗？我是来给他送饭的。”

“你爸爸是谁？”

“你连我爸爸都不认识？王宝坤呀！”

你这才知道她是谁的女儿。搬到王师傅家住时，她在场部——读书。

“上来吧，你爸爸在地东头呢，我的拖拉机一会儿准能跟他的拖拉机会上。”

她就像一只小松鼠似的跃上了履带，坐进了驾驶室，坐在了你身旁，和你挨得很近很近。你甚至感到了她那少女的内心里荡漾着青春朝气的呼吸。

你很想转过脸去看她一眼。她在灯光中时，你未看清她的面容。想必她也未看清你的面容。

但你没有朝她转过脸去，却熄灭了驾驶室内的小灯。

“你为什么关上灯？亮着也不影响你翻地呀！”她奇怪地问。

“我……怕我的脸使你受惊吓。”

你感觉到了她的目光盯在你脸上。

“是你？”她的语调说明她非常意外。

“你要下去吗？那我就将拖拉机停住。”你低声说。

“不！”她说，“我不怕你的脸。我知道你的脸是为救别人被烧伤的。我在《农垦报》上读到过你的事迹……”

“谢谢你，你真是好孩子！”

“我不是孩子。我已经十七岁了，我已经在场部中学读高中了。”

你如今已在王师傅家住了六年了。她也已在三年前就高中毕业，参加劳动了。

可她至今在你眼前仍是个孩子。好像她在你眼里只能永远是个孩子。

每当你看着她的时候，你的心就会提醒你的眼睛——她是个孩子。

她对待你却像对待一位兄长。

王师傅全家对待你都像对待他们的一个家庭成员。

也许只有在北大荒才会遇到这样一家人。

六年的时间，这是不短的时间。北大荒夏季的烈火和冬季的严寒，可以使一张皮肤细嫩的脸变得粗糙，也可以使一张脸上的烧伤变得“统一”。北大荒的西北风是一把“整容手术刀”，对不同的脸实行不同的手术。

也许正因为是这样，你才对自己的脸逐渐习惯起来？她才并不觉得你的脸有多可怕？

“你刚才怎么了？为什么抱住我？抱得那么紧。”她问，一点也不觉得难为情，一点也没有做作之态。那神情好像是一个孩子在向一个大人郑重发问。

“我……我怕你被火烧伤……”你喃喃地说。

“傻瓜！……”她笑了。

“瞧你，衣服都烧坏了……”她的手轻轻捻着你绒衣上被火烧的洞，一副很为它惋惜的样子。

“我给你补。”她又说。

“你回去吧！”你说。

“我不回去！”她拉着你的手朝拖拉机走去。

走到拖拉机前，她望着你说：“我送给你一样东西，你猜是什么？”你这才发现，她身上还背着书包。

“我猜不着。”

“那你闭上眼睛。”

你顺从地闭上了眼睛。

“睁开眼睛吧。”

你慢慢睁开眼睛，见她双手捧着一台小小的收录机。

“这是我托人从哈尔滨买来的，喜欢吗？”

“多少钱？”

“不贵，才一百二十多元。”

“谢谢你，明天我就给你钱。”

“谁要你的钱！”她有些生气地噘起了嘴，又扑哧笑了，说，“是我自己的钱，平时攒的。我早就想送你这么个东西。还为你录了一盘磁带呢！”她说着，将收录机放在拖拉机盖上，按了一下按键，“你听！”

几秒钟后，从那台微型收录机中，传出了某种极不寻常的声音：唰、唰、唰……

“这是镰刀割麦子的声音。”你奇怪她为什么将这种声音录了下来，而且怀着那么得意的神情放给你听。

“不对，”她瞧着你摇了摇头，“你仔细听！”说着，将音量放大了些。你还是不能判断那究竟是什么声音。

在那有节奏的声音之中，伴随着仿佛低音效果的鼓点般的另一种声音。像许多人的整齐的步伐声。为什么不录一盘交响乐呢？

你更加不解了。

她索性将声量放到了最大限度，目不转睛地瞪着你，问：“还没听出来？”

是步伐声。是的，是千万人的整齐的步伐声。它立刻使你联想到了一个团甚至可能一个师的士兵在进行操练。这声音对你对她有什么特殊的意义呢？你不能明白。

“……现在通过天安门广场的，是英雄的人民解放军的装甲部队……”

“今年国庆典礼的录音？！”你不再迷惑。你立刻将那小小的收录机捧了起来，仿佛将天安门，将整个北京城捧在了自己双手中！北京，天安门，天安门！你已经整整六年没回过北京了啊！你已经整整六年没见到天安门了呀！你这首都的儿子，你梦中曾多少次回到了北京哦！你眼前顿时出现了天安门广场、金水桥、华表、英雄纪念碑、人民大会堂……

你的眼睛湿润了。

“‘十一’那天，你不是为老张头的大儿媳妇赶到场部输血去了吗？我想你一定没有听到国庆典礼的实况广播，就为你录了下来，可惜没录全……”她非常遗憾地说，声音很低很低，仿佛因此而对你感到很内疚。

“谢谢你，太谢谢你了……”除了“谢谢”两个字，你激动得不知再对她说什么好。

你凭着你的想象，为自己在头脑中描绘着国庆典礼的雄壮场面。装甲部队从天安门广场驶过所发出的巨大声音，震动着你的双手，震动着你的心。这声音从你的身体传导到大地上，仿佛整个大地也随之震动了起来！

你此时此刻才对自己承认，六年来，你是多么想回到北京一次！

你的眼泪从你的眼中涌了出来，顺着你的面颊往下淌，淌入你的口中，咸咸的，你将它咽了下去。将一种深深的感情咽下去。

你和她就那样长久地、默默地、面对面地站立着。你捧着小小的收录机，她痴痴地呆呆地望着你。

荒野是那么宁静。

在这宁静之中，除了小小的收录机里传出的声音，别无任何声音。那声音牢牢地吸引着你，也牢牢地吸引着她。

直到收录机发出咔的一声微响，一盘磁带放完了，你都没有动一动。她也是。

“你哭了？……”她问。

你和她就那样长久地、默默地、面对面地站立着。你捧着小小的收录机，她痴痴地呆呆地望着你。

“我哭了……”你回答。并没有因为自己的眼泪感到羞窘。

荒火，你和她点起的荒火，已经熄灭。火的精灵们终于在你的土地上舞乏了，不知躲到什么地方喘息去了。微风吹过，未泯的火星在你的土地上一闪一闪，像谁播下了一片红宝石。

你们一起坐进拖拉机驾驶室。

“我的帆……”

“什么？……”

“你以后会明白的。”

你开动了拖拉机。这二百五十马力的驯服的钢铁巨兽，颤动了一下，仿佛迫不及待地冲向了你的土地。

是的，我的土地。这不是诗句，也不是歌词。你想。从东长安街至西长安街，那么长，那么宽。它是我的帆。我的黑色帆。

这不是诗句，也不是歌词，这是你的现实，使你感到严峻又使你感到自豪的现实。

你的帆是你的命运。使你充满着希望也同样充满了忧郁的命运。在这个夜晚，我的帆是黑色的。在明年的秋季，我的帆将变成金黄色的。你继续想。

如果你有勇气爱，就把你的爱升到我的帆上吧！你心中默默地这样对她说。

铧犁在你的土地上，耕出了一道深深的沟——它是你的命运之舟的桅杆。

“将来，我要走遍全中国，也许还要走遍全世界，去寻找。”

“寻找什么？”

“寻找最出色的整容师。”

“将来，哪一年呢？”

“三年五年之后，也许，时间再长些。”

“那需要很多很多经费呀！”

“经费会有的。”

“还需要很多很多手术费呢！”

“手术费也会有的。”

“那……你带我一起去吗？……”

“只要你愿意。”

“之后，你想回北京一次吗？”

“一定回北京一次。”

“我还没亲眼看见过天安门呢？”

“你会亲眼看到的。”

……

二百五十马力的拖拉机，发出震耳欲聋的吼声，在这片刚刚烧过荒的处女地上，用铧犁深耕出你的帆……

（京）新登字083号

图书在版编目（CIP）数据

今夜有暴风雪 / 梁晓声著；王燕民绘. —北京：中国青年出版社，2016.1
（梁晓声知青小说精品系列：水墨插图版）
ISBN 978-7-5153-3995-5
Ⅰ.①今… Ⅱ.①梁…②王… Ⅲ.①中篇小说—小说集—中国－当代②短篇小说—小说集—中国－当代 Ⅳ.①I247.7

中国版本图书馆CIP 数据核字（2015）第296750号

策　　划：李师东
本版责编：叶施水　秦婷婷
原版责编：万玉云
书籍设计：瞿中华

出版发行：中国青年出版社
社　　址：北京东四12条21号
邮政编码：100708
网　　址：www.cyp.com.cn
编 辑 部：010-57350406
雄狮书店：010-57350370
印　　刷：北京科信印刷有限公司
经　　销：新华书店
开　　本：700 × 1000　1/16
印　　张：21.25
图　　幅：20
字　　数：247千字
版　　次：2016年1月北京第1版
印　　次：2021年8月北京第10次印刷
印　　数：46001—51000册
定　　价：46.00元

梁晓声

原名梁绍生，1949 年生于哈尔滨市建筑工人家庭，祖籍山东荣成——父亲少年时跟随乡亲们“闯关东”，后来在哈尔滨市成家。

梁晓声初中毕业于哈尔滨市二十九中学，适逢“文革”，不能继续升学也不能就业；两年后又逢“上山下乡”运动，成为黑龙江生产建设兵团的一名“兵团知青”，先后做过知青班长、连队小学老师、团报道员、木材加工厂抬木工。

1974 年，梁晓声被木材加工厂推荐，成为复旦大学中文系学生；1977 年，梁晓声从复旦大学毕业，分配到北京电影制片厂，先后任剧本编辑、编剧；1988 年，梁晓声调入当年的中国儿童电影制片厂任艺术委员会副主任；2002 年，梁晓声调入北京语言大学，任中文系教授至今。

到目前为止，梁晓声创作各种题材的文学作品 2300 多万字，由青岛出版社结集为 50 卷的《梁晓声文集》——现已出版长篇部分 20 卷。

梁晓声在短篇、中篇、长篇小说创作方面获奖多多，不少作品被改编为电影或电视剧，并有不少作品被译成外文；梁晓声亦发表了大量散文、杂文、随笔、社会时评，同样在国内外引起了广泛关注与反响。

梁晓声是中国当代作家中当之无愧的多面手，“常青树”。自上世纪 80 年代初始，他的许多作品非但没有被边缘化，反而更加以其鲜明的人文性和对时代的思考性越来越成为无法被忘却的文学经典……

王燕民

1958 年生于北京，中央电视台美术指导，国家一级美术师，书画家，擅水墨人物画。曾参与主创《唐明皇》《香港的故事》《长征》《荣誉》等影视剧。